Claus Coelius

Arbeitszeugnisse im Klartext

CC-VERLAG

Weitere interessante Titel in dieser Reihe:
(Nähere Titelinformationen vgl. auch im Anhang oder im Internet unter http://www.cc-verlag.de)

- Das neue Bewerbungskonzept
- Ausbildungsplatz o.k!
- Bewerbungsbrief und Lebenslauf
- Bewerben nach dem Studium
- Fit fürs Assessment Center
- Tests für Hochschulabsolventen und Führungskräfte
- Fit fürs Bewerbungsgespräch
- Bewerben im Ausland

ISBN 978-3-92393027-2

Gern schicken wir Ihnen unser Verlagsverzeichnis:
CC-Verlag GmbH, Postfach 60 04 03, 22204 Hamburg
Fax: 040-6317306 • E-Mail: info@cc-verlag.de
Internet: http://www.cc-verlag.de

INHALT

1

Das Arbeitszeugnis - Wichtiges und Wissenswertes

2

Textbausteine - Zeugnisformulierungen und was sie aussagen

3

Zeugnisanalyse - Arbeitszeugnisse im Klartext

1

Das

Arbeitszeugnis -

Wichtiges und Wissenswertes

Wie wichtig sind Arbeitszeugnisse?

Bei der heutigen Arbeitsmarktlage sind hundert und mehr Bewerbungen auf eine Stellenanzeige keine Seltenheit. Das inserierende Unternehmen wird kaum alle Bewerber einladen können, um sich so einen persönlichen Eindruck zu verschaffen. Schon aus Zeitgründen treffen viele Unternehmen eine Vorauswahl.

Nach wie vor ist zunächst einmal die Prüfung der Zeugnisse ein wichtiges Auswahlkriterium. Erst an zweiter Stelle folgt die Analyse des Lebenslaufs. Personalleute entscheiden vor allem aufgrund dieser Unterlagen, ob ein Bewerber eingeladen wird oder nicht.

Die wichtigsten gesetzlichen Regelungen

Die wichtigsten Gesetze

Gleichgültig, ob Sie Angestellter oder Gewerblicher sind, bei der Beendigung Ihres Arbeitsverhältnisses haben Sie Anspruch auf ein Arbeitszeugnis. Die gesetzlichen Grundlagen hierzu sind:

§ 113 Gewerbeordnung (GewO):
§ 73 Handelsgesetzbuch (HGB):
§ 630 Bürgerliches Gesetzbuch (BGB):

Im §630 BGB wird zwar von einem dauernden Arbeitsverhältnis gesprochen, jedoch können Sie nach allgemeiner Rechtsauffassung auch bei befristeten Arbeitsverhältnissen zur Probe oder zur Aushilfe ein Zeugnis verlangen.

Aus den gesetzlichen Regelungen wird deutlich: Wollen Sie beim Ausscheiden aus der Firma ein Zeugnis haben, brauchen Sie nicht als Bittsteller aufzutreten. Es ist keine Gefälligkeit, sondern gesetzliche Pflicht, wenn Ihre Firma Ihnen das Zeugnis ausstellt.

Deutlich wird aber auch, dass Sie Ihr Zeugnis ausdrücklich anfordern müssen. Ohne Ihren ausdrücklichen Wunsch ist Ihre Firma nicht zum Schreiben eines Arbeitszeugnisses verpflichtet.

Fristen -Wann verfällt der Zeugnisanspruch?

Ihr Anspruch auf ein Zeugnis ist erst nach 30 Jahren verjährt. So steht es im §195 des Bürgerlichen Gesetzbuches (BGB). Diese Verjährungsfrist hat allerdings mehr theoretischen Wert.

Juristen unterscheiden zwischen Verjährung und Verwirkung. Verwirkt kann Ihr Anspruch nämlich schon viel früher sein. Wann der Anspruch auf ein Zeugnis verwirkt ist, hängt vom Einzelfall ab und liegt damit im Ermessen der Gerichte. Je nach der Stellung, die Sie einnahmen, der Häufigkeit des Personalwechsels im Unternehmen und nicht zuletzt auch der Größe der Firma, wird man den Zeitraum, in dem der Anspruch auf ein Zeugnis noch als angemessen anzusehen ist, verschieden beurteilen.

Ein wichtiges Kriterium ist die Erinnerungsfähigkeit des Arbeitgebers. Es wird in der Regel wohl nur schwerlich möglich sein, dass sich Ihr Vorgesetzter - sofern er überhaupt noch im Betrieb tätig ist - nach vielen Jahren noch hinreichend an Ihre Führung und Ihre Leistungen erinnert.

Besonders im Hinblick auf Verhaltensaussagen akzeptieren Juristen bei Zeugnisausstellern nach einer gewissen Zeit ein nur begrenztes Erinnerungsvermögen.

Fordern Sie beim Ausscheiden aus der Firma möglichst umgehend und schriftlich ein Zeugnis an. Ein entsprechender Satz im Kündigungsschreiben genügt. Sie können sich auf diese Weise viel Ärger ersparen.

Hat man Ihnen nach angemessener Zeit immer noch kein Zeugnis ausgestellt, mahnen Sie es schriftlich an. Länger als 2 Monate sollten Sie mit der Mahnung nicht warten. Wurde Ihnen ein unzutreffendes oder fehlerhaftes Zeugnis ausgestellt, sollten Sie nicht mehr als 5-6 Wochen verstreichen lassen, um schriftlich eine Berichtigung zu verlangen.

Geheimzeichen

Geheime Kennzeichnungen sind nicht erlaubt. Im §113 (3) der Gewerbeordnung (GewO) wird dies sogar ausdrücklich betont:

> „Den Arbeitgebern ist untersagt, die Zeugnisse mit Merkmalen zu versehen, welche den Zweck haben, den Arbeiter in einer aus dem Wortlaut des Zeugnisses nicht ersichtlichen Weise zu kennzeichnen."

Mehrdeutige Formulierungen sind ebenfalls unzulässig. Zeugnisse müssen in einer klaren und eindeutigen Sprache verfasst sein, so dass keine Missverständnisse entstehen können (Urteil des Bundesarbeitsgerichts, BAG 5 AZR 560/58 vom 23.5.60). Im Zeugnis einer Angestellten aus dem Versicherungswesen fand sich diese Aussage:

> *„Die ihr übertragenen Aufgaben erledigte Frau XYZ mit dem ihr eigenen Fleiß."*

Was mit dem „ihr eigenen Fleiß" genauer gemeint war, blieb offen. War sie nun fleißig oder nicht fleißig? Die Aussage ist zweideutig. Darauf angesprochen war sich die Beurteilte der Zweideutigkeit dieser Aussage nicht einmal bewusst. Für sie drückte der Satz nur Lob aus, nämlich eine besondere Betonung ihres Fleißes. Die Erfolglosigkeit ihrer Bewerbungen gab ihr allerdings unrecht.

Gehen Sie davon aus, dass im Zweifelsfall eher die negative Auslegung vermutet wird. In diesem Falle änderte der Arbeitgeber den Satz. Die Stellensuche war danach erfolgreicher.

Wahrheit und Wohlwollen

Oberster Grundsatz: Das Zeugnis muss der Wahrheit entsprechen (Urteil des Bundesgerichtshofes, VI ZR 221/62). Ihr Arbeitgeber ist für die Tatsachen beweispflichtig, die der Zeugniserteilung und den darin enthaltenen Bewertungen zugrunde liegen (Urteil des Bundesarbeitsgerichts Kassel, Aktenzeichen 5 AZR 560/58 v. 23.6.60). Gibt es

Meinungsverschiedenheiten, so liegt die Beweislast nicht bei Ihnen, sondern beim Zeugnisaussteller.

Wahrheitspflicht bedeutet nun allerdings nicht, dass alle Ihre Schwächen schonungslos aufgezählt werden sollen. Unter Wahrheitspflicht versteht man vielmehr, dass im Zeugnis alle wesentlichen Tatsachen enthalten sein müssen, die für die Gesamtbeurteilung des Zeugnisinhabers von Bedeutung sind.

Dabei steht es dem Unternehmen frei, welche positiven oder negativen Leistungen, Vorkommnisse oder Eigenschaften es im Zeugnis mehr betonen will als andere. Auch in der Wortwahl können der Firma keine Vorschriften gemacht werden.

Das Zeugnis muss nur wahr sein und damit „alle wesentlichen Tatsachen und Bewertungen enthalten, die für die Gesamtbeurteilung des Arbeitnehmers von Bedeutung und für den Dritten von Interesse sind“ (Bundesarbeitsgericht Kassel/ 5 AZR 560/58).

Wann ist ein Zeugnis unwahr? Ein Unternehmen verletzt die Wahrheitspflicht, wenn es einen Umstand auslässt, den der Leser eines Zeugnisses eigentlich erwartet. Es widerspricht ebenfalls der Wahrheitspflicht, wenn durch Wortwahl oder bestimmte Formulierungen bei Dritten ein Eindruck hervorgerufen wird, der nicht der Wahrheit entspricht.

Damit Ihr weiteres berufliches Fortkommen nicht unnötig erschwert wird, muss das Zeugnis gleichzeitig auch von verständigem Wohlwollen getragen sein. Für Sie nachteilige Angaben darf das Zeugnis demnach nur enthalten, wenn diese so charakteristisch und schwerwiegend sind, dass sich der Zeugnisaussteller bei einem Verschweigen gegenüber Dritten Schadensersatzansprüchen aussetzen würde. Das ist beispielsweise bei Täuschungen oder Betrug der Fall.

Einmalige Vorkommnisse hingegen, die für den Beurteilten an sich untypisch sind, müssen im Zeugnis unerwähnt bleiben. Bei Auskünften gegenüber anderen Unternehmen darf die Firma nachträglich nicht etwas anderes über Sie aussagen, als im Zeugnis steht. Der Zeugnisinhalt ist für den Arbeitgeber bindend.

Einfaches und qualifiziertes Zeugnis - Worin liegt der Unterschied?

Sie haben die Wahl zwischen zwei verschiedenen Zeugnisarten:

- dem einfachen Zeugnis
- dem sogenannten qualifizierten Zeugnis.

Worin liegt der Unterschied? Während das einfache Zeugnis nur Auskunft über Art und Dauer Ihrer Beschäftigung geben muss, informiert das qualifizierte Zeugnis auch über Ihre Führung und Leistung.

Ohne Ihre Bitte um ein qualifiziertes Zeugnis darf man Ihnen nur ein einfaches Zeugnis ausstellen (Urteil des Arbeitsgerichtes Wilhelmshaven, Aktenzeichen Ca 270/71). Es liegt damit allein bei Ihnen, ob Ihre Leistung und Führung beurteilt werden oder nicht.

Beschäftigungszeiten - Termine, die misstrauisch machen

Bei den Angaben zur Dauer Ihres Beschäftigungsverhältnisses sind erfahrene Zeugnisleser am Ausscheidungsdatum besonders interessiert: Stimmt der Tag Ihres Ausscheidens nicht mit den üblichen Kündigungsterminen überein, oder sind Sie innerhalb des Monats oder Quartals gegangen, müssen Sie bei Bewerbungen mit Misstrauen und bohrenden Fragen rechnen. Gerade das einfache Zeugnis, welches sich ja jeder Wertung enthält, bekommt dann einen besonderen Stellenwert.

Firmen vergleichen daher regelmäßig Ihren Ausscheidungstermin mit dem Ausstellungsdatum Ihres Zeugnisses. Liegt der Ausstellungstermin wesentlich später, könnten Firmen Probleme vermuten. Bestand vielleicht Uneinigkeit hinsichtlich bestimmter Formulierungen? Wurde das Zeugnis vielleicht sogar vom Gericht diktiert? Interessieren wird natürlich auch die Dauer Ihres Arbeitsverhältnisses: Längere Beschäftigungszeiten lassen normalerweise auch längere und detailliertere Zeugnisse erwarten. Stellt man Ihnen jedoch nach langjähriger Betriebszugehörigkeit ein Zeugnis aus, das an Kürze und Kahlheit keine Wünsche offen lässt, sollten Sie sich dagegen wehren. Solche Zeugnisse werden immer wieder als Abwertung gedeutet.

Tätigkeitsbeschreibung -Versteckte Abwertungen

Ihre Aufgaben müssen so dargestellt werden, dass sich fachkundige Dritte ein zutreffendes Bild davon machen können. Aufgaben und Tätigkeiten, die wesentlichen Aufschluss über Ihre Kenntnisse und Ihre Leistungsfähigkeit erlauben, müssen angemessen erwähnt werden.

Lassen Sie sich vor allem qualifizierte, selbständige und eigenverantwortlich ausgeübte Tätigkeiten im Zeugnis aufnehmen. Diese Tätigkeiten werten Sie besonders auf (ArbG Wilhelmshaven). Die Betonung selbständiger Arbeiten, die nicht generell auf Richtigkeit hin kontrolliert werden, können Sie verlangen. Sie haben ein Recht darauf.

Allerdings sollten Sie nun nicht verlangen, dass Ihr Arbeitgeber seitenlang jede Einzelheit Ihrer Tätigkeiten würdigt. Zu leicht kann auf diese Weise ein schiefer Eindruck entstehen.

Ist die Tätigkeitsbeschreibung auffallend knapp, sollten Sie das zur Sprache bringen. Firmen könnten darin eine versteckte Abwertung sehen. Gilt doch auch hier die Faustregel:

> Je inhaltsleerer und knapper das Zeugnis formuliert wurde, desto eher ist von einer schlechten Beurteilung auszugehen.

Zwar dürfen - und sollten sogar - Nebensächlichkeiten unerwähnt bleiben, Aufgaben und Tätigkeiten jedoch, die wesentlichen Aufschluss über Ihre Kenntnisse und Ihre Leistungsfähigkeit geben, müssen erwähnt werden (BAG-Urteil v. 12.8.76).

Beschäftigungsverlauf-
Worauf Unternehmen achten

Im Gegensatz zu Aussagen über Leistung und Führung beruht die Tätigkeitsbeschreibung auf Tatsachen, die sich objektiv nachprüfen lassen. Grund genug für erfahrene Personalchefs, auch in qualifizierten Zeugnissen gerade die Tätigkeitsbeschreibung besonders aufmerksam zu lesen. Wer über einen längeren Zeitraum eine qualifizierte Arbeit mit all ihren Entwicklungsmöglichkeiten voll ausgeschöpft hat, kann nicht schlecht sein.

Häufige Wechsel des Aufgabengebietes oder des Arbeitsplatzes im Betrieb werden dagegen kritisch gesehen. Fanden diese Wechsel stets auf dem gleichen Niveau statt, ohne erkennbare berufliche Weiterentwicklung, so müssen Sie mit kritischen Fragen beim Vorstellungsgespräch oder Nachforschungen beim Zeugnisaussteller rechnen.

Einfache Zeugnisse -
Botschaften zwischen den Zeilen

```
Zeugnis

Frau XYZ, geboren am 2.6.19.., war vom
1.4.1995 bis zum 30.9.20.. als Buchhalterin
in unserem Unternehmen beschäftigt.

Unterschrift
Datum
```

Dies ist die kürzeste Form eines einfachen Zeugnisses. Formell lässt sich gegen den Text nichts einwenden. Er enthält alle notwendigen Einzelheiten:

- Die wichtigsten Daten zur Kennzeichnung der Person: Name, Vorname, Geburtsdatum
- Angaben über die Beschäftigungsdauer
- Angaben über die Art der Tätigkeit
- Ausstellungsdatum
- Unterschrift

Was lässt sich dem Zeugnis entnehmen? Für über 6 Jahre Betriebszugehörigkeit ist das Zeugnis mehr als dürftig. Ein so knappes Zeugnis sollten Sie nicht akzeptieren - schon gar nicht bei qualifizierten Tätigkeiten.

```
Zeugnis

Frau XYZ, geboren am 4. Juli 19.. in München, war in der Zeit vom 1. April 19.. bis 30. September 20.. in unserem Unternehmen als Sekretärin beschäftigt. Während dieser Zeit hatte sie die Kundenkorrespondenz nach Diktat zu erledigen.
```

Abgesehen von der Kürze sollten Sie auch dieses Zeugnis so nicht stehen lassen. Die Formulierung

„hatte .... zu erledigen"

klingt abwertend und negativ. Es könnte der Verdacht aufkommen, dass die Beurteilte Druck brauchte, um etwas zu leisten. Warum wählte man keine aktive Formulierung:

„Während dieser Zeit erledigte sie die Kundenkorrespondenz nach Diktat."

```
Zeugnis
Frau XYZ, geboren am 22.11.19.. in Hamburg, war in der Zeit vom 1.1.19.. bis zum 31.12.20.. in unserer Versandabteilung als Sachbearbeiterin tätig. Frau XYZ verlässt uns auf eigenen Wunsch.
Unterschrift
Datum
```

Auch dieses Zeugnis ist auffallend knapp. Die Bezeichnung „Sachbearbeiterin in der Versandabteilung“ gibt nur unzureichende Vorstellungen darüber, was die Zeugnisinhaberin im Einzelnen gemacht hat. Immerhin wird ihr quittiert, dass sie selbst gekündigt hat, ihr also nicht gekündigt wurde. Jedoch stellt auch dieser Satz gerade das Minimum an Formulierungsaufwand dar. Es wird weder bedauert, dass sie geht, noch spricht das Unternehmen ihr gute Wünsche für die Zukunft aus - was eigentlich ein Gebot der Höflichkeit ist, wenn man in Frieden auseinandergeht.

Zeugnis

Herr XYZ, geboren am 5. Mai 19.. in Hildesheim, war in der Zeit vom 1. April 19.. bis zum 30. September 20.. in unserem Konstruktionsbüro als Technischer Zeichner tätig.

Zu seinen Aufgaben gehörte vorwiegend die zeichnerische Ausarbeitung von Detailkonstruktionen für verschiedene Maschinenteile unserer Schiffsmotoren.

Herr XYZ verlässt uns auf eigenen Wunsch. Wir bedauern seinen Fortgang und wünschen ihm für die Zukunft alles Gute.

Unterschrift

Datum

Aus diesem Zeugnis lässt sich schon mehr entnehmen. Die Tätigkeitsbeschreibung ermöglicht einen brauchbaren Einblick in das Aufgabengebiet des Zeugnisinhabers. Die Schlussformulierungen deuten an, dass es sich um einen bewährten Mitarbeiter handelt, den man ungern ziehen ließ, sonst hätte die Firma sicher kein Bedauern ausgedrückt. Jedoch bleiben auch wichtige Fragen offen: Warum hat der Beurteilte sich kein qualifiziertes Zeugnis ausstellen lassen? Bei Tätigkeiten dieses Niveaus ist es eigentlich üblich, ein Zeugnis zu verlangen, das auch Aussagen über Leistung und Führung enthält.

Das qualifizierte Zeugnis

Was hinsichtlich der Tätigkeitsbeschreibung und der Hinweise über Ihre Beschäftigungszeit im einfachen Zeugnis gesagt wurde, gilt auch für das qualifizierte Zeugnis. Darüber hinaus sagen qualifizierte Zeugnisse auch aus, wie Ihre Leistung und Ihre Führung von Ihrem Unternehmen beurteilt werden. Nur wenn Sie es ausdrücklich verlangen, muss Ihnen die Firma ein qualifiziertes Zeugnis ausstellen.

Verlangen Sie es möglichst immer. Fehlen nämlich diese Angaben, können Firmen leicht misstrauisch werden. Schließlich lag es ja nur an Ihnen, ob Angaben über Ihre Leistung und Ihr Verhalten ins Zeugnis kommen oder nicht. Waren diese gut, kann man davon ausgehen, dass Sie eine lobende Beurteilung auch als Pluspunkt erwähnt haben möchten.

Verständiges Wohlwollen

Verlangen Sie ein qualifiziertes Zeugnis, so gehen Sie das Risiko ein, dass auch weniger Löbliches über Sie geschrieben wird, denn das Zeugnis muss wahr sein. Aus dem gleichen Grunde ist es nicht statthaft, dass man Ihnen ein Zeugnis ausstellt, worin nur Ihre Leistung oder nur Ihre Führung beurteilt werden (BAG, 8.2.1972).

Andererseits muss Ihre Firma Sie mit verständigem Wohlwollen beurteilen (Urteil des Bundesgerichtshofes vom 26.11.63 Aktenzeichen VI ZR 221/62). Darunter verstehen Juristen insbesondere, dass einmalige, nicht schwerwiegende oder seltene Vorfälle oder länger zurückliegende Beanstandungen und Umstände, die für Ihre Führung und Leistung nicht charakteristisch sind, unerwähnt bleiben. Ein beliebter Streitpunkt - vor allem bei weniger guten Beurteilungen - ist immer wieder die Frage, was für den Beurteilten charakteristisch ist und was nicht. Kann man sich nicht einigen und geht in dieser Angelegenheit vor Gericht, befindet sich die Firma oft in der schlechteren Position. Die Beweislast liegt nämlich bei ihr. Sie muss den Richtern konkret beweisen, wie es zu der Beurteilung kam und nicht der Beurteilte.

Beredtes Schweigen

Zeugnisschreiber helfen sich meistens dadurch, dass sie nur noch positive Formulierungen benutzen, die dann nach eigenem Ermessen abgestuft werden. Negatives bleibt unerwähnt. Wichtig ist damit nicht mehr das Lob an sich, sondern vielmehr, was gelobt wird und wie gelobt wird. Sie müssen also vor allem auf das Weggelassene achten, wenn Sie Zeugnisaussagen überprüfen wollen. Damit wird das Lesen von Zeugnissen kompliziert.

Sieht man Leistungen und für die Arbeit wesentliche Eigenschaften so negativ, dass sie nach Meinung des Zeugnisschreibers gar nicht mehr positiv ausdrückbar sind, werden sie meist stillschweigend übergangen. Juristen sprechen daher auch von einem „beredten Schweigen“.

Würde die Leistungs- und Führungsbeurteilung zu schlecht ausfallen, raten viele Personalabteilungen dem so Beurteilten - man könnte schon fast sagen: Verurteilten - von einem qualifizierten Zeugnis ab und empfehlen ihm ein einfaches Zeugnis. Spätestens jetzt dürfte deutlich werden, welchen Stellenwert einfache Zeugnisse bei Beurteilungen vor allem qualifizierter Tätigkeiten einnehmen.

Welche Gliederungspunkte Ihr Zeugnis enthalten sollte

Bei einem vollständigen, qualifizierten Zeugnis erwarten Personalleute Informationen zu den folgenden Punkten:

- Angaben zur Kennzeichnung der beurteilten Person (üblich sind Name, Vorname, Geburtsdatum)
- Angaben über die Beschäftigungsdauer
- Angaben über Art und Inhalt der Arbeit (Tätigkeitsbeschreibung)
- Beurteilung der Leistung

- Beurteilung des Sozialverhaltens im Unternehmen
- Grund des Ausscheidens

Diese Punkte sollten in Ihrem Zeugnis angesprochen werden. Fehlt ein Thema, so ist das Zeugnis unvollständig.

Betriebliches Verhalten - Beurteilung mit Einschränkungen

Bei der Beurteilung Ihres Sozialverhaltens wird besonders auf die drei folgenden Punkte geachtet:

- Ihr Verhalten gegenüber Vorgesetzten
- Ihr Verhalten gegenüber Kollegen
- Ihr Verhalten gegenüber Kunden und Geschäftspartnern.

Hatten Sie Personalverantwortung, so erwarten professionelle Zeugnisleser auch eine Beurteilung Ihres Führungsverhaltens. Schweigt sich das Zeugnis über Beziehungen gegenüber einer der genannten Gruppen aus, so könnte das negativ ausgelegt werden. Zu berücksichtigen sind hierbei allerdings auch die Gesamtbeurteilung Ihres Verhaltens und die Art Ihrer Tätigkeit.

Grundsätzlich geht es bei der Beurteilung des Sozialverhaltens nur um Ihre Führung im Dienst und nicht um Ihr privates Verhalten. Ihr Privatleben geht den Arbeitgeber nichts an. Bemerkungen über Ihr privates Verhalten sind selbst dann unzulässig, wenn hierin nach Meinung des Beurteilenden der Grund für Ihr betriebliches Verhalten liegt.

Aber auch bei der Beurteilung Ihres dienstlichen Verhaltens dürfen Zeugnisschreiber nur erwähnen, was für die Gesamtbewertung und Darstellung ihrer Führung von wesentlicher Bedeutung ist. Einzelne Vorkommnisse, die an sich für Ihr Wesen untypisch sind, gehören nicht ins Zeugnis.

Darf das Zeugnis offene Kritik enthalten?

Darf das Zeugnis offene Kritik enthalten? Vielfach trifft man auf die irrtümliche Meinung, dass im Zeugnis nichts Negatives stehen darf. Bei besonders krassem Fehlverhalten jedoch kommt die Unzufriedenheit offen zur Sprache. Schon wegen des Gebotes der Zeugniswahrheit weisen Zeugnisschreiber auf besonders grobe Verstöße hin. Wiederholte Unverschämtheiten und Ausschreitungen gegenüber Vorgesetzten oder Kollegen dürfen daher genauso erwähnt werden wie grobe Missachtungen betrieblicher Vorschriften.

Normalerweise werden jedoch andere Techniken benutzt: Ist man mit der Führung des Beurteilten unzufrieden, so wird dies entweder durch ein stillschweigendes Übergehen bestimmter Aussagen deutlich gemacht, oder man schränkt die Aussage durch Beifügungen, wie beispielsweise „im Wesentlichen“ oder „im Großen und Ganzen“, ein. Die Regel ist allerdings das „beredte Schweigen“, also das Auslassen wichtiger Beurteilungspunkte.

Tadel mit wohlklingenden Worten

Um andere Unternehmen zu informieren, dass man mit dem Beurteilten unzufrieden war, heben einige Personalabteilungen solche Eigenschaften besonders lobend hervor, die für die Tätigkeit an sich unwesentlich sind. Demgegenüber bleiben oft für die Tätigkeit wichtige Eigenschaften in der Beurteilung unerwähnt. So wird beispielsweise bei entsprechender Tätigkeit aus der Betonung besonderer Genauigkeit oder Sorgfalt manchmal ein langsamer Arbeitsstil geschlossen, wenn Aussagen über die Arbeitsmenge fehlen. So etwas gilt natürlich auch umgekehrt.

Auch die ausdrückliche Bestätigung der Ordentlichkeit oder Pünktlichkeit bedeutet vor allem bei höher qualifizierten Kräften meistens eine bewusste Abwertung. Sie sollten daher besonders misstrauisch sein, wenn Ihr Zeugnis wohlklingende Wendungen enthält, die mit Ihrer Leistung und Führung nicht unmittelbar etwas zu tun haben.

Verschlüsselte Botschaften

Bei der Beurteilung des Sozialverhaltens gibt es noch eine zusätzliche Variante: Persönlichkeitsmerkmale, die nach Meinung des Zeugnisausstellers zu kritisieren sind, werden auf einer hohen Ebene beschönigend abstrahiert, so dass sie einen doppelten Sinn erhalten. Bei doppeldeutigen Worten zählt für professionelle Zeugnisleser jedoch nur die negative Auslegung.

Schönfärberisch werden so allgemein als erstrebenswert angesehene Persönlichkeitsmerkmale angesprochen und auf oft groteske Weise ins Gegenteil verkehrt. Die negative Bedeutung ist für Außenstehende vielfach nicht mehr erkennbar. Einige Beispiele:

„Geselligkeit“	übertriebener Alkoholgenuss
„Einfühlungsvermögen“	Hang zu Sexkontakten

Die Ausdrücke „Verständnis“ und „Interesse“ gehören ebenfalls zu den Vokabeln, die eingeweihte Zeugnisleser stutzig machen. Wem anstelle einer Leistungsbeurteilung nur ins Zeugnis geschrieben wird, dass er für seinen Job Verständnis oder Interesse entgegenbrachte, den trifft im Klartext das Urteil, dass er eher zu den weniger Fleißigen gehört.

Wie findet man nun heraus, was wesentlich ist? Üblich sind in einigen Berufen Angaben über die Zuverlässigkeit. Hierzu gehören beispielsweise Berufsfernfahrer. Bleibt diese Eigenschaft in so einem Zeugnis unerwähnt, wird Negatives vermutet.

Haben Sie in Ihrem Beruf viel mit Bargeld zu tun? Bei besonderen Vertrauensstellungen - z.B. bei Kassierern - ist das Erwähnen der Ehrlichkeit wichtig, sonst gerät man in den Verdacht, unehrlich zu sein.

In vielen Berufen ist es jedoch allgemein unüblich, solche Selbstverständlichkeiten zu erwähnen. Von kundigen Zeugnislesern werden sie in Zusammenhang mit den meisten Berufen eher als abwertende Aussage interpretiert. Grund genug, um solchem Lob grundsätzlich eher zu misstrauen, besonders, wenn es allein im Zeugnis steht.

Zeugnissprache
- Von der Kommunikation ausgeschlossen

Abweichend vom umgangssprachlichen Verständnis sagen Zeugnisformulierungen bei genauerer Analyse oft etwas völlig anderes aus. Durch das Fehlen eines Wortes oder eines Superlativs verschlechtert sich die Beurteilung manchmal drastisch. Aus einem umgangssprachlich formulierten, wohlklingenden Lob wird dann für Eingeweihte ein vernichtendes Urteil.

Wer also im Lesen von Arbeitszeugnissen ungeübt ist, muss damit rechnen, dass er wesentliche Aussagen gar nicht erkennen, geschweige denn verstehen wird. Unkundig sind aber oft gerade die Beurteilten selbst. Von der Kommunikation bleiben sie in wesentlichen Passagen ausgeschlossen.

> Wer aber nicht weiß, was über ihn geschrieben wurde, kann seine Beurteilung auch nicht kontrollieren und sich bei falschen Beurteilungen entsprechend wehren.

Dagegen sind geschulte Zeugnisleser meist sehr gut in der Lage, Arbeitszeugnissen den wahren Informationsgehalt zu entnehmen. Für sie ist weniger bedeutend, dass gelobt wurde, als vielmehr, was und wie gelobt wurde. Nur wer die bestmögliche Formulierung kennt, wird beurteilen können, wie die durchweg positiv klingenden Sätze wirklich gemeint sind.

Was die Zeugnislänge signalisiert

Aus der Länge des Zeugnisses lässt sich mitunter ebenfalls einiges erkennen. War der Beurteilte viele Jahre im Unternehmen beschäftigt, so wird es auffallen, wenn das Zeugnis die lange Zusammenarbeit nur mit ein paar dürren, knappen Worten abtut. Was für die Länge des Zeugnisses gilt, trifft auch auf die Ausführlichkeit der einzelnen Gliederungsabschnitte zu. Trifft man auf eine auffällig lange Tätigkeitsbeschreibung, die sich minutiös mit jedem Detail beschäftigt, so stimmt es schon skeptisch, wenn demgegenüber die Ausführungen über „Leistung“ und „Führung“ eher knapp, förmlich und allgemein gehalten wurden.

Leistungsbeurteilungen - Feine Abstufungen

Zu den wichtigsten Aussagen des Zeugnisses gehört insbesondere die Beurteilung Ihrer Leistungen. Bei der Leistungsbeurteilung verfährt man nach anderen Regeln. Hier gibt es eine feine Abstufung der Superlative. Je nachdem, wie zufrieden die Firma mit dem Beurteilten war, werden vom höchstmöglichen Lob Abstriche gemacht. Eine vollständige Leistungsbeurteilung spricht in der Regel fünf Punkte an:

- Arbeitsmotivation
- Arbeitsweise
- Belastbarkeit und Ausdauer
- Wie erfolgreich gearbeitet wurde (Arbeitserfolg)
- Berufliche Kenntnisse und Fähigkeiten

Achten Sie genau darauf, ob die Beurteilung Ihrer Leistung auf alle Tätigkeiten bezogen wurde, oder nur abschnittsweise und differenziert, jeweils nach der Beschreibung bestimmter Tätigkeiten. Auch das hat seine Bedeutung. Vielleicht will man auf diese Weise ausdrücken, dass Sie bei weniger qualifizierten Aufgaben gut waren, bei schwierigeren Arbeiten jedoch stark abfielen.

Formulierungen im Klartext

Nur wer die bestmöglichen Formulierungen kennt, wird beurteilen können, wie die durchweg positiv klingenden Sätze wirklich gemeint sind.

„Herr XYZ hat seine Aufgaben stets zu unserer vollsten Zufriedenheit ausgeführt."

Diese Formulierung kommt in guten Beurteilungen so regelmäßig vor, dass man sie schon als Standardsatz bezeichnen kann. Als gleichbedeutend gelten die folgenden Sätze:

„Wir waren mit den Leistungen von Frau XYZ jederzeit und in jeder Hinsicht außerordentlich zufrieden."

„Seine Leistungen haben jederzeit und in jeder Hinsicht unsere vollste Anerkennung gefunden."

Auf diese Weise will man nicht nur ausdrücken, dass an den Leistungen nichts auszusetzen ist, sondern dass Sie eine Spitzenkraft sind. Der Satz drückt somit das höchste Lob aus, das Sie ernten können.

„Herr XYZ hat alle vorgenannten Aufgaben stets zu unserer vollen Zufriedenheit ausgeführt."

Lesen Sie genau: Die Steigerung des Wortes „voll" zu „vollst" wird von vielen Zeugnisschreibern gern benutzt, um dem Beurteilten auf diese Weise besonderes Lob auszusprechen. „Voll" drückt vor diesem Hintergrund ein weniger gutes Urteil aus als „vollst". Voll lässt sich eigentlich nicht mehr steigern. Dass viele Firmen deshalb die Vokabel „vollst" als sprachlichen Nonsens abtun und grundsätzlich nur „voll" als höchste Steigerung schreiben, macht die Beurteilung des Zeugnisses für Außenstehende nicht gerade leichter.

„Die ihm übertragenen Aufgaben hat Herr XYZ zu unserer vollen Zufriedenheit erledigt."

Gemessen an den vorherigen Formulierungen wertet dieser Satz den Beurteilten um eine weitere Stufe und drückt eine befriedigende Leistung aus. Neben dem ausgebliebenen Superlativ „vollst" ist das fehlende „stets" entscheidend. Nur selten erkennen Außenstehende die wichtige Bedeutung des Wortes in diesem Satz. Ohne „stets" ist die Formulierung nämlich gleichbedeutend mit „nicht immer". Sein Fehlen signalisiert also, dass man mit dem Beurteilten nicht uneingeschränkt zufrieden war, sondern dass es auch öfters Kritik gab.

Zeitliche Zusätze wie „stets“ sind deshalb für eine gute Beurteilung sehr wichtig. Durch sie soll eine vorbehaltlose Zufriedenheit während der gesamten Beschäftigungszeit ausgedrückt werden. Auf den ersten Blick wie Lob klingende Formulierungen können sich ohne zeitliche Aussagen nicht selten als versteckte Kritik entpuppen.

> *„Herr XYZ hat die ihm übertragenen Aufgaben zu unserer Zufriedenheit ausgeführt."*

Das ist deutlich weniger. Ein einfacher Satz ohne schmückendes Beiwerk, der eher förmlich klingt. Zeitliche Aussagen ebenso wie Superlative fehlen ganz. Wird jedoch der Ausdruck der Zufriedenheit nicht durch positive Zusatzformulierungen hervorgehoben, so werten viele Personalleute schon dies als Hinweis auf unterdurchschnittliche Leistungen.

> *„Wir waren mit den Leistungen von Frau XYZ zufrieden."*

> *„Herr XYZ hat zufriedenstellend gearbeitet."*

In ihrer Schlichtheit kennzeichnen auch diese Sätze gerade noch ausreichende Leistungen - die Untergrenze des Akzeptablen.

> *„Frau XYZ erledigte die ihr übertragenen Arbeiten im Großen und Ganzen zu unserer Zufriedenheit."*

Dieser Satz deutet zwischen den Zeilen massive Kritik an. Man äußert nur schlicht „Zufriedenheit“. Durch die Einschränkung „im Großen und Ganzen“ wird das Urteil vernichtend: Es wurde also nur Mäßiges geleistet und das auch nicht immer. Wer so beurteilt wurde, wird es schwer haben, eine neue Stelle zu bekommen. Das gilt gleichfalls für die folgenden Sätze. Auch sie enthalten eingeschränkte Aussagen. Im Grunde ist man also nicht zufrieden. Die eigentliche Aussage des Satzes wird auf den Kopf gestellt.

> *„Herr XYZ wurde den ihm übertragenen vielseitigen Aufgaben im Wesentlichen gerecht."*

> *„Die Leistungen von Frau XYZ entsprachen weitgehend unseren Erwartungen."*

Achten Sie also auf Einschränkungen oder zeitliche Zusätze. Vielfach sind gerade sie der Kernpunkt der Aussage. Typisch für gute Beurteilungen sind zeitliche Zusätze wie ...

- stets
- jederzeit
- immer
- in jeder Hinsicht
- während der gesamten Beschäftigungsdauer.

Fehlen solche oder gleichartige Formulierungen, so sehen Personalfachleute bereits darin eine Abwertung in der Beurteilung.

Abwertende Beurteilungen

Für eindeutig mangelhafte Beurteilungen sind die folgenden Einschränkungen sehr verbreitet:

- im Großen und Ganzen
- im Wesentlichen
- teilweise
- in etwa

Sie geben dem Zeugnis für arglose Leser zwar immer noch einen positiven Klang, dienen aber dazu, den Zeugnisinhaber als wenig zufriedenstellenden Mitarbeiter zu kennzeichnen. Liegt die Beurteilung völlig unter dem Strich, so deuten Zeugnisschreiber das durch einen Ausdruck des Bemühens an:

> *„Herr XYZ hat sich ständig bemüht, den an ihn gestellten Anforderungen gerecht zu werden."*

Die Erfolglosigkeit des Bemühens bleibt jedoch unerwähnt. Anstelle des „bemüht“ benutzt man auch Worte wie „bestrebt“ oder „willens“.

> *„Frau XYZ erledigte die ihr übertragenen Arbeiten mit großem Fleiß und war stets bestrebt, sie termingerecht zu beenden."*

Das sind wohlwollende und positiv klingende Worte, die Zeugnisleser allerdings nicht beeindrucken. Der Satz lässt Wesentliches vermissen: Angaben über den Zufriedenheitsgrad fehlen völlig. Wer sich seiner Arbeit mit „großem Fleiß“ widmet und dennoch regelmäßig die Termine nicht einhalten kann, wird mit einem klaren Urteil bedacht: Unfähigkeit. Besonders schlechte Leistungen werden auch gern durch die folgenden Sätze ausgedrückt:

> *„Frau XYZ hatte Gelegenheit, die ihr gestellten Aufgaben zu unserer Zufriedenheit zu erledigen."*

> *„Herr XYZ zeigte für seine Arbeit Verständnis."*

Solche Formulierungen stellen eine herbe Rüge dar, wie sie mit positiven Worten ausgedrückt kaum schlimmer ausfallen könnte. Die Abwertung ist eindeutig.

Aussagen über die Führung

Leistungsbeurteilungen lassen sich noch verhältnismäßig eindeutig interpretieren. Dagegen sind Aussagen über das betriebliche Verhalten problematischer. Das beginnt schon mit der Abgrenzung, denn die Trennlinie zwischen Leistung und Führung ist nicht scharf. In der Leistung ist auch Führung enthalten, Führung beinhaltet auch Leistung. Beide beeinflussen sich gegenseitig.

> *„Die Führung von Frau XYZ war jederzeit und in jeder Hinsicht einwandfrei."*

Hier wurde höchstes Lob ausgesprochen. Gute Beurteilungen des Sozialverhaltens drückt auch dieser Satz aus:

> *„Das Verhalten von Herrn XYZ innerhalb der Betriebsgemeinschaft war stets vorbildlich. Von den Kollegen besonders geschätzt wurden seine Aufgeschlossenheit und seine Bereitschaft, andere mit seinem Wissen zu unterstützen."*

Ein aufgeschlossenes Wesen, Hilfsbereitschaft und die Bereitschaft, andere Kollegen mit dem eigenen fachlichen Wissen zu unterstützen, sind Attribute, die man in guten Führungsbeurteilungen immer wieder lesen kann.

Kritik mit positiven Worten

> *„Das Verhalten von Herrn XYZ gegenüber Vorgesetzten, Kollegen und Kunden war jederzeit einwandfrei."*

Statt „in jeder Hinsicht" hat man hier die einzelnen Personenkreise, mit denen der Beurteilte beruflichen Kontakt hatte, einzeln aufgeführt. Achtung bei Aussagen, die so ins Detail gehen! Formulierungen dieser Art bergen Differenzierungsmöglichkeiten, die ungeschulten Lesern meistens kaum auffallen:

> *„Das Verhalten gegenüber Kollegen und Kunden war stets einwandfrei."*

Oberflächlich durchgelesen unterscheidet sich die Formulierung kaum von der vorherigen. Entscheidend ist auch hier wieder einmal, was nicht erwähnt wurde. Zwar gab es keine Probleme mit den Kunden und Kollegen, die Führung gegenüber Vorgesetzten bleibt jedoch unerwähnt. Gab es hier vielleicht Spannungen? War man mit der Führung nicht voll zufrieden, so drücken Firmen dies - ähnlich wie bei der Leistungsbeurteilung - durch ein Auslassen von Aussagen oder durch besonders knappe Formulierungen aus.

> *„Das persönliche Verhalten von Herrn XYZ war einwandfrei."*

> *„Die Führung von Frau XYZ gab zu Beanstandungen keinen Anlass."*

Diese Sätze fallen durch ihre Knappheit und Förmlichkeit auf. Auch fehlen zeitliche Angaben wie beispielsweise „stets", „jederzeit", oder „immer", um eine gute oder sehr gute Führung auszudrücken. Sätze dieser Art kennzeichnen befriedigendes bis ausreichendes Verhalten.

VerborgeneWarnungen

Stolz bewarb sich die Beurteilte mit diesem Lob bei anderen Firmen:

> *„Stets war Frau XYZ fleißig und ehrlich."*

Dort aber sah man das anders. Wer weiß schon als Außenstehender, dass die drei Begriffe Ehrlichkeit, Pünktlichkeit und Fleiß da, wo sie erwähnt werden, immer zusammengehören. Das Wort „Pünktlichkeit“ wird in dem Satz mit keiner Silbe erwähnt. Der Satz enthält damit eine versteckte Warnung: Vorsicht, diese Mitarbeiterin neigt zur Unpünktlichkeit! Gravierendes Fehlverhalten signalisieren die folgenden Sätze:

> *„Das persönliche Verhalten von Herrn XYZ war im Wesentlichen einwandfrei."*

> *„Die Führung von Frau XYZ gab selten zu Beanstandungen Anlass."*

Die harmlos klingenden Ergänzungen „selten“ und „im Wesentlichen“ machen aus der Beurteilung eine drastische Abwertung. Die Beurteilten - man könnte schon fast sagen, Verurteilten - werden in den Kreis solcher Mitarbeiter eingegliedert, die von Firmen aufgrund nicht mehr zu billigender Verhaltensweisen lieber gemieden werden.

Ihre Unzufriedenheit verdeutlichen Firmen oft auch gern durch ein „beredtes Schweigen“. Das Thema „Führung“ wird dann im Zeugnis stillschweigend übergangen. Man äußert sich einfach gar nicht dazu. Stattdessen werden nicht selten in blumigen, vielfach unscharfen Formulierungen solche Eigenschaften gelobt, die für die Tätigkeit an sich unwesentlich oder selbstverständlich sind:

> *„Herr XYZ verfügt über ein bemerkenswertes Bildungsniveau, welches ihn stets zu einem interessanten Gesprächspartner machte. Innerhalb der Betriebsgemeinschaft kamen Herrn XYZ neben seinen mannigfachen Fähigkeiten sein humorvolles Wesen und seine Gelassenheit zugute."*

Wie zufrieden man mit der Führung des Beurteilten war, sagt dieser Text an keiner Stelle aus. Offenbar war man also nicht zufrieden.

Lobende Erwähnung finden stattdessen nur allgemeine Merkmale, die mit den eigentlichen Berufsaufgaben nichts zu tun haben. Gefragte, wichtige berufliche Eigenschaften bleiben dagegen unerwähnt - sind also nicht erwähnenswert. Die Formulierung „welches ihn stets zu einem interessanten Gesprächspartner machte" könnte auch anders gedeutet werden: Ließ sich der Zeugnisinhaber etwa ständig durch Privatgespräche ablenken? Tendierte er vielleicht dazu, auch andere durch „interessante Gespräche" von der Arbeit abzuhalten?

Lob, das keines ist

> *„Herr XYZ hat stets kritisch in positiver Weise mitgedacht."*

An sich ist diese Formulierung nicht negativ. Sie kann aber so verstanden werden, zumal in der Regel eigentlich erwartet wird, dass man bei der Arbeit mitdenkt. Wenn es für den Beurteilten keine anderen herausragenden Eigenschaften zu bemerken gibt als solche pauschalen Allgemeinurteile, so steht es schlimm um ihn.

> *„Herr XYZ verfügt über ein gesundes Selbstvertrauen."*

Auf den ersten Blick schmeichelt einem auch dieser Satz. Bis das Zeugnis an jemanden gerät, der das ganz anders versteht. Für ihn sagt dann das „gesunde Selbstvertrauen" ein übersteigertes Selbstbewusstsein aus.

> *„Frau XYZ wusste sich gut zu verkaufen. Wegen ihrer Pünktlichkeit war sie stets ein gutes Vorbild."*

Auch dieser Aussage haftet der Verdacht einer versteckten Abwertung an. Als berufstypisch dürfte die Eigenschaft „sich gut zu verkaufen" wohl kaum gelten. Durch die besondere Betonung der Pünktlichkeit wird die Abwertung eindeutig. Pünktlich zu sein zählt zu den selbstverständlichen beruflichen Tugenden, von denen man annimmt, dass sie umso eher vorhanden sind, je mehr wirklich erwähnenswerte Eigenschaften gelobt werden. Umgekehrt können knappe, zurückhaltende Formulierungen auch Selbstverständlichkeiten in Frage stellen.

„Die ihm übertragenen Arbeiten führte Herr XYZ mit der ihm eigenen Sorgfalt aus."

„... und diese Sorgfalt lag unter dem Durchschnitt“, könnte man ergänzen. Der Zeugnisinhaber aber empfand diese Aussage als Lob. Konnte er doch nicht ahnen, dass er gerade durch diesen Satz bei den Firmen auf Ablehnung stieß, so dass andere Mitbewerber vorgezogen wurden.

Berufliche Fähigkeiten - Formulierungen, die man kennen sollte

Auch in den Aussagen über Ihre fachlichen Fähigkeiten haben sich bei vielen Unternehmen Formulierungen herausgebildet, die für Eingeweihte klare Abstufungen erkennen lassen. Wer allerdings nicht weiß, wie einzelne Ausdrücke deuten sind, kann Überraschungen erleben.

„Frau XYZ verfügt über gute Fachkenntnisse."

Das ist eine klare Aussage, an der sich nicht deuteln lässt, meinte die Beurteilte. Gute Fachkenntnisse sind gute Fachkenntnisse sollte man meinen. Die Firmen, bei denen sie sich bewarb, sahen das anders. Für sie stand der Ausdruck „gute Fachkenntnisse“ am unteren Ende der Rangskala.

„Sein umfangreiches Fachwissen konnte Herr XYZ vorteilhaft einsetzen."

Wer sich in der Rangskala der Formulierungskünste nicht auskennt, wird an unliebsamen Überraschungen keinen Mangel leiden. Auch diese Formulierung machte dem Bewerber Schwierigkeiten. Unterstellte man ihm doch aufgrund der Formel einen Wissensstand, der eher unter dem Durchschnitt liegt. Achten Sie darauf, dass man Ihnen zumindest *„solide Fachkenntnisse“* oder ein *„fundiertes Fachwissen“* bescheinigt. Solche Formulierungen kennzeichnen einen durchschnittlichen, normalen Wissensstand - allerdings auch nicht mehr. Wenn Sie überdurchschnittliche Kenntnisse vorweisen können, sollten Sie auf andere Vokabeln Wert legen.

„Der Erfolg ihrer Arbeit ist nicht zuletzt auch auf ihre besonders gut fundierten Fachkenntnisse zurückzuführen."

Diese Formulierung können Sie sogar wörtlich nehmen. Sie meint tatsächlich, was sie aussagt. Verglichen mit der vorherigen Aussage stellt „besonders gut fundiertes Fachwissen" eine Rangstufe höher dar. Eine weitere Stufe besser sind „sehr gute Kenntnisse". Sie werden vielfach sogar offen mit diesen Worten ausgedrückt:

„Es bereitete Frau XYZ keine Schwierigkeiten, ihre sehr guten Kenntnisse erfolgreich einzusetzen."

Die bestmögliche Formulierung in dieser Rangskala ist damit aber noch nicht erreicht. Will man allerhöchstes Lob ausdrücken, so wird von „ausgezeichneten Kenntnissen" gesprochen:

„Aufgrund seiner ausgezeichneten Kenntnisse war Herr XYZ auch bei der Durchführung besonders schwieriger Aufgaben überdurchschnittlich erfolgreich."

Diese Rangskala ist sehr verbreitet. Jedoch wird Sie nicht von allen Firmen verwendet. Es gibt auch individuelle Formulierungen, die dann allerdings oft eine deutlichere Sprache sprechen.

Abschlussformulierungen - Darauf sollten Sie achten

Haben Sie selbst gekündigt, so können und sollten Sie verlangen, dass dies auch im Zeugnis erwähnt wird. Typische Formulierung:

„Frau XYZ verlässt unsere Firma auf eigenen Wunsch."

Dieser Satz ist wichtig! Sagt er doch aus, dass Sie der Firma gekündigt haben und nicht die Firma Ihnen. Achten Sie darauf, dass Ihr Zeugnis so einen Satz enthält. Fehlt der Hinweis, so könnte man nämlich annehmen, dass Sie nicht freiwillig gingen, sondern gegangen wurden. Geübte Zeugnisleser achten auch sehr darauf, wie schwer der Firma die Trennung fiel: Zu Ihrer Kündigung wird Ihr Chef im Zeugnis sicher nicht sein Bedauern äußern, wenn das nicht auch stimmt.

> *„Frau XYZ verlässt unsere Firma auf eigenen Wunsch. Wir danken für die geleistete Arbeit und bedauern ihr Ausscheiden sehr. Für die Zukunft wünschen wir ihr alles Gute und viel Erfolg."*

Eine Schlussformulierung, wie man sie vielfach am Ende guter Zeugnisse liest. Für Firmen enthält sie wichtige Hinweise, die in guten Beurteilungen nicht fehlen sollten:

- Kündigung auf eigenen Wunsch
- Dank für die geleistete Arbeit
- Bedauern des Ausscheidens
- Gute Wünsche für die Zukunft

Für Zeugnisleser ist auch die Abschiedsfloskel bedeutsam. Schließlich bedankt man sich normalerweise nur für Leistungen, mit denen man zufrieden war. Um die Aussage allerdings richtig einstufen zu können, müssen Sie wissen, dass sich zur Steigerung zuweilen noch Zusätze wie diese finden:

> *„Wir verlieren in Frau XYZ eine wertvolle Mitarbeiterin."*

> *„Mit Herrn XYZ verlieren wir einen unserer besten Mitarbeiter."*

Aber auch für den Ausdruck des Bedauerns gibt es noch Steigerungsmöglichkeiten:

> *„Wir verlieren in Herrn XYZ einen wertvollen Mitarbeiter und bedauern sein Ausscheiden außerordentlich."*

Erzwingen können Sie solche Formulierungen allerdings nicht. Die Firma ist nicht verpflichtet, im Zeugnis Dank oder Bedauern auszusprechen. Erreichen lässt sich eher etwas durch ein verbindliches Gespräch.

Was das Kündigungsdatum aussagt

„Herr XYZ kündigt im gegenseitigen Einvernehmen."

„Das Arbeitsverhältnis wird im gegenseitigen Einvernehmen beendet."

Solche Sätze deuten darauf hin, dass der Beurteilte nicht freiwillig gekündigt hat, denn sonst würde ja „auf eigenen Wunsch" im Zeugnis stehen. „Im gegenseitigen Einvernehmen" bedeutet meistens im Klartext, dass dem Zeugnisinhaber nahegelegt wurde, zu kündigen. Hier gab es also Spannungen. Bei solchen Formulierungen verzichten Zeugnisaussteller übrigens auch gern auf den Ausdruck des Bedauerns und auf Dankesworte.

Ihre Firma darf den Grund Ihrer Kündigung grundsätzlich dann nicht angeben, wenn es für Sie nachteilig sein kann. Firmenseitige Kündigungen werden daher nur in Ausnahmen offen im Zeugnis ausgesprochen. So etwas lässt sich anders ausdrücken. Im Zeugnis ist dann nicht zu erkennen, ob Sie oder die Firma das Arbeitsverhältnis gelöst haben:

„Das Arbeitsverhältnis endet fristgerecht am 31.3.20..."

Dieser Satz sollte möglichst nicht in Ihrem Zeugnis stehen. Immerhin handelt es sich nicht um eine fristlose Kündigung. In diesem Fall hätte man geschrieben:

„Das Arbeitsverhältnis endet am 10.4.20.. ."

Fällt Ihnen beim Ausscheidungsdatum etwas auf? So lässt sich eine fristlose Kündigung ausdrücken.

Es interessiert Firmen sehr, zu wissen, wann Sie ausgeschieden sind. Stimmt der Austrittstermin nicht mit den üblichen Kündigungsfristen überein, oder sind Sie innerhalb des Monats oder Quartals ausgeschieden, so müssen Sie auch hier mit Misstrauen rechnen.

Je knapper der Schluss, desto eher wird vermutet, dass die Firma Sie gern ziehen ließ. Jedoch wird auch bei weniger guten Beurteilungen erwartet, dass man Ihnen im Zeugnis zumindest gute Wünsche für die

Zukunft ausspricht. Das ist schon ein Gebot der Höflichkeit. Fehlen die guten Wünsche, lässt sich besonders nach langjährigen Arbeitsverhältnissen annehmen, dass Sie tiefgreifenden Ärger mit Ihrer Firma hatten.

Zwischenzeugnisse - Als Kündigung interpretiert

Im Gegensatz zum endgültigen Zeugnis, das Sie bei Ihrer Kündigung erhalten, haben Zwischenzeugnisse nur vorläufigen Charakter. Sie werden bei noch bestehendem Arbeitsverhältnis ausgestellt. Da das Arbeitsverhältnis noch besteht, ist es üblich, dass Zwischenzeugnisse in der Gegenwartsform geschrieben werden.

Generell gelten für das Zwischenzeugnis die gleichen rechtlichen Grundsätze wie für das endgültige Zeugnis. Das Landesarbeitsgericht Düsseldorf hat dies in einem Urteil ausdrücklich bestätigt (9 Sa727/76 v. 2.7.76).

Stehen Sie in einem befristeten Arbeitsverhältnis, so können Sie eine angemessene Zeit vor Fristablauf ein Zwischenzeugnis verlangen. Als angemessen gelten normalerweise 3 Monate vor Vertragsablauf. Ist Ihr Arbeitsverhältnis unbefristet, so haben Sie nur bei Kündigung einen Rechtsanspruch auf ein Zwischenzeugnis.

Übrigens entbindet das Zwischenzeugnis Ihren Arbeitgeber nicht von der Pflicht, Ihnen bei Kündigung noch ein endgültiges Zeugnis auszustellen. Ihr Arbeitgeber kann allerdings in diesem Fall das Zwischenzeugnis zurückfordern.

Zwischenzeugnisse werden meistens verlangt, wenn jemand einen neuen Arbeitsplatz sucht und sich bewerben will. Die Bitte um ein Zwischenzeugnis kann deshalb leicht auch als indirekte Kündigung ausgelegt werden.

Jedoch auch wenn man es Ihnen in den Mund legen will: In Ihrer Absicht, sich zu verändern, liegt noch nicht der Ausspruch einer

Kündigung. Um aber gar nicht erst Missverständnisse aufkommen zu lassen, sollten Sie Ihre Bitte um ein Zwischenzeugnis plausibel begründen.

Wann Sie um ein Zwischenzeugnis bitten sollten

Bei folgenden Gründen ist es allgemein üblich, ein Zwischenzeugnis zu verlangen:

- Wenn Sie sich verändern wollen
- Wenn Sie Fortbildungskurse, Fach- oder Hochschulen besuchen wollen, bei denen die Vorlage eines Zwischenzeugnisses zur Zulassung erforderlich ist.
- Wenn sie in der Firma einen neuen Vorgesetzten erhalten sollen, oder versetzt werden.
- Die Bitte um ein Zwischenzeugnis bei Änderung der Gesellschaftsform oder der Gesellschaftsrechte ist besonders bei Führungskräften üblich.

Wie gesagt, bei allen diesen Gründen haben Sie nur beim ersten einen Rechtsanspruch. Jedoch auch bei der Kündigung ist gut beraten, wer sich nach Möglichkeit diplomatisch verhält und nicht gleich auf sein Recht pocht. Versuchen Sie nie, die Bitte um ein Zwischenzeugnis als Kündigungsgrund oder als Druckmittel zu missbrauchen. Wenn sie nämlich mehrmals erklären müssen, dass es mit Ihrem Wechsel nicht geklappt hat, büßen Sie schnell an Ansehen ein und wirken unglaubwürdig.[1]

Unzufrieden mit dem Zeugnis?

Fällt die Beurteilung anders aus als erwartet, ist man leicht in seinem Stolz und im Selbstwertgefühl getroffen. Auch wenn Ihnen zur Zeit vielleicht ganz anders zumute sein sollte - versuchen Sie, sich erst einmal im Guten zu einigen. Pochen Sie nicht gleich auf Ihre Rechte.

[1]Zum Thema Zwischenzeugnis sei hier das Buch „Zeugnisse-Wie Sie böse Überraschungen vermeiden“ empfohlen (vgl. Anhang). Es geht detailliert auf dieses Thema ein.

Solange das Gespräch sachlich bleibt, haben Sie die besseren Chancen, noch etwas zu ändern. Versuchen Sie, erst einmal zu klären, wie es zu den strittigen Punkten im Zeugnis kommen konnte. Kann man Ihnen keine stichhaltigen Gründe für die strittige Beurteilung nennen, dann erklären Sie, was Sie warum anders dargestellt haben möchten.

Ist Ihr Zeugnis unrichtig oder unvollständig, so können Sie verlangen, dass es berichtigt und vervollständigt wird. Ihr Arbeitgeber ist in diesem Fall verpflichtet, ein neues Zeugnis zu schreiben. Nachträgliche Einschaltungen, Radierungen oder sonstige Verbesserungen sind nicht zulässig. An dieser Stelle sei aber nochmals gesagt, dass Sie von Ihrem Chef nicht verlangen können, bestimmte Worte oder Formulierungen zu wählen. Für Beanstandungen Ihres betrieblichen Verhaltens muss Ihr Arbeitgeber konkrete Beweise erbringen können. Bringen Sie zur Sprache, wenn man Ihr Sozialverhalten aufgrund einmaliger, für Sie eigentlich untypischer Sachverhalte kritisiert. Solche Kritiken können ein falsches, nicht objektives Bild Ihrer Persönlichkeit zeichnen.

Leistungsbeurteilungen müssen auf konkreten Vorfällen beruhen. Wie beim Sozialverhalten ist Ihr Arbeitgeber auch für sein Urteil über Ihre Leistung beweispflichtig. Weisen Sie auf besondere Leistungen hin, auf besondere Kenntnisse und Qualifikationen, die in Ihrem Arbeitsbereich nicht selbstverständlich sind. Selbständige, eigenverantwortlich durchgeführte Tätigkeiten werten Sie in der Qualifikation auf. Besonders sie sollten im Zeugnis angemessen hervorgehoben werden.

Wollen Sie, dass Ihr Zeugnis geändert werden soll, so schieben Sie das Thema nicht auf die lange Bank. Zu groß ist die Gefahr, dass Ihr Anspruch wegen einer zu langen Wartezeit verwirkt sein könnte. Und das, obwohl Ihre Forderung vielleicht sachlich berechtigt ist.

Klage als letzte Möglichkeit

Den Gang zum Arbeitsgericht sollten Sie sich als letzte Möglichkeit offenlassen. Klagen Sie erst, wenn alle anderen Versuche erfolglos blieben. Ziehen Sie gleich zu Beginn mit der Androhung juristischer Schritte ins Feld, haben Sie später keine Steigerungsmöglichkeiten mehr.

Wer mit seinem Zeugnis unzufrieden ist, hat keine schlechten Chancen auf eine nachträglich bessere Beurteilung. Schließlich muss die Firma vor Gericht konkret beweisen können, wieso sie zu der schlechten Beurteilung kam. Oft gerät sie dabei in Beweisnot.

Sie sollten sich allerdings darauf einrichten, dass der Weg durch die Instanzen lang und mühsam sein kann. Zunächst bringen Sie Ihre Klage beim Arbeitsgericht vor. Erst in zweiter Instanz gelangt Ihre Angelegenheit vor das Landesarbeitsgericht. Wird auch dort von einer der Parteien Berufung eingelegt, bleibt als dritte Instanz das Bundesarbeitsgericht.

Was Sie bei der Klage beachten müssen

Bei einer Klage auf Erteilung eines neuen Zeugnisses müssen Sie die gewünschten Änderungen genau angeben. Es genügt nicht, wenn Sie in der Klageschrift nur die beanstandeten Sätze kritisieren. Sie müssen auch angeben, welche Formulierungen konkret an deren Stelle treten oder zusätzlich in die Beurteilung aufgenommen werden sollen. Was Sie in der Klageschrift nicht aufgeführt haben, wird vom Gericht auch nicht geprüft.

Wer also mit dem Zeugnis so unzufrieden ist, dass er es völlig neu formuliert haben will, muss den vollen Wortlaut des von ihm begehrten Zeugnisses in den Klageantrag aufnehmen. Hat das Gericht sich für eine Änderung entschieden, muss die Firma grundsätzlich ein neues Zeugnis schreiben. Korrekturen in der alten Beurteilung sind nicht zulässig. Ohne sachlichen Anlass darf Ihr Zeugnis nicht erkennen lassen, dass Sie sich von Ihrem Arbeitgeber im Streit getrennt haben.[1]

[1]Das Thema Unzufriedenheit mit dem Zeugnis wird in dem Buch „Zeugnisse-Wie Sie böse Überraschungen vermeiden“ ausführlich behandelt. (Titelinfo vgl. Anhang)

2

Textbausteine -

Zeugnisformulierungen und was sie aussagen

Zeugnisanfang/ Einleitung

- Herr XY, geboren am ... in ..., war vom ... bis zum ... in unserem Unternehmen als ... tätig.

- Frau XY, geboren am ... in ..., trat am ... in unser Unternehmen als ... ein.

- Herr XY, geboren am ... in ....., war in unserem Unternehmen im Rahmen eines befristeten Arbeitsverhältnisses vom ... bis zum ... als .... beschäftigt.

- Herr XY, geboren am ... in ....., war in unserem Unternehmen vom ... bis zum ... als .... in Teilzeitbeschäftigung mit ... Stunden pro Woche tätig.

- Frau XY, geborene ..., geboren am ... in ..., war bei uns vom ... bis ... im Rahmen eines befristeten Arbeitsverhältnisses tätig.

- Herr XY war in unserem Unternehmen vom ... bis ... als .... tätig. Das Arbeitsverhältnis dauerte vom ... bis... .

Problematische Formulierungen:

- Frau XY, geborene ..., geboren am ... in ..., war in der Zeit vom ... bis zum ... in unserem Unternehmen als ... beschäftigt. (Passive Formulierung)

- Herr XY, geboren am ... in ..., wurde am ... in unserem Unternehmen als ... eingestellt. (Passive Formulierung)

- Frau XY, geboren am ... , wurde in unserer Firma in der Zeit vom ... bis zum ... als ... eingesetzt. (Passive Formulierung)

Tätigkeitsbeschreibung

Die Tätigkeitsbeschreibung selbst ist wegen ihres individuellen Charakters wenig standardisierbar. Zur Einleitung haben sich jedoch einige typische Standardformulierungen durchgesetzt, die in Zeugnissen immer wieder zu lesen sind.

Tätigkeitsbeschreibung - Verbreitete Formulierungen

❍ In dieser Funktion führte er folgende Aufgaben aus: ....

❍ Ihm waren folgende Aufgabengebiete übertragen: ....

❍ Zu seinen Aufgaben gehörte insbesondere ....

❍ Der Schwerpunkt seines Aufgabenbereichs bestand in ....

❍ Sein Aufgabenbereich umfasste folgende Schwerpunkte: ....

❍ Wegen ihrer überdurchschnittlichen Leistungen wurde Frau XY nach Beendigung der Probezeit in der Abteilung ... eingesetzt. Hier war sie zuständig für die folgenden Aufgaben .....

❍ Nach Einarbeitung in verschiedenen Bereichen unseres Hauses setzten wir Frau XY in der Abteilung ... ein. Hier war sie eigenverantwortlich für das Aufgabengebiet ... zuständig. Außerdem war sie maßgeblich an der Entwicklung unserer ... beteiligt.

❍ Herr XY betreute selbständig zunächst das Aufgabengebiet .... Wegen des großen Arbeitszuwachses wurde eine Neuaufteilung seines Arbeitsbereiches notwendig. Ab dem ... übernahm Herr XY aus diesem Grunde den Aufgabenbereich ...

❍ Frau XY war bei uns anfangs als ... tätig. Zum ... übernahm sie eigenverantwortlich den Arbeitsbereich ... .

❍ Herrn XYs vielseitiges und anspruchsvolles Aufgabengebiet gliederte sich in .... .

- Ihre Tätigkeit bestand vorwiegend in ..., sowie der ... .

- Herr XY arbeitete bis zum ... in der Abteilung .... Danach wurde er in der Abteilung ... mit der ... betraut.

Problematische Formulierungen:

Die folgenden Sätze werden mitunter als Abwertung gedeutet.

- In dieser Position wurde Herr XY vorwiegend für alle anfallenden Tätigkeiten in der ... eingesetzt. (Passive Formulierung)

- Hierbei hatte er folgende Aufgaben zu erledigen: ... (Passive Formulierung)

- Als ... hatte er die Aufgabe, für den ..... zu sorgen. (Passive Formulierung)

- Außerdem kümmerte er sich um ...

- Zusätzlich war er mit Aufgaben aus dem Bereich ... beschäftigt.

Muster für Tätigkeitsbeschreibungen

Bürokauffrau

Frau XY war als Bürokauffrau in unserer Kreditorenbuchhaltung für alle anfallenden Tätigkeiten in der Kreditorenbuchhaltung zuständig.

Spezialist Sachversicherungen

Herr XY war unserem Unternehmen als Sachbearbeiter tätig. Zu seinem Aufgabengebiet gehörte die Produkt- und Tarifentwicklung in den Sachsparten, sowie die Weiterentwicklung und Pflege der Produkte.

Steuerfachgehilfin

Frau XY war als Steuerfachgehilfin für den Bereich Lohn- und Finanzbuchhaltung, Steuererklärungen, Quartals- und Jahresabschlüsse tätig.

Referent/ Werbung

Zu seinen Aufgaben gehörten die Verkaufsförderung und –abwicklung, die Umsetzung von Standortmarketing und POS-Aktionen sowie der Werbemitteleinkauf.

Buchhalterin

...war als Buchhalterin in unserem Unternehmen tätig. Zu ihrem Aufgabengebiet gehörten die Belegkontierung und Vorbereitung der Buchführung, Zahlungsanweisungen, die Überwachung von Außenständen sowie die Bearbeitung von Zahlungseingängen.

Speditionskaufmann

...war Herr XY in unserem Bereich Import-See als Speditionskaufmann tätig. Sein selbständiges Aufgabengebiet umfasste die komplette Seefracht-Import-Abwicklung einschließlich Abrechnung und Kommunikation.

Vertriebsassistentin

Zu ihrem Aufgabengebiet gehörte insbesondere die Unterstützung der Vertriebsleitung, die Betreuung des Außendienstes, die Organisation von Veranstaltungen sowie der telefonische Kundenkontakt.

Verwaltungsangestellter

Zu seinen Aufgabenschwerpunkten gehörten:

- Die Erledigung der Verwaltungsarbeiten für Umlegungsverfahren nach dem BauGB, insbesondere die Assistenz der Geschäftsstellenleitung, die Erledigung der Verwaltungsarbeiten in der Geschäftsstelle, Unterstützung und Vertretung des Geschäftsstellenleiters sowie die Protokollführung bei Ausschusssitzungen.
- Die Durchsetzung von Eingriffs- und Ausgleichsregulierungen nach dem BauGB.

Referentin/ Betriebswirtschaft

Frau XY war in unserer Abteilung BWL als Fachreferentin tätig. Zu ihren Aufgaben gehörten die Entwicklung und Einführung konzerneinheitlicher betriebswirtschaftlicher Methoden und Verfahren zu den Themenkreisen Planung, Ergebnisrechnung, Berichterstattung und Projektcontrolling.

Kaufmännischer Angestellter im Facility Management

Zu ihren wesentlichen Aufgaben gehörten die Veranlassung von Gebäude- und Anlagereparaturen sowie die Sicherstellung der Durchführung von Wartungen der haustechnischen Anlagen. Außerdem war Herr XY für die Prüfung und Bewertung von Verträgen mit externen Dienstleistern sowie die Umsetzung organisatorischer Konzepte zur Sicherstellung der Betriebsbereitschaft in Notfällen zuständig.

Einkaufsassistentin

Frau XY war in der Zeit vom .. bis.. als Einkaufsassistentin verantwortlich für die Disposition und den Einkauf bestimmter Warengruppen.

Vertriebsmitarbeiter

Seine Aufgaben waren die kompetente Beratung, die Kundenbetreuung und die Akquisition vorrangig im Firmenbereich.

Datenanalytikerin

Frau XY war im Bereich Marktentwicklung und Vertrieb tätig. Ihre Arbeitsschwerpunkte lagen in der Anwendung bestimmter Analyseverfahren zur Erstellung feinräumiger Vertriebsanalysen sowie in der Konzeption von empirischen Käuferanalysen.

Sales Manager

Sein Aufgabengebiet umfasste den Kontakt zu unseren Markpartnern und die Eröffnung neuer Vertriebswege für unsere datenbankgestützten Produkte. Die Positionierung unserer Produkte am Markt gehörte neben Produktpräsentationen und einer gezielten Marketingunterstützung zu den Schwerpunkten seiner Tätigkeit.

Personalsachbearbeiterin

Frau XY war in unserer Abteilung Personalwesen tätig. Die Schwerpunkte ihrer Tätigkeit umfassten die administrative Abwicklung aller Personalangelegenheiten, die selbständige Erstellung der Lohn- und Gehaltsabrechnung für einen definierten Mitarbeiterkreis sowie die Mitwirkung bei Personalbeschaffungsmaßnahmen.

Kaufmännischer Angestellter/ Finanz- und Kreditwesen

Zu ihren Aufgaben gehörten:

- die tägliche Bankdisposition
- die Kontrolle und Überwachung des Zahlungsverkehrs
- die Freigabe von Akkreditiveröffnungen
- die Verwaltung von Devisenbeständen und deren Abwicklung
- die Vergabe und Aufnahme von Konzerndarlehen
- die Kassenführung inklusive Deviseneinkäufen

Sachbearbeiterin/ Qualitätssicherung

Zu ihren Aufgaben gehörten:

- die Sachbearbeitung für alle Themen der Qualitätssicherung
- die allgemeine Administration für den Bereich Qualitätssicherung
- die organisatorische und abwicklungstechnische Unterstützung der Abteilungsleitung
- Analysen und Statistiken

Druckfachfrau

Frau XY war in unserem Unternehmen als Druckfachfrau im DTP-Bereich tätig. In der Abteilung Marketing-Herstellung war sie zuständig für die Organisation und Abwicklung von Prospekten, Drucksachen, Anzeigen und weiterer Werbemittel. Ihr Aufgabengebiet umfasste insbesondere die Auswahl von Druckträgern unter Berücksichtigung optimaler Kosten-Nutzen Relation und die sichere Farbbeurteilung von Dias und Andrucken.

Wareneingangsleiter

Als Leiter/ Wareneingang kontrollierte Herr XY unsere Wareneingänge auf Qualität und Menge und sorgte für Ordnung in unseren Warenlägern.

Gruppenleiter in/ Auftragsabwicklung

Als Gruppenleiterin in unserer Abteilung Vertriebsabwicklung leitete sie ein Team von vier Sachbearbeitern und war zuständig für den reibungslosen Ablauf zwischen Verkauf, Lager, Einkauf und Buchhaltung. Zu ihrem Aufgabengebiet gehörten außerdem die Betreuung wichtiger Kunden, die Pflege des Kontaktes zu unseren Vertretern sowie die Vertriebsorganisation in Zusammenarbeit mit dem Vertriebsleiter.

Beurteilungen des Sozialverhaltens

Treten anstelle einer Gesamtbeurteilung des sozialen Verhaltens detaillierte Einzelbeurteilungen, so lassen sich diese wie folgt gliedern:

- Sozialverhalten gegenüber Vorgesetzten und Mitarbeitern
- Sozialverhalten gegenüber Dritten
- Sozialverhalten – Sonstiges Verhalten

In vielen Zeugnissen wird auf eine Beurteilung des Verhaltens gegenüber Dritten verzichtet. Aus einer fehlenden Beurteilung gegenüber Dritten lässt sich daher nicht unbedingt auf ein Fehlverhalten gegenüber dieser Gruppe schließen.

Sozialverhalten – Formulierungen bei sehr guter Beurteilung

❍ Gegenüber Vorgesetzten und Kollegen verhielt sich Herr XY stets vorbildlich.

❍ Das Verhalten von Frau XY gegenüber Vorgesetzten und Mitarbeitern war immer einwandfrei.

❍ Vorgesetzten und Mitarbeitern gegenüber verhielt sich Herr XY stets lobenswert. Er trug wesentlich zu einem entspannten und angenehmen Abteilungsklima in der Abteilung bei.

❍ Wegen ihrer stets verbindlichen, kooperativen und hilfsbereiten Art war Frau XY ihren Vorgesetzten eine wertvolle Stütze und den Kollegen eine geschätzte Kollegin.

- Vorgesetzte und Kollegen schätzten Herrn XY als fleißigen und freundlichen Mitarbeiter. Auch gegenüber unseren Kunden und Geschäftspartnern war sein Verhalten stets einwandfrei.

- Frau XYs Verhalten gegenüber Vorgesetzten verdient vollstes Lob. Wegen ihres kooperativen Wesens wurde Frau XY auch von Kollegen und Kunden gleichermaßen geschätzt.

- Herrn XYs persönliches Verhalten war stets lobenswert. Bei Vorgesetzten und Mitarbeitern wurde er wegen seines freundlichen Wesens und seiner kollegialen Haltung sehr geschätzt. Das Verhalten gegenüber Kunden war stets freundlich und verbindlich.

- Von Kollegen und Kunden wurde Frau XY aufgrund ihrer guten Umgangsformen und ihrer freundlichen Art sehr geschätzt. Auch das Verhalten gegenüber Vorgesetzten war in jeder Hinsicht lobenswert.

- Seine guten Umfangsformen, seine freundliche Art und seine kollegiale Haltung sicherten Herrn XY stets ein sehr gutes Verhältnis zu Vorgesetzten und Mitarbeitern. Unsere Kunden und Geschäftspartner hat er immer sehr zuvorkommend und korrekt bedient.

Sozialverhalten – Formulierungen bei guter Beurteilung

- Das Verhalten von Frau XY gegenüber Vorgesetzten und Kollegen war einwandfrei.

- Herrn XYs Verhalten zu Vorgesetzten und Mitarbeitern war vorbildlich.

- Frau XYs Verhalten gegenüber Vorgesetzten und Mitarbeitern war lobenswert.

- Sowohl bei Vorgesetzten wie auch bei Kollegen war Herr XY ein angesehener Mitarbeiter mit vorbildlichem Verhalten.

- Die Zusammenarbeit mit Vorgesetzten und Kollegen war stets gut. Frau XY trug wesentlich zu einem angenehmen Arbeitsklima bei.

- Zu seinen Vorgesetzten und Kollegen hatte Herr XY stets ein gutes Verhältnis. Das Verhalten gegenüber Kunden war immer freundlich und verbindlich.

- Frau XY war eine hilfsbereite Mitarbeiterin, die auch im Umgang mit unseren Kunden großes Geschick bewies.

- Herrn XYs persönliches Verhalten war einwandfrei. Bei Vorgesetzten und Mitarbeitern war er wegen seiner freundlichen und zuvorkommenden Wesensart geschätzt und beliebt.

- Frau XY wurde aufgrund ihrer kooperativen Haltung und ihrer guten Umgangsformen von Kollegen und Kunden sehr geschätzt. Gegenüber Vorgesetzten verhielt sie sich vorbildlich.

- Wegen ihrer freundlichen, kooperativen Art wurde Herr XY von Kollegen und Kunden gleichermaßen geschätzt. Sein Verhalten gegenüber Vorgesetzten war stets einwandfrei.

Sozialverhalten – Formulierungen bei befriedigender Beurteilung

Einige Textbausteine enthalten zwar weitgehend das Vokabular einer guten Beurteilung, jedoch wird der Vorgesetzte nicht wie normalerweise üblich an erster, sondern erst an zweiter Stelle genannt. Auf diese Weise soll mitunter eine schlechtere Beurteilung ausgedrückt werden.

Ähnliche Abstufungen sollen manchmal auch durch die Verwendung von Negativbegriffen wie z.B. Tadel, Klage, Beanstandungen erreicht werden. Die Begriffe werden zwar verneint, dennoch ist diese negative Eigenschaft im Zusammenhang mit dem Beurteilten assoziiert worden.

- Frau XYs Führung war gut.

- Herrn XYs Verhalten gegenüber Vorgesetzten und Mitarbeitern war gut.
- Frau XYs Verhalten gegenüber Kollegen und Vorgesetzten war einwandfrei.
- Die Zusammenarbeit von Frau XY mit Vorgesetzten und Mitarbeitern war gut. Gegenüber Kunden war sie freundlich und zuvorkommend.
- Herrn XYs Verhalten gegenüber Kollegen und Vorgesetzten war immer verbindlich.
- Frau XY war verantwortungsbewusst und zuverlässig mit einem guten Verhältnis zu Vorgesetzten und Mitarbeitern.
- Herr XY galt als angenehmer Mitarbeiter der wegen seiner freundlichen und zuvorkommenden Art bei Vorgesetzten und Kollegen gleichermaßen anerkannt und beliebt war.
- Durch ihre verantwortungsbewusste und kollegiale Haltung war sie bei Mitarbeitern und Vorgesetzten beliebt.
- Herr XY wurde aufgrund seiner freundlichen Art von Kollegen und Kunden geschätzt. Das Verhalten gegenüber Vorgesetzten war nicht zu beanstanden.
- Wegen ihres freundlichen, hilfsbereiten Wesens war Frau XY bei Kollegen und Kunden beliebt. Ihr Verhalten gegenüber Vorgesetzten war verbindlich.

Sozialverhalten – Formulierungen bei ausreichender Beurteilung

Einige der nachfolgenden Formulierungen klingen zwar befriedigend, jedoch bleiben entweder Vorgesetzte oder Kollegen unerwähnt. Die an sich befriedigende Beurteilung wird dadurch abgestuft.

- Frau XYs Führung war stets ohne Tadel, sie fügte sich gut in die Abteilung ein und hatte zu ihren Kollegen immer ein gutes Verhältnis.

- Das Verhalten gegenüber Mitarbeitern und Vorgesetzten war höflich und korrekt.

- Sein Verhalten gegenüber Kollegen und Vorgesetzten war stets akzeptabel.

- Gegenüber Vorgesetzten und Kollegen verhielt sich Frau XY stets zufriedenstellend. Bei unseren Kunden erfreute sie sich schnell großer Beliebtheit. (= zu großes Entgegenkommen durch Preisnachlässe, Werbegeschenke usw.)

- Herrn XYs Verhalten gegenüber Vorgesetzten und Mitarbeitern war ohne Tadel. Er war bei den Mitarbeitern beliebt.

- Frau XYs Zusammenarbeit mit ihren Kollegen und Vorgesetzten war stets befriedigend.

- Herrn XYs Verhalten gegenüber Vorgesetzten und Kollegen gab zu keinen Klagen Anlass. (... aber auch zu keinem Lob)

- Ihre humorvolle Art trug nicht unbeträchtlich zu einem entspannten Arbeitsklima bei. Kunden wurden freundlich und fachgerecht bedient.

- Herr XY fügte sich gut in die Arbeitsgemeinschaft ein. Stets war er bestrebt, Seine Kollegen mit seinem Wissen zu unterstützen. (Andeutung von Besserwisserei)

- Frau XYs bescheidenes, zuvorkommendes Wesen trug zu einem positiven Arbeitsklima bei. (= angepasstes Verhalten, Zurückhaltung)

- Herr XY verhielt sich gegenüber seinen Kollegen korrekt. Mit seinen Vorgesetzten kam er stets gut aus. (Anpassung gegenüber Vorgesetzten um jeden Preis, unterkühltes Verhältnis zu Kollegen)

- Frau XYs persönliches Verhalten gegenüber Vorgesetzten und Mitarbeitern war ohne Spannungen. Gegenüber unseren Kunden trat sie stets zuvorkommend auf.

Sozialverhalten – Formulierungen bei ungenügender Beurteilung

- Frau XYs persönliches Verhalten war akzeptabel.
- Stets war Herr XY um ein gutes Verhältnis zu Vorgesetzten und Kollegen bemüht. (...hat es aber nicht erreicht)
- Gegenüber den Mitarbeitern verhielt sich Frau XY kollegial und kameradschaftlich. Auch ihr Verhalten gegenüber Vorgesetzten war im Allgemeinen nicht zu beanstanden.
- Ihr Verhalten gab uns selten Anlass zu Beanstandungen.
- Sein Verhalten mit Einfühlungsvermögen gab uns selten Anlass zu Beanstandungen. (Einfühlungsvermögen = Umschreibung für Sexualkontakt)
- Frau XYs Führung gab im Allgemeinen zu Beanstandungen keinen Anlass.
- Herr XY ist ein Mitarbeiter mit umfassendem Einfühlungsvermögen, der uns insgesamt keinen Anlass zu Beanstandungen gab. (umfassendes Einfühlungsvermögen = Umschreibung für homosexuelle Veranlagung)
- Ihr Verhältnis zu Kollegen war unbelastet. (Verhältnis zu Vorgesetzten bleibt unerwähnt)
- Sein Verhalten gegenüber Vorgesetzten war im Wesentlichen ohne Spannungen. Auch gegenüber Kunden bemühte er sich stets um Freundlichkeit.
- Aufgrund ihres sehr selbstbewussten Auftretens im Kollegenkreis erfreute sich Frau XY allgemeiner Akzeptanz.
- Herr XY ist ein Mitarbeiter mit festgefügten Ansichten, dessen Verhältnis zu Vorgesetzten fast immer spannungsfrei war. (unbeweglich, wenig kompromissbereit)

- Frau XYs sehr hohes Bildungsniveau machte sie im Kollegenkreis zu einer beliebten Gesprächspartnerin. (Zu viele private Unterhaltungen, lenkt andere von der Arbeit ab)

- Herr XY wusste sich gut zu verkaufen und war gegenüber Mitarbeitern und Vorgesetzten stets um ein harmonisches Arbeitsklima bemüht. (Blender, mehr Schein als sein)

- Wir lernten Frau XY als eine ehrliche und pünktliche Mitarbeiterin kennen. (Mitunter Umschreibung für einfältig, naiv, ohne nennenswerte Qualifikation)

Beurteilungen der Leistung

Bei der Beurteilung der Leistung wird vielfach differenziert zwischen

- Arbeitsmotivation
- Arbeitsweise
- Belastbarkeit und Ausdauer
- Arbeitsergebnis
- Berufliche Kenntnisse und Fähigkeiten.

Zusätzlich enthalten Zeugnisse oft auch noch eine Gesamtbewertung der Leistung.

Gesamtbewertung der Leistung

Gesamtbewertung der Leistung - Formulierungen bei sehr guter Beurteilung

- Die ihm übertragenen Aufgaben erledigte Herr XY stets zu unserer vollsten Zufriedenheit.

- Mit ihren Leistungen waren wir stets äußerst zufrieden.

- Herr XY ist ein vortrefflicher Mitarbeiter, der sich stets durch außergewöhnliche Leistungen auszeichnete.

- Während des gesamten Arbeitsverhältnisses zeigte Frau XY sehr gute Leistungen, die unseren hohen Anforderungen jederzeit voll entsprachen.

- Frau XY ist eine äußerst qualifizierte Fachkraft, deren ausgezeichnete Leistungen uns jederzeit vollkommen zufrieden stellten.

- Herr XY hat seine Position stets zur absoluten Zufriedenheit ausgeübt und unseren Erwartungen in jeder Hinsicht und in bester Weise entsprochen.

- Frau XY ist eine sehr gute Mitarbeiterin. Ihre Leistungen verdienen in jeder Hinsicht unsere vollste Anerkennung.

- Während des gesamten Arbeitsverhältnisses war Herr XY ein in jeder Hinsicht idealer Mitarbeiter, mit dessen Leistungen wir stets außerordentlich zufrieden waren.

- Frau XY hat das in sie gesetzte Vertrauen stets in bester Weise erfüllt. Wir waren mit ihr jederzeit äußerst zufrieden.

- Herr XY erbrachte laufend weit überdurchschnittliche Leistungen so dass wir mit seiner Arbeit in höchstem Maße zufrieden waren.

- Frau XY übertraf die Anforderungen der Stelle in höchstem Maße, so dass ihre Leistungen stets und in jeder Hinsicht unsere vollste Anerkennung fanden.

- Aufgrund seines außergewöhnlichen Fleißes und seiner sehr guten Leistungen waren wir mit Herrn XY stets außerordentlich zufrieden. Er gehörte zu unseren besten Mitarbeitern.

- Frau XY ist absolut zuverlässig und führte alle ihre Arbeiten mit sehr großer Umsicht, herausragendem Wissen und weit überdurchschnittlichem Engagement aus.

- Wir haben Herrn XY als erstklassige Fachkraft kennengelernt, die unseren hohen Anforderungen stets in allen Punkten voll gerecht wurde.

- Frau XY leistete stets Hervorragendes, so dass wir sie wegen ihrer sehr guten Leistungen in den außertariflichen Gehaltsbereich übernahmen.

Gesamtbewertung der Leistung - Formulierungen bei guter Beurteilung

- Die ihm übertragenen Aufgaben erledigte Herr XY stets zu unserer vollen Zufriedenheit.

- Frau XY löste die ihr übertragenen Aufgaben zu unserer vollsten Zufriedenheit.

- Mit den Leistungen von Frau XY waren wir stets voll zufrieden.

- Herr XY leistete Hervorragendes und hat unseren Erwartungen in guter Weise entsprochen.

- Frau XY war eine wertvolle Mitarbeiterinnen, und wir waren mit ihrer Leistung jederzeit voll und ganz zufrieden.

- Wir haben Herrn XY als hochqualifizierte Fachkraft kennengelernt, die unseren Anforderungen in allen Punkten voll gerecht wurde.

- Frau XY identifizierte sich mit ihren Aufgaben und erledigte sämtliche Arbeiten selbständig, zügig und zuverlässig zu unserer höchsten Zufriedenheit.

- Frau XY zählen wir zu unseren guten Sekretärinnen, die uns mit ihren Arbeiten stets voll zufrieden stellte.

- Schon nach kurzer Zeit hatte sich Herr XY erfolgreich in sein neues

Aufgabengebiet eingearbeitet und fand mit seinen Leistungen stets unsere volle Anerkennung.

- Frau XY hat ihre Arbeiten zu unserer vollsten Zufriedenheit erledigt und unseren Erwartungen in jeder Hinsicht gut entsprochen.
- Herr XY erbrachte Spitzenleistungen, so dass wir mit ihm stets in hohem Maße zufrieden waren.
- Aufgrund seiner hohen Arbeitsbereitschaft und seiner sehr guten Leistungen hat er unseren hohen Anforderungen jederzeit voll entsprochen.
- Frau XYs Leistungen waren sehr gut, sie ist eine wertvolle Mitarbeiterin.

Gesamtbewertung der Leistung - Formulierungen bei befriedigender Beurteilung

- Die ihm übertragen Aufgaben erledigte Herr XY zu unserer vollen Zufriedenheit.
- Mit den Leistungen von Frau XY waren wir voll zufrieden.
- Herrn XYs Leistung hat unsere Erwartungen voll erfüllt.
- Wir haben Herrn XY als einen qualifizierten Mitarbeiter kennengelernt, der unseren Anforderungen in allen Punkten gerecht wurde.
- Frau XY war eine gute Mitarbeiterin die unseren Anforderungen voll entsprach.
- Herr XY erledigte die ihm übertragenen Arbeiten stets ordnungsgemäß, so dass wir mit seinen Leistungen voll zufrieden waren.

- Frau XY hat eine gute Leistung erbracht. Sie zeigte Initiative, Fleiß und Eifer und hat unseren Erwartungen gut entsprochen.

- Frau XY ist eine Mitarbeiterin mit guten Leistungen und einer guten Arbeitsauffassung.

- Durch seinen Einsatzwillen in Verbindung mit seinen soliden Kenntnissen hat Herr XY unseren Anforderungen voll entsprochen.

- Herr XY hat gute Leistungen erbracht. Wir waren daher mit seiner Leistung voll zufrieden.

- Frau XY hat das in sie gesetzte Vertrauen zu unserer vollen Zufriedenheit erfüllt.

- Er führte seine Aufgaben mit Umsicht und Engagement aus und hat unsere Erwartungen gut erfüllt.

- Herr XY ist ein qualifizierter Fachmann, der uns mit seinen Arbeiten voll zufrieden stellte.

Gesamtbewertung der Leistung - Formulierungen bei ausreichender Beurteilung

- Die ihr übertragenen Aufgaben erledigte Frau XY zu unserer Zufriedenheit.

- Herr XY nahm die ihm zugeteilten Arbeiten zu unserer Zufriedenheit wahr.

- Frau XY hat den Anforderungen entsprochen.

- Herr XY hat unsere Erwartungen erfüllt.

- Herr XY zeigte Fleiß und Eifer und erledigte die ihm gemäßen Aufgaben schnell und sicher. (ihm gemäß = kann Umschreibung für weniger anspruchsvolle Arbeiten bedeuten)

- ❍ Frau XY führte die ihr übertragenen Aufgaben nach Anweisung zu unserer Zufriedenheit aus. (Tat nur, was man ihr auftrug)
- ❍ Mit den Leistungen von Frau XY waren wir zufrieden.
- ❍ Frau XY erreichte in Ihrem Arbeitsbereich nicht unbedeutende Erfolge. (...aber auch keine bedeutenden)
- ❍ Herr XY erledigte die ihm zugeteilten Arbeiten stets ordnungsgemäß. (Bürokratischer Arbeitsstil)

Gesamtbewertung der Leistung - Formulierungen bei ungenügender Beurteilung

- ❍ Die ihm übertragenen Aufgaben erledigte Herr XY im Allgemeinen zu unserer Zufriedenheit.
- ❍ Mit ihren Leistungen waren wir insgesamt zufrieden.
- ❍ Herrn XYs Leistung hat im Wesentlichen unseren Erwartungen entsprochen.
- ❍ Frau XY war stets nach Kräften bestrebt, die ihr übertragenen Aufgaben zu unserer Zufriedenheit zu erledigen.
- ❍ Wir haben Herrn XY als einen Mitarbeiter kennengelernt, der die ihm übertragenen Aufgaben im Rahmen seiner Fähigkeiten erledigte. (Im Rahmen seiner Fähigkeiten = begrenzte Fähigkeiten)
- ❍ Frau XY hat den Anforderungen im Wesentlichen entsprochen.
- ❍ Herr XY arbeitete im Allgemeinen motiviert mit und war stets nach Kräften bestrebt, den Aufgaben gerecht zu werden.
- ❍ Frau XY zeigte in ihrem Arbeitsbereich viel Interesse. (...geleistet hat sie jedoch nichts)

- Herr XY hatte Gelegenheit, die ihm übertragenen Arbeiten ordnungsgemäß zu erledigen. (...die er nur ungenügend nutzte)

- Frau XY hatte zahlreiche Ideen zur Erledigung der an sie gestellten Aufgaben. (Viel Gerede, wenig Leistung)

- Wir können unsere Leistungsbewertung dahingehend zusammenfassen, dass Herr XY im Allgemeinen seine Aufgaben mit Engagement und Verantwortungsbewusstsein wahrnahm.

- Die ihm gemäßen Aufgaben erledigte Herr XY jederzeit im Rahmen seiner Fähigkeiten. (=geringe Fähigkeiten selbst zur Erledigung wenig anspruchsvollen Aufgaben, vernichtende Beurteilung)

Arbeitsmotivation

Arbeitsmotivation - Formulierungen bei sehr guter Beurteilung

- Frau XY identifizierte sich stets mit ihren Aufgaben und stellte, sofern nötig, persönliche Interessen gern zurück.

- Herr XY war stets ein hochmotivierter, engagierter Mitarbeiter, der auch stärksten Belastungen jederzeit gewachsen war.

- Frau XY arbeitete stets mit äußerst hohem persönlichen Engagement und stellte, wenn erforderlich, persönliche Interessen stets zurück.

- Jederzeit zeigte Frau XY ein sehr hohes Maß an Pflichtbewusstsein.

- Hervorzuheben ist auch seine durchgehend vorbildliche Arbeitsmoral.

- Frau XY arbeitete schon nach sehr kurzer Einarbeitungszeit vollkommen selbständig.

- Er verfügt über ein außergewöhnlich hohes Maß an Leistungsbereitschaft und Eigeninitiative.

- Frau XY besaß stets eine ausgezeichnete Arbeitsmoral und verfolgte beharrlich die gesetzten Ziele.

- Wir lernten Herrn XY als einen hochmotivierten und zuverlässigen Mitarbeiter schätzen, der sich schnell mit sehr großem Erfolg in das ihm überlassene Aufgabengebiet eingearbeitet hat.

- Schon nach kurzer Einarbeitungszeit übernahm Frau XY sehr bereitwillig auch die Urlaubs- und Krankenvertretung von ...

- Sein großes persönliches Engagement auch über die normale Arbeitszeit hinaus ist besonders hervorzuheben.

- Frau XY zeichnete sich stets durch ein sehr hohes Maß an Initiative, großem Fleiß und Eifer aus.

Arbeitsmotivation - Formulierungen bei guter Beurteilung

- Herr XY war stets ein motivierter belastbarer Mitarbeiter, der auch unter schwierigen Bedingungen alle seine Aufgaben sehr gut bewältigte.

- Sie arbeitete schon nach kurzer Einarbeitungszeit selbständig.

- Herr XY beherrschte die in seinem Aufgabengebiet gebräuchlichen Softwareprogramme schon nach kürzester Zeit sicher.

- Frau XY verfügt über ein hohes Maß an Leistungsbereitschaft und Eigeninitiative.

- Wir lernten Herrn XY als einen belastbaren und ausdauernden Mitarbeiter schätzen, der sich mit großem Erfolg in das ihm überlassene Aufgabengebiet eingearbeitet hat.

- Frau XY erledigte die ihr übertragenen Aufgaben vollkommen selbständig.

- Frau XY identifizierte sich mit ihren Aufgaben und hatte während des gesamten Arbeitsverhältnisses eine gute Dienstauffassung.

- Herrn XYs gute Fachkenntnisse, Erfahrungen und Eigeninitiative ermöglichten es ihm, sich bereits nach kurzer Zeit erfolgreich in das ihm überlassene Aufgabengebiet einzuarbeiten. Die ihm übertragenen Aufgaben hat Herr XY stets zu unserer vollen Zufriedenheit erledigt.

Arbeitsmotivation - Formulierungen bei befriedigender Beurteilung

- Herr XY hatte stets ein hohes Pflichtbewusstsein.

- Besonders hervorzuheben ist auch ihre hohe Arbeitsmoral.

- Herr XY zeigte Initiative, Fleiß und Eifer.

- Frau XY hatte eine gute Dienstauffassung.

- Herr XY war ein Mitarbeiter mit hohem Einsatzwillen, der einen guten Beitrag zum gemeinsamen Erfolg leistete.

- Frau XY erledigte die ihr übertragenen Aufgaben mit guter Arbeitsmotivation.

- Herr XY war schon nach kurzer Einarbeitungszeit seinen Aufgaben voll gewachsen.

- Schon bald zeigte sich Frau XY ihren (neuen) Aufgaben voll gewachsen.

- Herr XY zeigte einen guten Einsatzwillen, und verfolgte die ihm gesetzten Ziele gewissenhaft.

- Frau XY hatte große Berufserfahrung. Ihre fachlichen Kenntnisse entsprachen dem neuesten Stand der Zeit.

Arbeitsmotivation - Formulierungen bei ausreichender Beurteilung

- Herr XY war schon nach kurzer Einarbeitungszeit seinen Aufgaben gewachsen.
- Herr XY war ein Mitarbeiter mit Einsatzwillen, der einen nicht unwesentlichen Beitrag zum gemeinsamen Erfolg leistete. (Einen wesentlich Beitrag aber auch nicht)
- Frau XY zeigte Fleiß und Eifer. (Initiative fehlt)
- Wir können Herrn XY als einen fleißigen und eifrigen Mitarbeiter mit ausreichender Motivation bezeichnen.
- Frau XY hatte eine ausreichende Dienstauffassung.
- Herr XY erledigte seine Aufgaben den Erwartungen entsprechend.

Arbeitsmotivation – Formulierungen bei ungenügender Beurteilung

- Herr XY war ein insgesamt fleißiger und eifriger Mitarbeiter mit ausreichendem Einsatzwillen.
- Frau XY zeigte bei Anleitung Fleiß und Eifer.
- Herr XY erledigte seine Aufgaben im Allgemeinen den Erwartungen entsprechend.
- Frau XY arbeitete nicht ohne Fleiß und Eifer und erfüllte die ihr übertragenen Aufgaben den Erwartungen entsprechend.
- Herr XY arbeitete im Allgemeinen zuverlässig und sorgfältig.
- Frau XYs Arbeitsbereitschaft war insgesamt ohne Tadel.

- Herr XY war ein insgesamt sorgfältiger Mitarbeiter, der stets bestrebt war, seine Aufgaben überlegt und effizient zu erledigen.

- Am Fleiß und Eifer von Frau XY hatten wir im Prinzip nie etwas zu beanstanden.

- Sein Wille, etwas zu leisten, war durchaus in Ordnung. Es gab in dieser Hinsicht nichts zu beanstanden.

Arbeitsweise

Arbeitsweise – Formulierungen bei sehr guter Beurteilung

- Frau XYs Arbeitsweise genügte immer höchsten Ansprüchen.

- Herr XY zeichnete sich durch eine in jeder Hinsicht sehr gute Arbeitsweise aus.

- Herr XY arbeitete immer sehr zielstrebig, selbständig und verantwortungsbewusst.

- Frau XY arbeitete in stets vorbildlicher Weise äußerst pflichtbewusst, zuverlässig und verschwiegen und erledigte die ihr übertragenen Aufgaben immer zu unserer vollsten Zufriedenheit.

- Die ihm übertragenen Aufgaben erledigte Herr XY stets mit äußerster Sorgfalt und größter Genauigkeit.

- Frau XY genoss in jeder Hinsicht das absolute Vertrauen Ihrer Vorgesetzten.

- Ihre Aufgaben bewältigte Frau XY ausnahmslos sehr sorgfältig, rationell und zielstrebig.

- Herrn XYs Arbeitsweise zeichnete sich stets durch eine sehr hohe Effizienz aus.

- Aufgrund ihrer außergewöhnlich guten Auffassungsgabe und ihres enormen Fleißes konnte Frau XY sich sehr gute praktische Kenntnisse aneignen, die sie mit sehr großem Erfolg auf ihrem Arbeitsgebiet umsetzte.

- Wir lernten Herrn XY als einen äußerst zuverlässigen, engagierten und initiativreichen Mitarbeiter schätzen, der sich stets durch eine sehr gute Arbeitsweise auszeichnete.

- Frau XY erledigte die ihr übertragenen Aufgaben in jeder Hinsicht mit äußerster Sorgfalt und größter Genauigkeit.

- Herr XY wird in unserem Unternehmen als ein äußerst gewissenhafter, zuverlässiger und sorgfältiger Mitarbeiter geschätzt und geachtet.

- Frau XY arbeitete stets in hohem Maße konstruktiv und engagiert.

- Herr XY beherrschte alle Aufgaben seines Arbeitsplatzes meisterhaft.

- Die ihr gesetzten Aufgaben erledigte sie ausnahmslos sehr zielstrebig und zuverlässig.

- Die Arbeitsweise von Herrn XY ist geprägt von sehr großer Sorgfalt und Genauigkeit.

- Während der gesamten Dauer des Arbeitsverhältnisses arbeitete Frau XY sehr selbständig, sorgfältig und zügig.

- Herr XY ist ein außergewöhnlich erfahrener Praktiker, der alle Aufgaben stets vorbildlich löste.

- Ihre hervorragenden Fachkenntnisse brachte sie stets erfolgreich zur Anwendung.

- Er war stets außerordentlich intensiv und konzentriert bei der Arbeit.

- Sie führte alle Aufgaben ohne jede Ausnahme sehr sorgfältig, zuverlässig und schnell aus.

- Herr XY setzte sein ausgezeichnetes Fachwissen in seinem Aufgabengebiet in hervorragender Weise zum Nutzen unserer Firma ein.
- Auch unter schwierigen Bedingungen löste sie alle Aufgaben äußerst erfolgreich und fachlich einwandfrei.
- Die ihm übertragenen Aufgaben löste Herr XY stets sehr schnell, sorgfältig und unter außergewöhnlichem Einsatz.

Arbeitsweise – Formulierungen bei guter Beurteilung

- Frau XY war es gewohnt, selbständig zu arbeiten und Entscheidungen zu treffen.
- Herr XY zeichnete sich durch eine in jeder Hinsicht gute Arbeitsweise aus.
- Frau XY arbeitete sehr zielstrebig an den ihr übertragenen Aufgaben.
- Herr XY arbeitete stets zuverlässig und gewissenhaft.
- Ihre Aufgaben bewältigte Frau XY stets sorgfältig, rationell und zielstrebig.
- Die ihm übertragenen Aufgaben wurden von Herrn XY stets mit großer Sorgfalt und Genauigkeit erledigt.
- Frau XY hat alle ihre Aufgaben selbständig und mit einem großen Maß an Engagement durchgeführt.
- Herr XY zeigte sich sehr pflichtbewusst und zuverlässig und war stets bereit, in großem Umfang Verantwortung zu übernehmen.
- Aufgrund ihrer guten Auffassungsgabe und ihres Fleißes konnte Frau XY sich gute praktische Kenntnisse aneignen, die sie mit gutem Erfolg bei ihrer Arbeit einsetzte.

- Herr XY zeichnete sich bei der Erledigung aller seiner Aufgaben durch Gewissenhaftigkeit, Fleiß und Selbständigkeit aus.

- Frau XY verfügt über ein gutes Fachwissen und praktische Erfahrung, welche sie mit gutem Erfolg auf ihrem Arbeitsgebiet zur Anwendung brachte.

- Aufgrund seiner guten Arbeitsweise wurde Herr XY im Unternehmen geschätzt und geachtet.

- Während der gesamten Dauer des Arbeitsverhältnisses führte Frau XY alle ihre Aufgaben sehr zuverlässig und zügig aus.

- Auch auf neue Aufgaben stellte sich Herr XY sehr gut ein und zeigte stets viel Einsatzwillen und Verantwortungsbewusstsein.

- Herr XY arbeitete selbständig nach klarer, eigener Planung und erzielte stets gute Lösungen.

- Sie setzte ihr fundiertes Fachwissen mit gutem Erfolg ein und war jederzeit den ihr übertragenen Aufgaben gewachsen.

- Auch komplexe Zusammenhänge erfasste Frau XY schnell und entwickelte daraus praktikable Lösungsmöglichkeiten.

- Herrn XYs präzise Arbeitsweise und Können entsprachen sehr hohen Qualitätsansprüchen.

- Ihre Arbeit erledigte Frau XY sehr sorgfältig und genau.

- Herr XY arbeitete sehr zuverlässig und zügig. Er erledigte die ihm übertragenen Aufgaben stets mit großer Sorgfalt und Genauigkeit.

- Wir lernten Frau XY als eine gewissenhafte, zuverlässige und sorgfältige Mitarbeiterin kennen, wobei man sich auch in schwierigen Situationen auf sie verlassen kann.

- Herrn XYs Vorgehensweise bei der Erledigung der ihm übertragenen Aufgaben war stets sehr zweckmäßig.

Arbeitsweise – Formulierungen bei befriedigender Beurteilung

- Herr XY zeichnete sich durch eine gute Arbeitsweise aus.
- Bei den ihr übertragenen Aufgaben zeigte Frau XY stets Sorgfalt und Genauigkeit.
- Herr XY arbeitete immer gewissenhaft und selbständig.
- Frau XY zeichnete sich bei der Erledigung ihrer Arbeiten durch eine gute, zuverlässige Arbeitsweise aus.
- Herr XY arbeitete ohne Ausnahme zuverlässig und gewissenhaft.
- Frau XY arbeitete selbständig und erreichte praktikable Lösungen.
- Herrn XYs Arbeitsweise stellte uns stets zufrieden.
- Wir kennen Frau XY als eine korrekte und gewissenhaft arbeitende Mitarbeiterin, die mit Systematik an ihre Aufgaben herangeht und diese erfolgreich und termingerecht durchführt.
- Aufgrund seiner guten Auffassungsgabe und seines Fleißes konnte Herr XY sich verschiedene praktische Kenntnisse aneignen.
- Stets führte Herr XY seine Arbeiten sorgfältig aus.
- Frau XY beherrschte ihren Aufgabenbereich sicher und selbständig.
- Herr XY arbeitete zügig und sorgfältig.
- Frau XY erledigte zielstrebig ihre Aufgaben.
- Seine fundierten Fachkenntnisse setzte Herr XY gut in die Praxis um.
- Frau XYs Arbeitsweise ist gekennzeichnet durch Sorgfalt, Zuverlässigkeit und Genauigkeit.
- Seinen Arbeitsbereich beherrschte Herr XY umfassend und sicher.

- Die ihr übertragenen Aufgaben erledigte Frau XY in stets zweckmäßiger Weise.

Arbeitsweise – Formulierungen bei ausreichender Beurteilung

- Herr XY zeichnete sich durch eine befriedigende Arbeitsweise aus.
- Bei den ihr übertragenen Aufgaben zeigte Frau XY Sorgfalt und Genauigkeit.
- Herr XY arbeitete gewissenhaft und selbständig.
- Herrn XYs Arbeitsweise war zufriedenstellend.
- Wir können Herrn XY als zuverlässig und korrekt bezeichnen.
- Die ihm übertragenen Aufgaben erledigte Herr XY in zweckmäßiger Weise.

Arbeitsweise – Formulierungen bei ungenügender Beurteilung

- Herr XY erledigte seine Aufgaben im Allgemeinen mit Sorgfalt und Genauigkeit.
- Frau XY war stets um eine sorgfältige Arbeitsweise bemüht.
- Herr XY erledigte alle Aufgaben mit der ihm eigenen Sorgfalt und Genauigkeit.
- Ihren Aufgaben ist Frau XY stets korrekt und insbesondere pünktlich nachgekommen. (pedantisch, Dienst nach Vorschrift)
- Frau XY arbeitete durchaus gewissenhaft.
- Stets strebte Herr XY optimale Lösungen an.

- ❍ Frau XY setzte sich bei ihrer Einarbeitung voll ein und zeigte dabei, dass sie eine gute Fachfrau sein kann.
- ❍ Herr XY arbeitete insgesamt zuverlässig und zügig.
- ❍ Die Arbeitsweise von Frau XY war insgesamt zweckmäßig und gab zu keinen größeren Beanstandungen Anlass.
- ❍ Seine Arbeitsweise entsprach den Erwartungen.
- ❍ Frau XY arbeitete im Allgemeinen zielstrebig an den ihr gesetzten Aufgaben.
- ❍ Herr XY zeigte sich fast immer seinen Aufgaben gewachsen.
- ❍ Frau XY eignete sich Grundkenntnisse auf ihrem Arbeitsgebiet an und setzte ihre Fähigkeiten den Anforderungen entsprechend ein.

Belastbarkeit und Ausdauer

Belastbarkeit und Ausdauer – Formulierungen bei sehr guter Beurteilung

- ❍ Auch bei schwierigen Fällen ebenso wie unter Zeitdruck arbeitete Frau XY unbedingt zuverlässig.
- ❍ Herr XY zeigte jederzeit einen unermüdlichen Arbeitseinsatz und eine außerordentliche Belastbarkeit.
- ❍ Frau XY bewältigte während der gesamten Dauer des Arbeitsverhältnisses ein weit überdurchschnittliches Arbeitspensum, wobei sie auch hohe Belastungsspitzen stets meisterte.
- ❍ Herr XY erfasste auch komplizierte Zusammenhänge schnell und zutreffend und zeigte sich auch in schwierigen Situationen in höchstem Maße souverän, umsichtig und flexibel.

- ❍ Frau XY überzeugte durch ihre rasche Auffassungsgabe, und fand auch unter sehr starker Arbeitsbelastung sofort richtige Lösungen, die sie sehr erfolgreich in die Tat umsetzte.

- ❍ Wir lernten Herrn XY als außerordentlich belastbaren und ausdauernden Mitarbeiter kennen, dessen Arbeitsmenge und Arbeitstempo immer weit über dem Durchschnitt lag.

- ❍ Auch stärkstem Arbeitsanfall war Frau XY stets und in jeder Hinsicht voll gewachsen.

- ❍ Herr XY löste die ihm übertragenen Aufgaben stets mit großem Erfolg auch bei hohem Arbeitsaufkommen.

- ❍ Frau XY war stets unermüdlich bei der Bewältigung der ihr übertragenen Aufgaben und zeigte dabei eine außergewöhnliche Ausdauer.

- ❍ Herr XY entwickelte sehr viel Eigeninitiative. Stets war er trotz hoher Arbeitsbelastung bereit und in der Lage, neue Projekte durch konstruktive Vorschläge zu unterstützen und bei deren Realisation den entscheidenden Beitrag zu leisten.

Belastbarkeit und Ausdauer – Formulierungen bei guter Beurteilung

- ❍ Frau XY war eine ausdauernde und belastbare Mitarbeiterin, die auch bereit war, kurzfristig anfallende Überstunden zu leisten.

- ❍ Er erkannte auch in komplizierten Fällen das Wesentliche und fand schnell Lösungen, die er erfolgreich in die Tat umsetzte.

- ❍ Frau XY besaß stets ein hohes Pflichtbewusstsein und verfolgte beharrlich und unermüdlich die gesetzten Ziele.

- ❍ Sein Erfolg und seine Leistungen sind begründet durch sein großes persönliches Engagement. Seine auch in schwierigen Fällen optimistische Haltung wirkte beflügelnd.

- Vor allem auch in Situationen mit erheblicher Arbeitsbelastung war Frau XY eine überdurchschnittlich belastbare Mitarbeiterin, die stets ruhig und überlegte handelte.
- Herr XY zeigte eine sehr gute Belastbarkeit.
- Frau XY zeigte eine stets gute Belastbarkeit.
- Herr XY ist ein sehr belastbarer Mitarbeiter, der auch unter schwierigen Arbeitsbedingungen die ihm übertragenen Arbeiten zuverlässig und gewissenhaft löst.
- Frau XY war auch hohen Belastungen jederzeit gewachsen.
- Auch starken Arbeitsbelastungen war Herr XY in jeder Hinsicht gewachsen.
- Wir kennen Frau XY als eine sehr belastbare und motivierte Mitarbeiterin mit stets überdurchschnittlichem Arbeitseinsatz.

Belastbarkeit und Ausdauer – Formulierungen bei befriedigender Beurteilung

- Herr XY zeigte eine gute Belastbarkeit.
- Frau XY zeigte sich gut belastbar.
- Er zeigte sich bei der Einarbeitung in neue Aufgabenbereiche flexibel und aufgeschlossen.
- Frau XY bewältigte ein überdurchschnittliches Arbeitspensum und meisterte auch höhere Arbeitsbelastungen.
- Er zeigte sich bei der Einarbeitung in neue Aufgabengebiete flexibel und ausdauernd.

- ❍ Frau XY zeigte bei der Einarbeitung in neue Bereiche und Aufgabengebiete viel Ausdauer und Initiative.
- ❍ Herr XY zeigte bei neuen Aufgabengebieten rege Eigeninitiative.

Belastbarkeit und Ausdauer – Formulierungen bei ausreichender Beurteilung

- ❍ Herr XY ist belastbar.
- ❍ Ausdauer und Belastbarkeit von Frau XY entsprachen den Anforderungen.
- ❍ Herr XY ist dem üblichen Arbeitsanfall gewachsen.
- ❍ Frau XYs Belastbarkeit war befriedigend.
- ❍ Herrn XYs Ausdauer und Belastbarkeit hat unsere Erwartungen stets erfüllt.
- ❍ Frau XY zeigte eine stets ausreichende Belastbarkeit.

Belastbarkeit und Ausdauer – Formulierungen bei ungenügender Beurteilung

- ❍ Er ist starkem Arbeitsanfall im Wesentlichen gewachsen.
- ❍ Frau XYs Belastbarkeit war insgesamt gleichbleibend ausreichend.
- ❍ Herr XY zeigte sich im Allgemeinen belastbar.
- ❍ Ihre Belastbarkeit war gleichbleibend und meistens ausreichend.
- ❍ Dem üblichen Arbeitsanfall ist Herr XY im Wesentlichen gewachsen.
- ❍ Frau XY war redlich bemüht den üblichen Arbeitsanfall zu bewältigen.

- Herrn XYs Ausdauer und Belastbarkeit hat unsere Erwartungen insgesamt erfüllt.

- Frau XY bemühte sich außerordentlich, ihr tägliches Arbeitspensum zu erfüllen.

- Herr XY zeigte eine stetige und fast immer zufriedenstellende Beharrlichkeit und Ausdauer.

Arbeitsergebnis

Arbeitsergebnis – Formulierungen bei sehr guter Beurteilung

- Bei der Erledigung seiner Aufgaben zeigte Herr XY außergewöhnlichen Einsatz und hervorragende Leistungen sowohl in qualitativer als auch in quantitativer Hinsicht.

- Auch bei schwierigen Arbeiten entsprach die Arbeitsausführung von Frau XY höchsten Qualitätsmaßstäben.

- Stets fand Herr XY optimale Lösungen, die er kostengünstig in die Praxis umsetzte.

- Auch bei schwierigen Problemfällen fand und realisierte Frau XY stets sehr gute, kostengünstige Lösungen.

- Aufgrund seiner bei der Aufgabenerfüllung erwiesenen Sachkunde, Zuverlässigkeit und sehr guten Arbeitserfolge hat Herr XY nicht nur sehr hohes Ansehen bei den Kollegen, sondern auch schnell das Vertrauen seiner Vorgesetzten erlangt.

- Sowohl quantitativ als auch qualitativ lagen die Leistungen von Herrn XY stets weit über dem Durchschnitt.

- Frau XY bewies durch ihre sehr guten Leistungen, dass sie auch für anspruchsvollere Aufgaben geeignet ist.

- Auch in schwierigen Fällen waren Herrn XYs Arbeitsergebnisse von stets weit überdurchschnittlicher Qualität.
- Jederzeit weit über den Anforderungen lag auch die Qualität der von ihr ausgeführten Arbeiten.
- Die Leistungen von Herrn XY fanden in jeder Hinsicht stets unsere vollste Anerkennung.
- Frau XY setzte ihre neuen Ideen stets sehr kreativ und kostengünstig um.
- Aufgrund seiner langen Berufserfahrung, seiner Zuverlässigkeit und Gewissenhaftigkeit erzielte Herr XY während der gesamten Dauer des Arbeitsverhältnisses die allerbesten Arbeitsergebnisse.
- Die Ergebnisse ihrer Arbeit lagen immer sehr weit über dem Durchschnitt.
- Herrn XYs Arbeitsqualität, Arbeitsmenge und Arbeitstempo fanden jederzeit unser größtes Lob.

Arbeitsergebnis – Formulierungen bei guter Beurteilung

- Stets fand Herr XY sehr gute Lösungen, die er kostengünstig und erfolgreich in die Praxis umsetzte.
- Durch ihre selbständige und eigenverantwortliche Arbeit erzielte Frau XY immer gute Arbeitsergebnisse.
- Seine lange Berufserfahrung, seine Zuverlässigkeit und Gewissenhaftigkeit ließen Herrn XY stets gute Arbeitserfolge erzielen.
- Die Qualität ihrer Arbeit lag weit über den Anforderungen.
- Ihre systematische Arbeitsweise und ihre Berufserfahrung befähigten Frau XY, auch schwierige Probleme erfolgreich zu lösen.

- Wir lernten Herrn XY als pflichtbewussten und zuverlässigen Mitarbeiter kennen, der seine Aufgaben stets zügig und gut erledigte.

- Frau XY fand und realisierte sehr gute, kostengünstige Lösungen.

- Seine Arbeitsqualität übertraf weit die Anforderungen, die an eine qualifizierte Fachkraft gestellt werden können.

- Aufgrund ihrer umsichtigen und effizienten Arbeitsweise erbrachte sie auch in schwierigen Situationen stets eine gute Leistung.

- Seine Arbeitsergebnisse lagen immer deutlich über dem Durchschnitt der Arbeitsgruppe.

- Frau XYs Leistungen haben uns voll und ganz zufriedengestellt.

- Herr XY leistete auch unter Termindruck jederzeit einwandfreie Arbeit.

- Ihre systematische Arbeitsweise und ihre Berufserfahrung ließen Frau XY auch in Ausnahmesituationen stets gute Erfolge erzielen.

- Sowohl in quantitativer als auch in qualitativer Hinsicht lagen seine Leistungen ohne Ausnahme weit über unseren Erwartungen.

Arbeitsergebnis – Formulierungen bei befriedigender Beurteilung

- Herr XY erledigte seine Aufgaben stets den Anforderungen entsprechend.

- Ihre Arbeitsproduktivität war hoch.

- Die Qualität seiner Arbeit war gut.

- Aufgrund ihrer Arbeitsweise und ihrer Berufserfahrung war Frau XY in der Lage, alle im Betrieb üblicherweise auftretenden Probleme erfolgreich zu lösen.

- ❍ Seine Arbeitsqualität genügte hohen Ansprüchen.
- ❍ Frau XYs Arbeitsweise und Können übertrafen unsere Erwartungen.
- ❍ Herrn XYs Arbeitsergebnisse waren von guter Qualität.
- ❍ Die Qualität ihrer Arbeitsergebnisse übertrafen unsere Erwartungen.
- ❍ Herr XY setzte seine Ideen kreativ in die Praxis um.
- ❍ Herrn XYs Leistungen erfüllten sowohl in qualitativer als auch in quantitativer Hinsicht in vollem Umfang die Anforderungen.
- ❍ Frau XY fand gute Lösungen und erbrachte stets befriedigende Leistungen.
- ❍ Herrn XYs Arbeitsausführung erfüllt im vollen Umfang die Anforderungen.
- ❍ Frau XY erledigte alle Aufgaben sorgfältig und genau.

Arbeitsergebnis –
Formulierungen bei ausreichender Beurteilung

- ❍ Die Qualität ihrer Arbeit entsprach den Erwartungen.
- ❍ Herrn XYs Leistungen waren stets zufriedenstellend.
- ❍ Frau XYs Arbeitsausführung entsprach zufriedenstellenden Qualitätsmaßstäben.
- ❍ Herr XY zeigte eine Arbeitsqualität, die uns stets zufriedenstellte.
- ❍ Die Ergebnisse ihrer Arbeit stellten uns jederzeit zufrieden.
- ❍ Herrn XYs Leistungen waren sowohl quantitativ als auch qualitativ nicht zu beanstanden.

- Frau XY erbrachte stets eine zufriedenstellende Arbeitsqualität.
- Herrn XYs Leistungen erfüllten sowohl in qualitativer als auch in quantitativer Hinsicht die Anforderungen.
- Frau XYs Arbeiten waren ausnahmslos von zufriedenstellender Qualität.

Arbeitsergebnis – Formulierungen bei ungenügender Beurteilung

- Die Qualität ihrer Arbeiten entsprach fast immer den Erwartungen.
- Herr XY zeigte im Allgemeinen eine zufriedenstellende Arbeitsqualität.
- Herrn XYs Arbeitsergebnisse entsprachen fast immer der erforderlichen Qualität.
- Frau XY war stets bestrebt, qualitativ gute Arbeit zu leisten.
- Herrn XYs Arbeitsmenge und Arbeitstempo waren meistens zufriedenstellend.
- Regelmäßig war Frau XY bestrebt, das Arbeitstempo und die Arbeitsmenge ihrer Kollegen zu erreichen.
- In Bezug auf Arbeitstempo und Arbeitsqualität erreichte Herr XY fast immer den Durchschnitt seiner Arbeitsgruppe.
- Frau XY erreichte fast immer eine zufriedenstellende Arbeitsqualität.
- Herrn XYs Arbeitsstil war im Allgemeinen von Sorgfältigkeit und Genauigkeit geprägt.
- Sie war mit großem Einsatz bemüht, ihre Aufgaben termingerecht zu erledigen.

- ❍ Herr XY hat die ihm übertragenen Aufgaben im Allgemeinen erfolgreich abgeschlossen.
- ❍ Mit den Leistungen von Frau XY waren wir größtenteils zufrieden.
- ❍ Die Qualität seiner Arbeit entsprach meistens unseren Erwartungen.
- ❍ Sowohl in qualitativer als auch in quantitativer Hinsicht entsprachen ihre Leistungen fast immer den erforderlichen Ansprüchen.

Berufliche Kenntnisse und Fähigkeiten

Berufliche Kenntnisse und Fähigkeiten – Formulierungen bei sehr guter Beurteilung

- ❍ Aufgrund ihres sehr guten und fundierten Fachwissens und ihrer sehr großen Berufserfahrung konnte Frau XY jederzeit flexibel eingesetzt werden.
- ❍ Herr XY verfügt über sehr gute Fachkenntnisse, die er in seinem Aufgabengebiet mit großem Erfolg einsetzte.
- ❍ Aufgrund ihres sehr umfangreichen, fundierten Fachwissens und ihrer sehr großen Berufserfahrung beherrscht Frau XY ihren Aufgabenbereich vollkommen sicher.
- ❍ Aufgrund seiner sehr großen Berufserfahrung konnte Herr XY wiederholt mit schwierigen Aufgaben betraut werden, die er völlig selbständig und mit großem Erfolg bearbeitete.
- ❍ Frau XY war eine stets sicher und selbständig arbeitende Mitarbeiterin mit sehr guten analytischen Fähigkeiten.
- ❍ Herr XY ist ein aufgeschlossener und versierter Mitarbeiter, der sich aufgrund seiner sehr großen Berufserfahrung auch in neuen Situationen stets sicher und schnell zurechtfindet.

- Frau XY verfügt über sehr gute, fundierte Fachkenntnisse.

- Er ist bestens mit den modernsten Techniken seines Aufgabenbereiches vertraut und beherrscht sein Arbeitsgebiet umfassend, sicher und vollkommen.

- Aufgrund ihres umfangreichen und besonders fundierten Wissens erzielte Frau XY weit überdurchschnittliche Erfolge.

- Herr XY verfügt über umfassende und außergewöhnlich detaillierte Berufskenntnisse und hat diese stets mit sehr großem Erfolg in die Praxis umgesetzt.

- Stets arbeitete Frau XY sehr sicher und selbständig und entwickelte große Initiative. Auch in schwierigen Situationen handelte sie ruhig und überlegt und war außergewöhnlich belastbar.

- Herr XY beherrscht sein Arbeitsgebiet meisterhaft. Er stellte sich sehr hohe Ansprüche, die er jederzeit erfüllte.

- Frau XY beherrscht die englische Sprache in jeder Hinsicht souverän und verhandlungssicher.

- Herr XY verstand es sehr gut, seine umfangreichen, fundierten und dem neuesten Stand entsprechenden Fachkenntnisse zum Nutzen der Firma in die Praxis umzusetzen.

Berufliche Kenntnisse und Fähigkeiten – Formulierungen bei guter Beurteilung

- Herr XY setzte seine umfassenden und überdurchschnittlichen Fachkenntnisse erfolgreich ein.

- Aufgrund ihrer guten, fundierten Berufserfahrung fand sich Frau XY auch in neuen Situationen gut zurecht.

- Frau XY arbeitete sehr sicher und selbständig.

- Herr XY arbeitete sich schnell und erfolgreich auch in neue Probleme ein und führte seine Tätigkeiten selbständig und gewissenhaft durch.

- Während des gesamten Arbeitsverhältnisses arbeitete Frau XY mit viel Engagement und setzte ihre guten, fundierten Kenntnisse stets erfolgreich ein.

- Sein umfassendes, detailliertes und aktuelles Wissen konnte Herr XY mit gutem Erfolg in die Praxis umsetzen.

- Herr XY ist gut mit den modernen Techniken seines Arbeitsgebietes vertraut und ist daher in unserem Betrieb ein gesuchter Ansprechpartner.

- Frau XY verfügt über eine große Berufserfahrung und beherrscht ihren Arbeitsbereich umfassend und überdurchschnittlich.

- Auch in Situationen mit erheblicher Arbeitsbelastung zeigte Frau XY stets eine gute Übersicht, Ausdauer und Belastbarkeit.

- Herr XY beherrscht die englische Sprache sehr gut in Wort und Schrift.

- Ihr breites Spektrum an Wissen setzte Frau XY mit gutem Erfolg in ihrem Aufgabenbereich ein.

- Besonders hervorheben möchten wir seine Fähigkeit auch komplexe Sachverhalte rasch zu erfassen, zu analysieren und praktikable Lösungen aufzuzeigen.

Berufliche Kenntnisse und Fähigkeiten – Formulierungen bei befriedigender Beurteilung

- Herr XY zeigte gute Fachkenntnisse.

- Frau XY verfügt über ein solides Fachwissen.

- Er beherrscht sein Arbeitsgebiet umfassend.

- Er war gut motiviert, hohen Belastungen gewachsen und zeichnete sich durch Pflichtbewusst sein aus.

- Frau XY ist in der Lage, ihr Fachwissen mit gutem Erfolg einzusetzen.

- Herr XY ist ein fähiger Mitarbeiter mit neuen Ideen.

- Frau XY beherrscht die englische Sprache gut.

- Herr XY ist lernmotiviert und hat die von der Firma angebotenen Möglichkeiten der beruflichen Weiterbildung mit Erfolg genutzt.

- Aufgrund ihrer guten Berufserfahrungen und ihrer Belastbarkeit konnte Frau XY auch unter schwierigen Bedingungen ihre Aufgaben gut bewältigen.

- Herr XY verstand es, sich auch neuen Situationen erfolgreich anzupassen.

- Frau XY ist eine fähige Mitarbeiterin, die ihre Aufgaben gut bewältigt.

- Auch in Situationen mit größerer Arbeitsbelastung zeigte Frau XY eine gute Übersicht, Ausdauer und Belastbarkeit.

Berufliche Kenntnisse und Fähigkeiten – Formulierungen bei ausreichender Beurteilung

- Frau XY war bereit, auf Anforderung andere gleichartige Arbeitsaufgaben zu erfüllen. (Jedoch nur auf Anforderung)

- Herr XY verfügt über die erforderlichen Kenntnisse. (... Schlichter Satz ohne Aussagen über den Erfolg)

- ❍ Frau XY beherrschte die ihr übertragenen Arbeiten entsprechend den Anforderungen.

- ❍ Bei der Durchführung der ihm übertragenen Aufgaben wurde Herr XY den an ihn gestellten Anforderungen gerecht.

- ❍ Frau XY eignete sich die erforderlichen Grundkenntnisse an. (Mehr nicht)

- ❍ Die Erledigung der ihm zugeteilten Aufgaben bereitete Herrn XY keine Schwierigkeiten.

- ❍ Frau XY arbeitete motiviert und war den berufsüblichen Belastungen gewachsen.

- ❍ Herr XY hat sich Grundkenntnisse angeeignet und beherrschte sein Aufgabengebiet entsprechend den Anforderungen.

- ❍ Frau XY verfügt über das erforderliche Fachwissen, das sie entsprechend einsetzt.

- ❍ Aufgrund seines soliden Grundwissens wurde Herr XY den Anforderungen des Arbeitsplatzes gerecht.

- ❍ Frau XY passte sich neuen Situationen an und dachte mit.

Berufliche Kenntnisse und Fähigkeiten – Formulierungen bei ungenügender Beurteilung

Mangelhafte Fachkenntnisse werden im Zeugnis vielfach stillschweigend übergangen und bleiben einfach unerwähnt (Beredtes Schweigen).

- ❍ Frau XY kannte die Anforderungen ihres Arbeitsbereichs.

- ❍ Herr XY zeigte sich stets sehr fachkundig.

- Frau XY hat sich im Lauf der Zeit in die Hauptaufgaben ihrer Abteilung eingearbeitet.

- Herr XY hat sich Fachkenntnisse angeeignet. (Keine Aussagen welche und in welchem Umfang)

- Frau XY hatte die Gelegenheit, sich Fachkenntnisse anzueignen. (Nutzte diese aber nicht)

- Die Bewältigung der ihm übertragenen Aufgaben bereitete Herrn XY kaum Schwierigkeiten.

- Frau XY war redlich bemüht, sich die für Ihren Arbeitsbereich erforderlichen Kenntnisse anzueignen.

- Herr XY reagierte sehr positiv auf Motivationsmaßnahmen und gab sich viel Mühe, die berufsüblichen Anforderungen zu erfüllen.

- Frau XY nutzte jede Gelegenheit zur Fortbildung, so dass man ihr in dieser Hinsicht nichts vorwerfen kann. (...aber in anderer Hinsicht?)

- Herr XY gab sich sehr ideenreich und war Neuem gegenüber durchaus aufgeschlossen.

- Frau XY beherrschte ihr Aufgabengebiet im Allgemeinen entsprechend den Anforderungen. (Abwertung durch Einschränkung im Allgemeinen = nicht immer)

- Diese Position setzt Fähigkeiten wie Verhandlungsgeschick, Flexibilität und Ideenreichtum voraus. (Es bleibt bei der Feststellung. Bestätigung, in welchem Maße der Beurteilte diese Eigenschaften besitzt, bleibt aus.)

Ausscheidungsgründe und Abschlussformulierungen

Je nach Ausscheidungsgrund kann zwischen verschiedenen Abschlussformulierungen unterschieden werden:

- Kündigung auf eigenen Wunsch durch den Arbeitnehmer
- Trennung in gegenseitigem Einvernehmen
- Kündigung durch den Arbeitgeber
- Beendigung eines befristeten Arbeitsverhältnisses

Vielfach spiegeln die Abschlussformulierungen noch einmal die im Zeugnis dargelegte Gesamtwertung des Arbeitsverhältnisses wieder. Es wird erwartet, dass eine vollständige Abschlussformulierung aus folgenden Teilen besteht:

- Trennungsaussage (Wer hat wem gekündigt?)
- Dank für die geleistete Arbeit
- Bedauern des Ausscheidens
- (Gute) Zukunftswünsche

Die Begründung des Ausscheidens ist nur mit Zustimmung der Beurteilten zulässig.

Kündigung auf eigenen Wunsch

Kündigung auf eigenen Wunsch – Formulierungen bei sehr guter Beurteilung

❍ Wegen eines Wohnortwechsels scheidet Frau XY auf eigenen Wunsch bei uns aus. Wir bedanken uns für die jahrelange sehr gute Zusammenarbeit und bedauern es sehr, diese ausgezeichnete Mitarbeiterin zu verlieren. Für die Zukunft wünschen wir ihr alles Gute und weiterhin viel Erfolg.

❍ Herr XY verlässt uns aus eigenem Entschluss, um sich selbständig zu machen. Wir bedanken uns für die stets außerordentlich gute

Zusammenarbeit und bedauern sehr, dass er uns verlässt. Für die Zukunft wünschen wir Herrn XY alles Gute und weiterhin viel Erfolg.

- Frau XY verlässt unseren Betrieb aus eigenem Entschluss. Wir danken Frau XY für die stets sehr gute und erfolgreiche Zusammenarbeit und bedauern sehr, diese vortreffliche Mitarbeiterin zu verlieren. Wir wünschen ihr für die Zukunft alles Gute und weiterhin viel Erfolg.

- Herr XY scheidet aus unserem Unternehmen auf eigenen Wunsch aus. Wir bedauern sein Ausscheiden außerordentlich und bedanken uns bei diesem vorbildlichen und tüchtigen Mitarbeiter für die vielen Jahre seiner treuen und wertvollen Mitarbeit. Für die Zukunft wünschen wir ihm beruflich und persönlich alles Gute und weiterhin viel Erfolg.

- Frau XY verlässt uns auf eigenen Wunsch. Wir bedanken uns für ihre stets sehr hohen Leistungen und bedauern sehr, diese sehr gute Mitarbeiterin zu verlieren. Wir wünschen Frau XY für die Zukunft alles Gute und weiterhin viel Erfolg.

Kündigung auf eigenen Wunsch – Formulierungen bei guter Beurteilung

- Herr XY verlässt unser Unternehmen auf eigenen Wunsch. Wir danken Herrn XY für seine stets guten Leistungen und bedauern den Verlust dieses engagierten und tüchtigen Mitarbeiters sehr. Für seinen weiteren Werdegang wünschen wir ihm alles Gute und viel Erfolg.

- Wir danken für die langjährige wertvolle Zusammenarbeit und bedauern es, diese gute Mitarbeiterin zu verlieren. Auf ihrem weiteren Berufs- und Lebensweg wünschen wir Frau XY alles Gute und viel Erfolg.

- Mit dem heutigen Tage verlässt uns Herr XY aus eigenem Entschluss. Wir danken ihm für die sehr gute Zusammenarbeit und bedauern es sehr, ihn zu verlieren. Wir wünschen Herrn XY alles Gute und viel Erfolg.

- Frau XY scheidet zum ... auf eigenen Wunsch aus unserer Firma aus. Wir bedauern ihr Ausscheiden sehr und bedanken uns für ihre unermüdliche und erfolgreiche Arbeit. Für die Zukunft wünschen wir ihr alles Gute und viel Erfolg.

- Herr XY verlässt uns auf eigenen Wunsch. Wir verlieren mit seinem Weggang eine gute und bewährte Fachkraft, was wir sehr bedauern. Wir wünschen diesem vorbildlichen Mitarbeiter für die Zukunft alles Gute und viel Erfolg.

Kündigung auf eigenen Wunsch – Formulierungen bei befriedigender Beurteilung

- Herr XY verlässt uns auf eigenen Wunsch. Für seine gute Leistung sind wir ihm zu Dank verpflichtet und bedauern es, Herrn XY als Mitarbeiter zu verlieren. Für die Zukunft wünschen wir ihm alles Gute.

- Frau XY scheidet auf eigenen Wunsch aus unserem Unternehmen aus. Wir danken dieser bewährten Fachkraft und bedauern ihr Ausscheiden. Wir wünschen ihr auf ihrem weiteren Lebens- und Berufsweg alles Gute.

- Herr XY scheidet mit dem heutigen Tag auf eigenen Wunsch aus unserer Firma aus. Wir danken für seine Mitarbeit und bedauern es, dass Herr XY uns verlässt. Für die Zukunft wünschen wir ihm alles Gute.

- Frau XY verlässt uns auf eigenen Entschluss. Wir danken ihr für die vielen Jahre treuer Arbeit und bedauern ihr Ausscheiden. Für ihren weiteren Werdegang wünschen wir Frau XY alles Gute.

- Herr XY scheidet auf eigenen Wunsch aus unserem Betrieb aus. Wir verlieren mit ihm einen guten und bewährten Mitarbeiter was wir bedauern. Für seinen weiteren beruflichen Werdegang wünschen wir ihm alles Gute.

Kündigung auf eigenen Wunsch – Formulierungen bei ausreichender Beurteilung

- Mit dem heutigen Tage verlässt Herr XY uns auf eigenen Wunsch. Wir waren mit Herrn XY zufrieden, danken für die Mitarbeit und wünschen ihm alles Gute.

- Frau XY verlässt uns auf eigenen Entschluss. Wir danken ihr für die Mitarbeit und wünschen dieser korrekten Mitarbeiterin für die Zukunft alles Gute.

- Herr XY scheidet auf eigenen Wunsch aus unserem Betrieb aus. Wir danken ihm und wünschen für die Zukunft alles Gute.

- Frau XY scheidet mit dem heutigen Tag auf eigenen Wunsch aus unserer Firma aus. Wir danken für die Zusammenarbeit und wünschen ihr alles Gute.

- Herr XY verlässt uns zum ... auf eigenen Wunsch. Wir danken für sein korrektes Wirken und wünschen Herrn XY alles Gute für die Zukunft.

Kündigung auf eigenen Wunsch – Formulierungen bei ungenügender Beurteilung

Mitunter wird bei ungenügenden Beurteilungen oder Verstimmungen zwischen Arbeitnehmer und Arbeitgeber gar kein Dank ausgedrückt. Manchmal entfallen die Zukunftswünsche. Vor allem fehlende Zukunftswünsche werden vielfach als Andeutung tiefer Verstimmung interpretiert.

- Herr XY scheidet auf eigenen Wunsch aus. (Kein Dank, kein Bedauern, keine Zukunftswünsche)

- Mit dem heutigen Tage verlässt uns Frau XY auf eigenen Wunsch. Sie hat sich im Rahmen ihrer Fähigkeiten engagiert, wofür wir uns bedanken.

- Herr XY verlässt unser Unternehmen auf eigenen Wunsch. Für sein stetes Streben nach einer guten Leistung bedanken wir uns.

- Frau XY verlässt uns zum ... aus eigenem Entschluss. Unsere Wünsche begleiten sie auf ihrem weiteren Lebensweg. (Welche Wünsche? Gute oder schlechte? Hinweis auf Differenzen?)

- Herr XY verlässt uns auf eigenen Wunsch. Wir wünschen und hoffen mit ihm, dass er auf seinem künftigen Berufs- und Lebensweg viel Erfolg haben wird. (Klartext, hatte bei uns nicht den gewünschten Erfolg)

- Herr XY scheidet auf eigenen Wunsch aus unserem Unternehmen aus. Wir wünschen und hoffen, dass er sich an seiner neuen Arbeitsstelle wiederum so bewähren wird, wie wir es von ihm gewohnt waren. (... aber nicht mehr sind, Formulierung z.B. bei Dienstvergehen)

Trennung in gegenseitigem Einvernehmen

Steht im Zeugnis, dass man sich einvernehmlich getrennt hat, so sagt dies grundsätzlich noch nichts über die Gründe der Beendigung des Arbeitsverhältnisses aus. Dennoch werden Formulierungen dieser Art vielfach dahingehend gedeutet bzw. missgedeutet, dass die Trennung auf Betreiben des Arbeitgebers erfolgte, was einer Entlassung nahe käme.

Trennung in gegenseitigem Einvernehmen - Verbreitete Formulierungen

- Das Arbeitsverhältnis mit Herrn XY wurde in bestem gegenseitigem Einvernehmen beendet. Aufgrund seiner herausragenden Leistungen sind wir ihm zu großem Dank verpflichtet. Wir wünschen Herrn XY beruflich und privat alles Gute und viel Erfolg für seinen weiteren Werdegang.

- Die Trennung von Frau XY erfolgte in bestem Einvernehmen und ist keineswegs in ihrer Person begründet. Für die langjährige treue Mitarbeit bedanken wir uns sehr. Wir wünschen ihr alles Gute und viel Erfolg für ihre weitere berufliche Laufbahn.

- Auf Wunsch von Herrn XY wird das Arbeitsverhältnis im Einvernehmen mit uns beendet. Wir danken ihm für die stets gute Zusammenarbeit und wünschen Herrn XY für seinen zukünftigen Berufsweg alles Gute und viel Erfolg.

- Das Anstellungsverhältnis mit Frau XY wird wegen einer grundlegenden Änderung der Betriebsorganisation in bestem Einvernehmen mit dem heutigen Tage beendet. Für die Zukunft wünschen wir ihr alles Gute.

- Mit dem heutigen Tage endet das Arbeitsverhältnis in gegenseitigem Einvernehmen.

- Das Anstellungsverhältnis wird per Aufhebungsvertrag einvernehmlich beendet.

- Herrn XYs Ausscheiden erfolgt in beiderseitigem Einvernehmen.

- Das Arbeitsverhältnis endet in gegenseitigem Einvernehmen zum heutigen Tag. Wir danken Frau XY für ihre Mitarbeit.

- Die Trennung von Herrn XY erfolgte einvernehmlich. Wir wünschen ihm für die Zukunft alles Gute. (Durch „Trennung“ kann angedeutet werden, dass man sich auf Betreiben der Firma getrennt hat.)

- Mit dem heutigen Datum endet das Arbeitsverhältnis mit Herrn XY durch einvernehmliche Trennung. Wir wünschen ihm für die Zukunft alles Gute.

Kündigung durch den Arbeitgeber

Arbeitgeberseitige Kündigung – Formulierungen bei sehr guter Beurteilung

- Aus betriebsbedingten Gründen wurde das Arbeitsverhältnis von Herrn XY mit dem heutigen Tag beendet. Wir bedauern diese Entwicklung sehr, da wir mit Herrn XY einen ausgezeichneten

Mitarbeiter verlieren. Wir danken ihm für seine bisherige wertvolle Arbeit und wünschen ihm für die Zukunft weiterhin Erfolg und persönlich alles Gute.

- Aus betriebsbedingten Gründen unter Einhaltung der Sozialauswahl wurde das Arbeitsverhältnis von Frau XY mit dem heutigen Tag beendet. Wir bedauern diese Entscheidung von unserer Seite, da wir mit Frau XY eine sehr gute Mitarbeiterin verlieren. Für die sehr gute Zusammenarbeit danken wir Frau XY und wünschen ihr für die Zukunft alles Gute und viel Erfolg.

- Innerbetriebliche Gründe zwingen uns das Arbeitsverhältnis von Herrn XY mit dem heutigen Tag zu beenden. Wir bedauern diese Entscheidung sehr, da wir mit Herrn XY einen ausgezeichneten Mitarbeiter verlieren. Wir danken ihm für die wertvolle Zusammenarbeit und wünschen ihm für die private und berufliche Zukunft alles Gute und viel Erfolg.

Arbeitgeberseitige Kündigung – Formulierungen bei guter Beurteilung

- Bedauerlicherweise mussten wir das Anstellungsverhältnis von Herrn XY mit dem heutigen Tage aus betriebsbedingten Gründen beenden. Wir bedauern diese Entwicklung, da wir mit Herrn XY einen guten Mitarbeiter verlieren. Wir danken ihm für die jahrelange gute Zusammenarbeit und wünschen ihm für die Zukunft viel Erfolg und alles Gute.

- Wegen der Stillegung des Betriebes kamen wir mit Frau XY überein, das Arbeitsverhältnis betriebsbedingt mit dem heutigen Tage aufzulösen. Wir bedauern diese Entscheidung unsererseits, da wir mit Frau XY eine gute und treue Mitarbeiterin verlieren. Wir danken ihr für die langjährige gute Zusammenarbeit und wünschen ihr für die Zukunft alles Gute und viel Erfolg.

- Leider zwingen uns innerbetriebliche Gründe das Anstellungsverhältnis von Herrn XY mit dem heutigen Tag zu beenden. Wir bedauern diese Entscheidung, da wir mit Herrn XY eine tüchtige

Fachkraft verlieren. Wir danken ihm für die gute Zusammenarbeit und wünschen ihm für die private und berufliche Zukunft alles Gute und viel Erfolg.

- Das Arbeitsverhältnis mit Frau XY musste wegen Auftragsmangels leider betriebsbedingt gekündigt werden. Wir bedauern diese Entwicklung sehr. Wir sind Frau XY für die langjährige gute Zusammenarbeit und ihrem Einsatzwillen zu großem Dank verpflichtet. Für die private und berufliche Zukunft wünschen wir ihr alles Gute und viel Erfolg.

Arbeitgeberseitige Kündigung – Formulierungen bei befriedigender Beurteilung

- Das Anstellungsverhältnis mit Frau XY mussten wir leider wegen Personalabbau betriebsbedingt aus Gründen der Sozialauswahl beenden. Wir bedauern eine so gute Mitarbeiterin zu verlieren und danken ihr für die guten Leistungen. Für die Zukunft wünschen wir ihr alles Gute.

- Zu unserem Bedauern scheidet Herr XY mit dem heutigen Tag betriebsbedingt aus unserem Unternehmen aus. Wir danken ihm für seine Arbeit und wünschen ihm für die Zukunft alles Gute.

- Frau XY scheidet mit dem heutigen Tag betriebsbedingt aus unserem Unternehmen aus. Wir bedauern diese Entwicklung und danken dieser guten Mitarbeiterin für die gute Zusammenarbeit. Für ihren weiteren Berufsweg wünschen wir ihr alles Gute.

- Wegen einer Einschränkung unseres Betriebes sind wir mit Herr XY übereingekommen, das Arbeitsverhältnis betriebsbedingt mit dem heutigen Tage aufzulösen. Wir danken diesem bewährten Mitarbeiter und bedauern sein Ausscheiden. Bei einer Besserung der Unternehmenslage würden wir ihn gern wieder beschäftigen. Für die Zukunft wünschen wir ihm alles Gute.

- Betriebliche Gründe zwingen uns das Arbeitsverhältnis von Frau XY mit dem heutigen Tage zu beenden. Wir danken ihr für die gute

Zusammenarbeit und bedauern ihr Ausscheiden. Für die Zukunft wünschen wir ihr alles Gute.

Arbeitgeberseitige Kündigung – Formulierungen bei ausreichender Beurteilung

- Herrn XYs Ausscheiden mit dem heutigen Tage erfolgt betriebsbedingt unter Einhaltung der Sozialauswahl. Wir danken für die Mitarbeit und wünschen Herr XY alles Gute.

- Das Arbeitsverhältnis mit Frau XY wurde fristgemäß betriebsbedingt gekündigt. Wir bedanken uns für die Zusammenarbeit und wünschen ihr alles Gute.

- Herr XY scheidet betriebsbedingt aus unserem Betrieb aus. Wir waren mit ihm zufrieden, danken ihm und wünschen alles Gute.

Arbeitgeberseitige Kündigung – Formulierungen bei ungenügender Beurteilung

- Das Arbeitsverhältnis endete gemäß Paragraph 626 BGB. (= fristlose Kündigung durch den Arbeitgeber)

- Die Beendigung des Arbeitsverhältnisses erfolgt zum 7.2... (Ungewöhnliches Datum mitten im Monat = fristlose Entlassung)

- Wir haben Herrn XY sehr geschätzt und bedauern es, dass wir das Arbeitsverhältnis mit dem heutigen Tage beenden müssen. (z.B. wegen Diebstahls)

- Das Arbeitsverhältnis von Frau XY wird ohne Frist beendet.

- Herr XY verlässt unser Unternehmen mit dem heutigen Tage. Wir hoffen, dass er eine entsprechende Stellung findet, die seiner tatsächlichen Qualifikation entspricht. (Welche? Unklare Ausdrucksweise = meistens Abwertung)

Befristete Arbeitsverhältnisse

Formulierungen bei Beendigung durch Fristablauf

- Das Arbeitsverhältnis von Herrn XY war auf ... Monate befristet und endete fristgerecht durch Ablauf der vereinbarten Zeit. Wir bedauern sehr, dass wir Herrn XY zum gegenwärtigen Zeitpunkt keine Dauerbeschäftigung bieten können.

- Herrn XYs Arbeitsverhältnis war auf ... Monate befristet und endet durch Zeitablauf.

- Auf Wunsch von Frau XY endet das befristete Anstellungsverhältnis durch Zeitablauf. Gern hätten wir das Arbeitsverhältnis mit Frau XY unbefristet fortgesetzt.

- Frau XY war vom ... bis ... in unserer Niederlassung befristet beschäftigt und wird ab ... als Sekretärin in unserem Unternehmen unbefristet beschäftigt werden.

- Mit dem heutigen Tage endet das Anstellungsverhältnis fristgerecht.

- Herr XY, geboren am ... , trat am ... als in unser Unternehmen in ein bis zum ... befristetes Arbeitsverhältnis ein. Das Arbeitsverhältnis endet fristgerecht.

- Herr XY war vom ...bis zum ...in unserer Niederlassung befristet beschäftigt und wird ab ... den Bereich ... in unserer Zentrale übernehmen. Das Arbeitsverhältnis wurde fristgerecht beendet.

- Frau XY, geboren am ..., trat am ... als Sekretärin in unsere Firma in ein von Anfang an bis zum ...befristetes Arbeitsverhältnis ein. Das Arbeitsverhältnis endete durch Zeitablauf.

- Das Arbeitsverhältnis war von vornherein auf ... Monate befristet und endete durch Ablauf der vereinbarten Zeit.

- Herr XY war in der Zeit vom ... bis ... in unserem Betrieb befristet beschäftigt. Ab ... wird er in ein unbefristetes Arbeitsverhältnis übernommen.

- Das befristete Arbeitsverhältnis wird von uns nicht über den Ablauf der vereinbarten Dauer fortgesetzt. (Andeutung von Unzufriedenheit)

Formulierungen bei Beendigung vor Fristablauf

- Das Arbeitsverhältnis endet auf Wunsch von Herrn XY mit dem heutigen Tage termingerecht. (Termingerecht = vor Fristablauf ausgeschieden)

- Mit dem heutigen Tage endet das befristete Anstellungsverhältnis termingerecht. (Es bleibt unklar, wer das Arbeitsverhältnis vorzeitig beendet hat)

- Das befristete Arbeitsverhältnis lassen wir vorfristig termingerecht enden. (Andeutung von Unzufriedenheit)

Formulierungen bei vorfristiger Beendigung durch den Arbeitgeber

Bei vorfristiger Kündigung durch den Arbeitgeber werden oft ungenügende Leistungen oder Verhaltensweisen vermutet.

- Das befristete Arbeitsverhältnis lassen wir termingerecht vor Ablauf der Vertragsdauer enden.

- Das Arbeitsverhältnis mit Herrn XY war auf ... Monate befristet und endete verkürzt zum... .

- Frau XY, geboren am ..., trat am in ein befristetes Arbeitsverhältnis ein. Das Arbeitsverhältnis endete vor Ablauf der Frist.

- ○ Herr XY war vom ... bis zum ... in unserem Betrieb befristet beschäftigt. Das Arbeitsverhältnis endet vorzeitig.

- ○ Frau XY war in unserem Unternehmen in der Zeit vom ... bis ... in unserer Niederlassung in ... befristet beschäftigt. Das Arbeitsverhältnis endete vorfristig zum ... .

- ○ Das Arbeitsverhältnis von Herrn XY war von vornherein auf ... Monate befristet und endet verkürzt zum ... .

3

Zeugnisanalyse -

Arbeitszeugnisse im Klartext

Zeugnis eines Angestellten im Finanzwesen

Eine insgesamt vernichtende Beurteilung. Bei der Beschreibung des Aufgabengebietes fällt die passive Formulierung „wurde eingesetzt“ auf. Solche Sätze sollen oft andeuten, dass es sich bei dem Beurteilten nicht gerade um einen aktiven Mitarbeiter handelt.

Der erste negative Eindruck wird durch die Art der Beurteilung des Arbeitsstils noch verstärkt. Betont wird, dass der Zeugnisinhaber korrekt und besonders pünktlich war. Vielfach ist das die Umschreibung für einen pedantischen Mitarbeiter, der getreu der Devise „Dienst nach Vorschrift“ stets nur das tut, was man ihm auftrug. Nicht minder negativ wirkt die Ausdrucksweise „den Erwartungen entsprechend“.

Die Formulierung des Einsatzwillens deutet ebenfalls auf Probleme hin. Umgangssprachlich ist es zwar gebräuchlich, dass bestimmte Eigenschaften durch doppelte Verneinungen besonders hervorgehoben werden sollen (z.B. „nicht schlecht“ = „gut“), bei Zeugnissen ist dies jedoch anders. Der Ausdruck „nicht ohne Einsatzwillen“ signalisiert hier einen eher ungenügenden Einsatzwillen.

Die zusammenfassende Leistungsbeurteilung drückt zwar ein „gut“ aus, steht damit aber im krassen Gegensatz zu den übrigen Beurteilungen in diesem Zeugnis. Solche Widersprüche werden mitunter bewusst in Kauf genommen, um anzudeuten, dass dieses Arbeitsverhältnis nicht ganz unproblematisch war. Das Verhalten gegenüber den Vorgesetzten liest sich zunächst gut, signalisiert aber dennoch Unzufriedenheit: Dass die Beurteilung völlig unter dem Strich liegt, wird durch den Ausdruck des Bemühens angedeutet.

Die Schlussformulierungen sind auffällig knapp: Kein Dank für geleistete Dienste ist hier zu lesen. Ebensowenig findet sich ein Ausdruck des Bedauerns. Ausbleibende gute Wünsche für den weiteren Berufsweg jedoch lassen beträchtliche Differenzen vermuten. Vor diesem Hintergrund weckt die ungewöhnliche Formulierung im ersten Satz Zweifel, ob der Zeugnisinhaber das Arbeitsverhältnis wirklich auf eigenen Wunsch oder vielmehr auf Drängen des Unternehmens beendet hat.

Zeugnis

Herr Thomas M., geboren am 23.10.19.. in München, war vom 01.04.19.. bis zum 31.3.2... als Sachbearbeiter in unserer Abteilung Finanz- und Kreditwesen tätig. In dieser Position wurde Herr M. für die folgenden Aufgaben eingesetzt:

- die Sachbearbeitung für alle Themen der Qualitätssicherung
- die allgemeine Administration für den Bereich Qualitätssicherung
- die organisatorische und abwicklungstechnische Unterstützung der Abteilungsleitung
- Analysen und Statistiken

Wir lernten Herrn M. als einen Mitarbeiter kennen, der nicht ohne Einsatzwillen arbeitete und die ihm übertragenen Arbeiten den Erwartungen entsprechend erledigte. Hierbei ist er seinen Aufgaben stets korrekt und insbesondere pünktlich nachgekommen.

Die ihm übertragenen Arbeiten erledigte Herr M. stets zu unserer vollen Zufriedenheit.

Herrn M. Verhältnis zu Kollegen war unbelastet. Auch gegenüber Vorgesetzten war er stets um ein harmonisches Arbeitsklima bemüht.

Herr M. kündigt das Arbeitsverhältnis mit dem heutigen Tage. Wir wünschen und hoffen mit ihm, dass er auf seinem künftigen Berufsweg viel Erfolg haben wird.

Mannheim, den 31.03.2...

Frank Meier

Zeugnis eines kaufmännischen Angestellten

Auch dieses Zeugnis enthält auffällige passive Formulierungen: „war beschäftigt", „wurde eingesetzt". Solche Ausdrücke lassen vermuten, dass der Beurteilte eher nur unter Druck seine Arbeiten ausführte.

Eigenschaften wie Selbständigkeit und Eigeninitiative werden zwar betont, dem Beurteilten aber in keiner Weise bestätigt. Es ist also anzunehmen, dass der Zeugnisinhaber diese Eigenschaften in nur geringem Maße vielleicht auch gar nicht hatte. Aus der Erwähnung der an sich positiven Eigenschaften wird somit versteckte Kritik.

Die Leistungsbeurteilung stellt den Beurteilten als einen Bürokraten mit wenig Eigeninitiative dar, dessen Leistungen eher unter dem Durchschnitt lagen. Der Eindruck geringer Arbeitsmotivation verstärkt sich in der Beurteilung der fachlichen Fähigkeiten und der Arbeitsweise: Zwar werden dem Beurteilten umfassende (= befriedigende) fachliche Fähigkeiten zugeschrieben, diese setzte er jedoch nur „auf Anforderung", also nicht aus eigenem Antrieb heraus ein. Der Erfolg seiner Bemühungen bleibt sogar völlig unerwähnt.

So ein Arbeitsverhalten stimmt Vorgesetzte nicht gerade euphorisch. Das wird auch in der Beurteilung des Verhaltens deutlich: Die Ausrücke „höflich" und „korrekt" können als Umschreibung für ein eher distanziertes Verhältnis zu den Vorgesetzten gewertet werden, welches ein gerade noch akzeptierbares Verhalten zeigte. Diese Aussage wird zusätzlich noch dadurch unterstrichen, dass der Beurteilte (nur) bei den Kollegen beliebt war. Die Vorgesetzten bleiben in diesem Satz unerwähnt.

Man war wohl eher froh, diesen Mitarbeiter loszuwerden, jedenfalls signalisiert das die Schlussformel. Mit knappen Worten bescheinigt sie ihm zwar, dass er „auf eigenen Wunsch" gekündigt hat, zugleich wird aber durch die nochmalige Betonung der korrekten Mitarbeit hervorgehoben, dass der Beurteilte seine Arbeit getreu nach der Devise „Dienst nach Vorschrift" erledigte.

Zeugnis

Herr Michael E., geboren am 3.4.19.. in Bremen, war in der Zeit vom 1.1.19.. bis zum 31.12.20.. in unserem Unternehmen als kaufmännischer Angestellter beschäftigt. Herr E. wurde in der Abteilung Vertrieb für die Auftragsabwicklung eingesetzt. Diese Tätigkeit erfordert ein großes Maß an Selbständigkeit und Eigeninitiative.

Wir lernten Herrn E. als einen Mitarbeiter kennen, der sich stets durch ein hohes Pflichtbewusstsein auszeichnete und die ihm übertragenen Arbeiten immer korrekt und zu unser Zufriedenheit erledigte.

Herr E. beherrschte sein Aufgabengebiet umfassend und war auch fähig und bereit, auf Anforderung andere gleichartige Aufgaben zu erfüllen.

Aufgrund seiner freundlichen Art war Herr E. bei seinen Kollegen beliebt. Sein Verhalten gegenüber Vorgesetzten war stets höflich und korrekt.

Herr E. scheidet am 31.12.20.. auf eigenen Wunsch aus unserem Unternehmen aus. Wir danken ihm für die Mitarbeit und wünschen diesem korrekten Mitarbeiter für die Zukunft alles Gute.

Berlin, den 31.12.20..

Jan Krause

Zwischenzeugnis für einen Vertriebsassistenten

Ohne konkreten Grund ein Zwischenzeugnis zu verlangen, ist für das bestehende Arbeitsverhältnis wenig karrierefördernd, wird doch die Bitte um ein Zwischenzeugnis ohne Angabe weiterer Gründe vom Arbeitgeber in der Regel als indirekte Kündigung verstanden. Bittet man aus anderen, kündigungsneutralen Gründen um ein Zwischenzeugnis (beispielsweise Vorgesetztenwechsel, Versetzung), so wird dieser Grund in der Regel im Zwischenzeugnis angegeben. Solche Gründe fehlen im Zeugnis. Es ist wohl davon auszugehen, dass der Firma die Kündigungsabsichten von Herrn C. bekannt sind. Eine entsprechende Belastung des Arbeitsklimas ist damit nicht auszuschließen.

Aus dem Zeugnis geht hervor, dass der Beurteilte rund fünf Jahre in der Firma beschäftigt war. Nach einer so langen Verweilzeit sollte die Tätigkeitsbeschreibung schon genauer auf den Inhalt der einzelnen Arbeiten eingehen. In diesem Zeugnis beschränkt sie sich jedoch auf nur einige Schlagworte, die einem Außenstehenden wenig sagen.

Tätigkeiten, die wesentlichen Aufschluss über Kenntnisse und die Leistungsfähigkeit des Beurteilten geben, werden in diesem Zeugnis überhaupt nicht erwähnt. Eine so auffallend knappe Darstellung seines Aufgabengebietes hätte der Beurteilte nicht akzeptieren sollen. Denn auch hier gilt unter Fachleuten die Grundregel: Je inhaltsleerer und knapper das Zeugnis formuliert wurde, desto eher ist eine schlechte Beurteilung zu vermuten.

Neben einer ungewöhnlich knapp gehaltenen Tätigkeitsbeschreibung fällt auch auf, dass im Zeugnis eine Beurteilung des Leistungs- und Führungsverhaltens weitgehend ausbleibt. Aus dem Zeugnis geht nicht hervor, wie zufrieden die Firma mit dem Beurteilten ist. Das Ausbleiben der Beurteilung von Leistung und Führung, zusammen mit den insgesamt sehr knapp gehaltenen Formulierungen, kann von anderen Firmen nur negativ als „beredtes Schweigen“ gewertet werden.

Zwischenzeugnis

Herr Werner N., geboren am 20. August 19.., wurde am 1. September 19.. in unserem Unternehmen als Vertriebsassistent eingestellt. Sein Aufgabengebiet innerhalb des Vertriebes umfasst:

- Verkaufsförderung/ Marketing
- Kundendienst
- Organisation von Messen und Ausstellungen

Herr N. hat sich sehr schnell die spezifischen Kenntnisse seines Aufgabengebietes angeeignet. Dabei erlebten wir Herrn N. als einen Mitarbeiter, der sich stets für die Belange unseres Hauses einsetzte. Er geht mit Intelligenz und schneller Auffassungsgabe an die zu lösenden Aufgaben heran. Er ist wendig und zeigt Kooperationsbereitschaft gegenüber seinen Kollegen.

Dieses Zwischenzeugnis stellen wir Herrn N. auf seinen eigenen Wunsch aus.

München, den ....

ppa. Rudolf Meister

Zeugnis einer Angestellten aus dem Personalbereich

Die Arbeitsweise der Beurteilten wird als „selbständig“ und „routiniert“ bezeichnet. Der Satz lässt jedoch eine Aussage über die Sorgfalt vermissen, die an dieser Stelle eigentlich üblich wäre. Stattdessen findet sich der Ausdruck routiniert, der zwar Erfahrung signalisiert, über die Arbeitssorgfalt jedoch nichts aussagt. Es ist also zu vermuten, dass die Leistungen der Beurteilten hinsichtlich Sorgfalt und Gewissenhaftigkeit noch verbesserungsbedürftig sind. Dies ist um so bedauerlicher, da Arbeitsmotivation und Leistungsbereitschaft der Beurteilten sehr gelobt werden. Die Arbeitsergebnisse hingegen werden als nur zufriedenstellend (= ausreichend) beurteilt.

Die Beurteilung des Sozialverhaltens ist des Lobes voll. Auch hier wird wieder der Fleiß betont. Die ausnahmslos positiven Formulierungen enthalten weder Einschränkungen, noch lassen sie einzelne Gruppen aus, mit denen die Beurteilte zu tun hatte. Die Beurteilte wird als fleißig und freundlich bezeichnet, als sorgfältig oder gewissenhaft allerdings auch hier nicht.

Zwar betont der Abschluss des Zeugnisses wiederum den Fleiß der Beurteilten, lässt allerdings auch an dieser Stelle Eigenschaften wie Sorgfalt oder Gewissenhaftigkeit unerwähnt. Spätestens hier wird deutlich, dass diese Eigenschaften bewusst ausgelassen wurden. Auch der fehlende Ausdruck des Bedauerns für das Ausscheiden der Beurteilten ist bei dieser Beurteilung plausibel.

Die Begründung für die Beendigung des Arbeitsverhältnisses ist sicherlich zwar gut gemeint, könnte aber im Verlauf des weiteren Berufsweges nachteilig sein, nämlich dann, wenn die angesprochenen Ziele nicht erreicht werden. Ein Ausscheidungsgrund darf daher auch nur mit Zustimmung der Beurteilten im Zeugnis erwähnt werden.

Es lässt sich somit eine Mitarbeiterin vermuten, die zwar mit Eifer dabei ist, die aber aufgrund der Art und Weise wie sie arbeitet, nur ausreichende Arbeitserfolge erreichte.

Zeugnis

Frau Julia A., geboren am 03.12.19.. in Köln war vom 01.01.19.. bis zum 31.03.20... als Personalsachbearbeiterin in unserer Abteilung Zentrales Personalwesen tätig. Die Schwerpunkte ihrer Tätigkeit umfassten die administrative Abwicklung aller Personalangelegenheiten, die selbständige Erstellung der Lohn- und Gehaltsabrechnung für einen definierten Mitarbeiterkreis, Mitwirkung bei Personalbeschaffungsmaßnahmen, Beratung und Betreuung von Mitarbeitern sowie die Unterstützung der Personalreferenten.

Frau A. war eine stets motivierte Mitarbeiterin, mit einem hohen Maß an Leistungsbereitschaft und Eigeninitiative. Sie erledigte die ihr übertragenen Aufgaben sehr selbständig und routiniert. Die Ergebnisse ihrer Arbeit stellten uns jederzeit zufrieden.

Von Vorgesetzten und Kollegen wurde Frau A. als stets fleißige und freundliche Mitarbeiterin geschätzt. Ihr Verhalten war immer lobenswert. Frau A. zeigte einen unermüdlichen Arbeitseinsatz, wobei sie auch hohe Belastungen stets meisterte.

Frau A. verlässt uns auf eigenen Wunsch um ein Studium zu beginnen. Wir danken dieser außerordentlich fleißigen Mitarbeiterin und wünschen ihr für die Zukunft alles Gute.

Köln, den ...

Otto Meier

Zeugnis für eine Marketingassistentin

Dieses Zeugnis signalisiert eingeweihten Lesern, dass sie es hier mit einer Mitarbeiterin zu tun haben, die nach Meinung des Zeugnisschreibers befriedigende Leistungen erbrachte. Für die Umschreibung guter Leistungen hätte es neben der „vollen Zufriedenheit“ noch des Zusatzes „stets“ bedurft.

Aussagen über das Sozialverhalten gehören zu den wichtigen Bestandteilen eines qualifizierten Arbeitszeugnisses. In einer guten Beurteilung dürfen sie deshalb nicht fehlen. Andernfalls könnte angenommen werden, dass es bei der Führung des Beurteilten Dinge zu bemängeln gab, die mit positiven Formulierungen nicht mehr zu umschreiben sind.

Dem stillschweigenden Auslassen so wichtiger Beurteilungsmerkmale wie der Beschreibung des Sozialverhaltens, wird daher eine besonders negative Aussage zugeordnet. Das gilt auch für das nebenstehende Zeugnis. Eine vollständige Beurteilung der Führung hätte sich hier auf das Verhältnis zu Vorgesetzten, Kollegen, Kunden und Geschäftspartnern beziehen müssen. Erwähnt wird jedoch keine dieser Gruppen.

Problematisch ist auch die Schlussformulierung: Sicher, Frau M. wird bescheinigt, dass sie aus der Firma auf eigenen Wunsch ausscheidet. Ihr wurde also nicht gekündigt. Neben dieser Standardformulierung lässt das Zeugnis aber jeden Ausdruck des Dankes für die geleistete Arbeit oder des Bedauerns über das Ausscheiden der Mitarbeiterin vermissen.

Darüber täuschen auch die guten Wünsche für die Zukunft nicht hinweg. Seit einigen Jahren besteht die Tendenz, dass man solche Formeln gezielt einsetzt, um genauer darüber zu informieren, wie die rechtlich einklagbare Floskel „auf eigenen Wunsch“ zu verstehen ist. Kaum einem Unternehmen wird es wohl einfallen, sein Bedauern über das Ausscheiden eines Mitarbeiters auszusprechen, wenn dies nicht wirklich der Fall ist.

ZEUGNIS

Frau Karla M., geboren am 15.5. 19.. in Essen, war in der Vertriebsabteilung unseres Unternehmens in der Zeit vom 1.10. 19.. bis zum 30.09.20.. als Marketingassistentin tätig.

Zu ihren Aufgaben zählten insbesondere die Pflege und der Ausbau des Kontaktes zu unseren Großkunden. Der Aufgabenbereich beinhaltet auch die selbständige Durchführung verschiedener Mailingaktionen, sowie das Verfassen von Werbebriefen. Hierzu stand Frau M. ein Computer zusammen mit verschiedenen Text- und Datenbankprogrammen zur Verfügung, welche sie nach angemessener Einarbeitung selbständig benutzte.

Frau M. war bald in der Lage, die ihr übertragenen Aufgaben zu großen Teilen selbständig zu bearbeiten. Dies tat sie zu unserer vollen Zufriedenheit.

Mit dem heutigen Tag scheidet Frau M. auf eigenen Wunsch aus unserer Firma aus. Wir wünschen ihr für ihren weiteren Werdegang alles Gute.

München, den ....

i.V. gez. Gerd Meier

Zeugnis einer Teilzeitkraft im Buchhandel

Die Leistung der Beurteilten wird in diesem Zeugnis als gut bis sehr gut gewürdigt. Dieses Lob wird zusätzlich unterstrichen durch die ausdrückliche Betonung, dass es sich bei der Beurteilten um eine befähigte Mitarbeiterin handelt, die selbständig arbeitete und einen guten Überblick hatte. Der Hinweis auf die guten Verkaufserfolge signalisiert, dass die Beurteilte bei ihrer Arbeit auch erfolgreich war. Dass sich die Beurteilte in ihr Aufgabengebiet gut eingearbeitet hat, setzen solche Formulierungen voraus.

Dass man mit dieser Mitarbeiterin sehr zufrieden war, zeigt auch die Beurteilung des Sozialverhaltens. Die Formulierung „... in jeder Hinsicht einwandfrei ..." drückt uneingeschränktes Lob aus. Dieses Lob bezieht sich ausdrücklich auf alle Gruppen, mit denen die Beurteilte bei ihrer Arbeit Kontakt hatte. Dass man ihr Ausgeglichenheit, Freundlichkeit, Höflichkeit und Kompetenz bescheinigt, wertet die Beurteilte vor diesem Hintergrund zusätzlich auf.

Der Ausdruck des Bedauerns und der Dank für die engagierte Mitarbeit in der Schlussformulierung machen ebenfalls deutlich, dass der Arbeitgeber mit dieser Mitarbeiterin recht zufrieden war. Das Zeugnis stellt somit insgesamt eine gute Beurteilung dar.

Neben all diesen lobenden Worten wirkt der Ausdruck „ungelernte" Teilzeitkraft etwas befremdlich. Auch die Beurteilte störte der Begriff. Sie forderte daher seine Tilgung aus dem Zeugnis mit der Begründung, unter Berücksichtigung ihres abgeschlossenen Studiums - sie hatte zuvor Kulturpädagogik studiert und das Studium mit dem Hauptfach Kunst und dem zweiten Fach Literatur abgeschlossen - würde die Bezeichnung einen falschen Eindruck erwecken. Vor dem Arbeitsgericht drang die Beurteilte mit ihrem Begehren nicht durch. Im Vergleichswege wurde das Zeugnis stattdessen wie folgt neu formuliert:

> *„Frau ... war vom ... bis zum ... in unserer Buchhandlung als Teilzeitkraft tätig. Über eine Ausbildung als Buchhändlerin verfügt sie nicht."*

Z E U G N I S

Frau Hanna K., geboren am 15. Januar 19.., war vom 1. Mai 19.. bis zum 31. Dezember 20.. in unserer Buchhandlung als ungelernte Teilzeitkraft tätig.

Frau K. wurde vorwiegend im Verkauf unseres allgemeinen Buchsortiments sowie in der Bearbeitung der umfangreichen Kundenbestellungen eingesetzt, welche sie mit großer Umsicht und Zuverlässigkeit selbständig abwickelte.

Frau K. ist eine befähigte Mitarbeiterin. Gute Konzentrationsfähigkeit und Überblick auf ihrem Arbeitsgebiet zeichnen ihre selbständige Mitarbeit aus. Ihre ausgeglichene, freundliche Art, ihre kundige und höfliche Beratung der Kunden ermöglichten ihr gute Verkaufserfolge. Stets haben ihre Leistungen unsere volle Anerkennung gefunden.

Ihr Verhalten gegenüber Vorgesetzten, Kollegen und Kunden war in jeder Hinsicht einwandfrei.

Zu unserem Bedauern verlässt uns Frau K. mit dem heutigen Tag auf eigenen Wunsch. Wir danken ihr für ihre engagierte Mitarbeit und wünschen ihr für die Zukunft alles Gute.

Frankfurt, den 31. Dezember 20..

Harald Thomsen

Zeugnis eines Betriebswirts

Die Tätigkeitsbeschreibung verdeutlicht, dass es sich bei dem Beurteilten um einen Mitarbeiter mit anspruchsvollem Arbeitsniveau handelt. Die „aktiven" Formulierungen „er übernahm" und „betreute" sowie nicht zuletzt auch der gute Gesamteindruck des Zeugnisses lassen vermuten, dass der Zeugnisinhaber seine Aufgaben weitgehend selbständig erledigte.

Im Hinblick auf das Sozialverhalten zeigt das Zeugnis Formulierungen, wie man sie bei guten Beurteilungen oft findet. Im Vergleich zu einer sehr guten Bewertung klingen die betreffenden Sätze zwar weniger überschwenglich, sie lassen jedoch auch keinen Zweifel, dass das Verhalten des Beurteilten mehr als o.k. war.

Die Beurteilung seiner fachlichen Fähigkeiten stuft den Beurteilten zwar nicht als sehr gut ein, aber auch gute Leute sind gefragt. Eigenschaften wie eine rasche Auffassungsgabe und analytisches Denkvermögen sind besonders für das oben skizzierte Aufgabengebiet von Bedeutung.

Für Herrn G. ist es daher sehr wichtig, dass man in seinem Zeugnis diese Eigenschaften noch einmal betont. Der Zeugnisausklang enthält alle Komponenten, die bei einer guten Beurteilung erwartet werden:

- Es wird deutlich, dass Herr G. gekündigt hat und nicht das Unternehmen ihm.
- Das Unternehmen spricht seinen Dank aus und bedauert, dass der Beurteilte das Unternehmen verlässt.
- Für seinen weiteren Werdegang begleiten ihn die guten Wünsche des Unternehmens.

Dadurch, dass man ihm „weiterhin" viel Erfolg wünscht, wird noch einmal betont, dass auch die bisherige Arbeit des Beurteilten von Erfolg begleitet war.

Das Zeugnis signalisiert somit einen Gesamteindruck, der einen hochqualifizierten Betriebswirt vermuten lässt mit guten Leistungen und der auf seinem Arbeitsgebiet erfolgreich war.

Zeugnis

Herr Gerd G., geboren am 28.07.19.. in Essen, war vom 01.04.19.. bis zum 31.12.20.. in unserem Unternehmen als Referent in der Abteilung Betriebswirtschaft tätig.

Zu seinen vielseitigen Aufgaben gehörten die Mitwirkung bei der Entwicklung und Einführung konzerneinheitlicher betriebswirtschaftlicher Methoden und Verfahren zu den Themenkreisen Planung, Ergebnisrechnung, Berichterstattung und Projektcontrolling. Ergänzend dazu übernahm er die Analyse und Adaption neuer betriebswirtschaftlicher Lösungsansätze und betreute das Controlling-Handbuch.

Das persönliche Verhalten von Herrn G. war stets einwandfrei. Stets arbeitete er mit hohem persönlichen Engagement an den ihm gestellten Aufgaben und war jederzeit bereit, persönliche Interessen zurückzustellen. Bei Vorgesetzten und Mitarbeitern war er wegen seiner freundlichen und kooperativen Haltung geschätzt und beliebt.

Sein breites Spektrum an Wissen setzte Herr G. mit gutem Erfolg in seinem Aufgabenbereich ein. Besonders hervorheben möchten wir seine Fähigkeit, auch komplexe Sachverhalte rasch zu erfassen, zu analysieren und praktikable Lösungen aufzuzeigen. Durch die Teilnahme an innerbetrieblichen Fachseminaren konnte Herr G. sein Wissen erweitern. Auch dies schlug sich sehr vorteilhaft in seinen Arbeitsergebnissen nieder.

Wir haben Herrn G. als vertrauensvollen Mitarbeiter kennengelernt, der unseren Anforderungen in allen Punkten voll gerecht wurde. Die ihm übertragenen Aufgaben löste Herr G. zu unserer vollsten Zufriedenheit.

Herr G. verlässt unser Unternehmen mit dem heutigen Tag auf eigenen Wunsch. Wir danken Herrn G. für seine allzeit hohe Leistung und bedauern sein Ausscheiden sehr. Wir wünschen diesem engagierten Mitarbeiter auf seinem weiteren Berufs- und Lebensweg alles Gute und weiterhin viel Erfolg.

Hamburg, den 31.12.20..   John Kruse

Zeugnis einer Buchhalterin

Aus der Aufgabenbeschreibung geht hervor, dass die Beurteilte mit Aufgaben betraut wurde, die ein hohes Maß an Gewissenhaftigkeit und Zuverlässigkeit erfordern. Für die Zeugnisinhaberin ist es daher sehr wichtig, dass ihr diese Eigenschaften auch bestätigt werden. Das Zeugnis ist hierzu des Lobes voll: „immer sehr zuverlässig und gewissenhaft“, „identifizierte sich stets mit ihren Aufgaben“. Das sind Worte, die eine sehr gute Mitarbeiterin vermuten lassen.

Für die sehr gute Beurteilung wichtig ist auch die Zeitangabe „stets“. Das Lob wird damit ohne Einschränkung gegeben. Dass die Firma mit dem Zeugnis eine sehr gute Beurteilung abgeben wollte, wird auch dadurch deutlich, dass - wo immer möglich - Superlative in die Formulierungen eingeflochten wurden.

Die Beurteilung der fachlichen Fähigkeiten ist ebenfalls optimal. Sie drückt aus, dass es sich bei der Beurteilten um eine kompetente, hochqualifizierte Fachkraft handelt mit außerordentlichem Wissen.

Der Zusatz, dass dieses Wissen dem aktuellsten Stand entspricht, unterstreicht auch die ständige Bereitschaft zur Weiterbildung. Solche Zusätze haben besonders bei solchen Berufen Bedeutung, die ständig Neuerungen unterworfen sind.

Die im Zeugnis formulierten sehr wohlwollenden Dankesworte und der Ausdruck des Bedauerns sind sicherlich auch so gemeint, denn der Fortgang dieser sehr guten Mitarbeiterin wird für das Unternehmen sehr bedauerlich gewesen sein.

Durch die Zusätze „hervorragend“ und „erfolgreich“ wird die sehr gute Beurteilung noch einmal zusätzlich betont. Dass man mit der Zeugnisinhaberin sehr zufrieden war, signalisiert auch die Formulierung der Zukunftswünsche, die in dieser Form bei guten bis sehr guten Beurteilungen sehr gebräuchlich ist.

Wer eine so gute Beurteilung vorweisen kann, wird es nicht schwer haben, einen neuen, attraktiven Job zu finden.

Zeugnis

Frau Julia S., geboren am 05.01.19.. in Hamburg, war vom 01.01.19.. bis zum 31.12.20.. in unserem Unternehmen als Buchhalterin tätig.

Zu ihrem Aufgabengebiet gehörten die Belegkontierung und Vorbereitung der Buchführung, Zahlungsanweisungen, die Überwachung von Außenständen sowie die Bearbeitung von Zahlungseingängen.

Frau S. arbeitete immer sehr zuverlässig und gewissenhaft und identifizierte sich stets mit ihren Aufgaben. Sie hat die ihr übertragenen Arbeiten jederzeit zu unserer vollsten Zufriedenheit erledigt. Aufgrund ihrer bei der Aufgabenerfüllung erwiesenen Sachkunde, Zuverlässigkeit und Gewissenhaftigkeit hat Frau S. nicht nur hohes Ansehen bei den Kollegen, sondern auch das Vertrauen ihrer Vorgesetzten erlangt. Wegen ihres kooperativen Wesens war sie bei Vorgesetzten und Kollegen gleichermaßen sehr geschätzt und beliebt.

Durch die Teilnahme an Fachseminaren hat Frau S. ihr Wissen auf ein hohes Niveau erweitert. Ihr Fachwissen entspricht dem aktuellsten Stand. Ihre hervorragenden Kenntnisse auf ihrem Arbeitsgebiet brachte sie stets außerordentlich erfolgreich zur Anwendung.

Frau S. scheidet am 31.12.20.. auf eigenen Wunsch aus unserem Unternehmen aus. Wir danken Frau S. sehr für die immer hervorragende und erfolgreiche Zusammenarbeit und bedauern ihr Ausscheiden außerordentlich. Wir wünschen dieser sehr guten Mitarbeiterin für ihren weiteren Berufsweg alles Gute und weiterhin viel Erfolg.

Hamburg, den 31.12.20..

Martin Schmidt

Zeugnis für einen Berater

Dieses Zeugnis ist voll echten Lobes. Sowohl in Bezug auf die Leistung als auch auf die Führung sind die Formulierungen durchweg optimal. Um die hervorragenden Leistungen noch zu unterstreichen, hat der Zeugnisschreiber auch die Schlussformel sehr ausführlich gestaltet.

Damit keinerlei Zweifel aufkommen, wird an dieser Stelle nochmals ausdrücklich betont, dass es sich bei dem Beurteilten um einen sehr guten Mitarbeiter handelt. Die Ausdrücke des Dankes und des Bedauerns wurden ebenfalls durch die Worte „außerordentlich" und „wertvoll" aufgewertet. Schon der Schlussformel ist somit anzusehen, dass es sich hier um eine Spitzenkraft handelt.

Das Leistungsverhalten findet ohne Einschränkung höchste Anerkennung. Einen Hinweis auf die sehr hohe Leistungsbereitschaft des Beurteilten geben auch die Hinweise auf Eigeninitiative, Engagement und starke Belastbarkeit.

Ebenso wie dieser Satz werden auch die Ausführungen über das Urteilsvermögen sowie das Problemlösungsverhalten in Formulierungen ausgedrückt, die höchstes Lob darstellen. Für den Aufgabenbereich des Beurteilten sind das alles wichtige Eigenschaften.

Auch bei der Beurteilung des Sozialverhaltens werden Formulierungen gewählt, bei denen eine Steigerung nur noch schwerlich möglich ist. Der Ausdruck „stets vorbildlich" drückt höchstes Lob aus. Die sehr positive Beschreibung des Führungsverhaltens lässt weder Vorgesetzte noch Kollegen, Geschäftspartner oder Kunden aus. Das Lob erhält also auch in dieser Beziehung keine Einschränkung, sondern erstreckt sich auf alle Gruppen, mit denen der Beurteilte zu tun hatte.

Insgesamt lässt das Zeugnis auf eine hochqualifizierte Spitzenkraft schließen. Wer in seiner Bewerbung so eine Beurteilung vorzeigen kann, wird es normalerweise nicht schwer haben, einen Arbeitsplatz zu finden, der diesem hohen Beurteilungsniveau entspricht.

Z E U G N I S

Herr Kurt M., geboren am 03. Januar 19.. in Hannover, war vom 1. April 19.. bis 30. September 20.. als Referent in unserem Bereich „Beratung Vertriebsorganisation/ Inland" tätig.

Im Mittelpunkt der Aufgabenstellung von Herrn M. standen die Beratung und Unterstützung unserer inländischen Vertragspartner auf dem Gebiet der Vertriebsorgansation. Sein Aufgabengebiet umfasste folgende Schwerpunkte, die Herr M. selbständig durchführte:

- Durchführung von Organisationsanalysen,
- Beratung und Mitwirkung beim Auf- und Ausbau der innerbetrieblichen Organisation des Verkaufs,
- Durchführung von bzw. Mitwirkung an verschiedenen Informations- und Schulungsveranstaltungen und Arbeitskreisen.

Wir erlebten Herrn M. als einen Mitarbeiter, der sich mit sehr viel Eigeninitiative, Engagement, Kreativität und starker Belastbarkeit stets für die Belange unseres Hauses einsetzte. Die ihm übertragenen Aufgaben erledigte er stets zu unserer vollsten Zufriedenheit. Seine Leistungen fanden in jeder Hinsicht ohne Einschränkung unsere vollste Anerkennung. Herr M. war in der Lage, auch schwierige Situationen sofort zutreffend zu erfassen und schnell richtige Lösungswege auszuarbeiten. In diesem Zusammenhang möchten wir sein überdurchschnittliches Urteilsvermögen, das ihn auch in angespannten Situationen zu einem zutreffenden, abgewogenen und eigenständigen Urteil befähigt, besonders hervorheben.

Das persönliche Verhalten von Herrn M. war stets vorbildlich. Seine Art, mit Menschen umzugehen, war bestimmt durch Aufgeschlossenheit, Sachlichkeit und Freundlichkeit. Bei Vorgesetzten, Kollegen, Geschäftspartnern und Kunden war er daher gleichermaßen geschätzt und beliebt.

Herr M. scheidet zum 30. September 20.. auf eigenen Wunsch aus unserem Unternehmen aus. Wir verlieren in ihm einen sehr guten Mitarbeiter und bedauern sein Ausscheiden außerordentlich. Für die langjährige wertvolle Mitarbeit danken wir Herrn M. und wünschen ihm weiterhin viel Erfolg und persönlich alles Gute.

Köln, den .....   ppa. Reiner Krause

Zeugnis eines EDV-Fachmanns

Wie beim vorherigen Zeugnis, so lässt auch die in diesem Zeugnis vorgenommene Leistungsbewertung auf eine Spitzenkraft schließen. Darauf deutet neben dem bestmöglichen Lob „... in jeder Hinsicht außerordentlich..." auch die nachfolgende Beschreibung des Arbeitsstils hin.

Hier werden dem Beurteilten Eigenschaften bescheinigt, die in seinem Beruf sehr gefragt sind. Dass der Beurteilte auch den in seinem Beruf so oft vorkommenden Stresssituationen gewachsen ist und nicht die Nerven verliert, wertet ihn ebenfalls auf.

Besonders bei hochqualifizierten Berufen, erwarten viele Firmen neben der regulären Leistungsbeurteilung auch Aussagen, die über die fachlichen Kenntnisse des Beurteilten informieren. Dabei haben sich auch bei den Aussagen, die den Umfang und das Niveau des Fachwissens beschreiben, Formulierungen herausgebildet, aus denen Eingeweihte deutliche Abstufungen erkennen können.

Bekräftigt durch die Ausdrücke „souverän" und „sicher" wurde dem Beurteilten vor allem mit der Formulierung „...ausgezeichneten wesentlich über dem Durchschnitt liegenden ..." auch in dieser Hinsicht ein Lob ausgesprochen, welches sich kaum noch steigern lässt.

Die Beurteilung des Sozialverhaltens drückt ebenfalls ein „sehr gut" aus. Darüber hinaus lässt die Art und Weise der Beschreibung seines Verhaltens in der Gruppe den Beurteilten für eine Aufstiegsposition qualifiziert erscheinen.

Zu diesen insgesamt sehr guten Beurteilungen bilden die Formulierungen am Schluss des Zeugnisses einen auffälligen Widerspruch. Betont knapp gefasst beschränken Sie sich nur auf das Nötigste: Kein Wort des Dankes für die geleistete Arbeit findet sich hier, noch ein Ausdruck des Bedauerns, dass ein so hervorragender Mitarbeiter geht. Den nächsten Arbeitgeber wird das stutzig machen. Die Vermutung liegt nahe, dass hier etwas nicht stimmt.

Z E U G N I S

Herr Dieter H., geboren am 5. November 19.., trat am 1. April 19.. in die Dienste unseres Unternehmens ein.

Herr H. wurde als Referent für Systementwicklung und Programmierung in unserem EDV-Service-Zentrum eingesetzt. In diesem Rahmen betrieb er die Konzeption und Programmierung von Dienstprogrammen, die Implementierung und Betreuung von PC-Standard-Software sowie die Neu- und Aufrüstung von PCs. Außerdem konzipierte und erstellte Herr H. Programme für die Benutzung von Großrechnerdatenbanken und führte Beratungen bei dezentralen Hardware- und Software-Einsätzen durch.

Mit den Leistungen von Herrn H. waren wir in jeder Hinsicht außerordentlich zufrieden. Er arbeitete sehr selbständig und zeichnete sich durch eine überdurchschnittlich zügige, strukturierte und konzeptionelle Vorgehensweise aus.

Aufgrund seiner ausgezeichneten, wesentlich über dem Durchschnitt liegenden EDV- und PC-Kenntnisse beherrschte Herr H. sein Arbeitsgebiet souverän und arbeitete auch unter erhöhter Belastung sicher und zuverlässig. Er war ein geschätzter und kompetenter Ansprechpartner bei Problemlösungen mit den in unserem Hause verwendeten Softwareprogrammen und auch bei Hardwareinstallationen.

Herr H. arbeitete sehr gut im Team. Hierbei wirkten sich seine große Hilfsbereitschaft, sein vermittelndes und ausgleichendes Wesen und die gute Zusammenarbeit mit den übrigen Teammitgliedern fördernd auf die Gruppe aus und erbrachten ihm hohes Ansehen sowohl bei Vorgesetzten wie bei Kollegen und im Betrieb. Sein Verhalten war immer einwandfrei.

Herr H. scheidet mit dem heutigen Tage auf eigenen Wunsch aus unserer Firma aus. Wir wünschen ihm für die Zukunft alles Gute.

Hamburg, den 31.12. 20..   ppa. Dieter Meier

Gekonnter Berufseinstieg

Claus Coelius:
Bewerben nach dem Studium
ISBN 978-3-92393006-7; 164 Seiten;
€ 10,90 / sFr 19,90

Was nutzt ein gutes Studium, wenn man den Berufseinstieg falsch plant? Wie steige ich optimal ein? Wie komme ich bei Firmen in die engere Wahl? Wie bewerbe ich mich entsprechend? Was muss ich bei Traineestellen beachten? Mit welchen Testverfahren muss ich rechnen?

Entstanden aus den Erfahrungen vieler Bewerber bietet dieses Buch Ihnen ein **erfolgreiches Konzept für einen gelungenen Berufseinstieg nach dem Studium**.

Die Tipps der Profis

Claus Coelius:
Das neue Bewerbungskonzept
ISBN 978-3-92393018-0; 142 Seiten;
€ 10,90 / sFr 19,90

Für die Auswertung und Beurteilung Ihrer Bewerbung leisten sich viele Unternehmen hochqualifizierte Spezialisten mit hohen Ansprüchen. Nicht selten gehen deshalb Stellensuchenden gute Chancen verloren, aus Unwissenheit auf dem Gebiet des „Marketing in eigener Sache“.

Dieses Buch bietet Ihnen ein **neuartiges und erfolgreiches Konzept auf der Suche nach einem Arbeitsplatz**, der Ihren Erwartungen entspricht. Mit Hilfe neuartiger Checklisten können Sie Ihre eigenen Zeugnisse, Ihren bisherigen Berufsweg, aber auch Stellenanzeigen wie ein Personalprofi analysieren. Das neue Wissen können Sie damit sofort konkret auf Ihre persönlichen Verhältnisse anwenden und in Erfolg umsetzen.

CC-VERLAG GmbH • Postfach 60 04 03 • 22204 Hamburg
Fax: 040-631 73 06 • E-Mail: info@cc-verlag.de
Bewerberservice im Internet: http://www.cc-verlag.de

Gekonnte Ausbildungsplatzsuche

Claus Coelius
Ausbildungsplatz o.k!
ISBN 978-3-92393017-3; 152 Seiten;
€ 10,90 / sFr 15,90

Die Suche nach einem Ausbildungsplatz ist heute deutlich schwieriger geworden. Wie man mit dem richtigen Know-how trotz aller Schwierigkeiten einen attraktiven Ausbildungsplatz bekommen kann, zeigt dieses Buch. Mit vielen Beispielen und Tipps hilft es bei der Kontaktaufnahme mit Unternehmen, ebenso wie bei Schwierigkeiten mit der schriftlichen Bewerbung (Musterbeispiele), dem Vorstellungsgespräch und den gefürchteten Einstellungstests. Dabei werden auch Anregungen und Möglichkeiten aufgezeigt für Ausbildungsplatzsuchende, deren Bewerbungen bisher erfolglos blieben. **Mit Hilfe neuartiger Checklisten können Sie das im Buch enthaltene „gewusst wie" gleich zu Ihrem persönlichen Vorteil umsetzen.**

Spitzenjobs im Ausland

Nils Lahrmann
Bewerben im Ausland
ISBN 978-3-92393013-5; 183 Seiten;
€ 15,90 / sFr 29,90

Wie formuliere ich den Bewerbungsbrief und den Lebenslauf in der anderen Sprache? Wie nehme ich Kontakt mit ausländischen Unternehmen und Institutionen auf? Wo erhalte ich Informationen? Welche Ausbildungen, Berufe und Diplome werden im anderen Land anerkannt? Welche Besonderheiten muss man beachten? Das sind nur einige der Fragen, die in diesem Buch angesprochen werden. Es behandelt das Thema „Bewerben in Ausland" ausführlich. Neben zahlreichen handfesten Tipps zur Vermittlung des gewissen **„Know-how" für eine Bewerbung, die im anderen Land „ankommt"**, enthält dies Buch auch eine Vielzahl von **Praxisbeispielen erfolgreicher Anschreiben und Lebensläufe in den jeweiligen Landessprachen**. Die Beispiele geben willkommene Formulierungshilfen und können bei Bedarf direkt übernommen werden. Konkreter können Ratschläge kaum noch sein.

CC-Verlag - Netscape
Datei Bearbeiten Ansicht Gehe Communicator Hilfe
Zurück Vor Neu laden Anfang Suchen Guide Drucken Sicherheit Shop Stop
Lesezeichen Adresse: http://www.cc-verlag.de/ Verwandte Objek
Instant Message T-Online Internet Neuigkeiten Interessantes Mitglieder Marktplatz
CC-Verlag
Hauptseite
Bewerbungstipps
Uni + Bewerbung
Business
Neuheiten
Schnellsuche
Warenkorbinhalt
Bestellen
Kontakt
Hauptseite Bücher Neuheiten Kontakt Warenkorb
Bücher, die Probleme lösen!
Willkommen beim
CC-Verlag
Die Spezialisten für Bewerbungsfragen, Karrierefragen, Geschäfts- und Berufsknow-how.
info@cc-verlag.de
Dokument: Übermittelt

Krimi-Kurzgeschichten IV

Siegerbuch

Kurzgeschichten-Wettbewerb

2024/25

NOEL-Verlag

Originalausgabe
Dezember 2025

NOEL-Verlag GmbH
Achstraße 28
D-82386 Oberhausen/Obb.

www.noel-verlag.de
info@noel-verlag.de

Die Deutsche Bibliothek verzeichnet diese Publikation in der Deutschen Nationalbibliografie, Frankfurt; ebenso in der Bayerischen Staatsbibliothek in München.

1. Auflage
Printed in Germany
ISBN 978-3-96753-261-6

Der NOEL-Verlag

bedankt sich bei den

Autorinnen und Autoren,

die dieses Buch

mit ihren herausragenden

Geschichten gefüllt haben.

Inhaltsverzeichnis

Alle nachfolgenden Geschichten sind in alphabetischer Reihenfolge aufgelistet:

SIEGERGESCHICHTE
Platz 1

Nicole Kaufmann

Ist das noch Familie – oder kann das weg?

Karla nahm die alte, abgegriffene Korkschale in die Hand. „Macht das noch Freude?", fragte sie sich selbst laut, verdrehte dabei die Augen, kräuselte angeekelt die Lippen und warf das Ding mit Schwung in den roten Sack, mit dem sie durch ihre Wohnung lief. Ihr Bruder hatte ihr die Schale vor etlichen Jahren aus Sardinien mitgebracht. Damals hatten sie noch ein gutes Verhältnis und er war seiner Frau Elfie noch nicht hörig gewesen.

Der schrille Ton des Handys riss sie aus ihrer Aufräum-Meditation. Sie war nämlich gerade dabei, ihr neues Zuhause gemäß den Regeln Marie Kondos in Ordnung zu bringen.
„Hallo Karla," begrüßte sie ihr Bruder.
Wenn man an den Teufel denkt. Sie konnte sein falsches Grinsen regelrecht durchs Telefon hören.

„Ich will nicht lange um den heißen Brei herumreden. Ich muss später noch zu Nathalie auf die Baustelle. Die Türen kommen heute. Ich wollte nur Bescheid geben, dass ich so frei war, den Hausverkauf in die Wege zu leiten – ich habe Mama gefragt und über kurz oder lang hätten wir es eh machen müssen. Allein wegen der ganzen Kosten. Tja, und jetzt hat der Makler angerufen. Es ist verkauft, schneller als gedacht."

Karla verzog das Gesicht, als ob sie würgen müsste. „Sag mal, was fällt dir ein! Geht das überhaupt einfach so?" Karla kippte von einem Fuß zum anderen und fühlte wie ihr Blutdruck stieg.

„Ich komme gleich bei dir vorbei, bevor ich zu Nathalie fahre", erwiderte ihr Bruder Ansgar vollkommen gelassen und legte einfach auf.

Karla stand mit dem roten Müllsack inmitten ihrer kleinen Wohnung und hätte am liebsten den Sack vor Wut um sich geschleudert. Stattdessen ließ sie sich in das eigentlich viel zu harte neue Sofa plumpsen. Es fühlte sich noch härter an, denn sie landete direkt auf dem Buch, welches ihr Ansgar und Elfie letzten Monat zum Einzug geschenkt hatten. Ein Aufräum-Ratgeber einer gewissen Marie Kondo, die empfahl, alles, was keine Freude bereitet, wenn man es in die Hand nimmt, direkt zu entsorgen.

An sich kein schlechter Ansatz, aber sie hatte sich gleich gefragt, als sie das Geschenk der beiden ausgepackt und ein bisschen darin gelesen hatte, ob man dann in ihrem Fall nicht auch Ansgar und Elfie entsorgen konnte.
Karla legte das Buch auf den Tisch neben der Couch und beeilte sich, an die Tür zu gehen, denn es klingelte bereits penetrant.
Ansgar war schon da. Sein breites Grinsen ging gefühlt vor ihm selbst durch die schmale Wohnungstür und seine Augen schweiften noch vor einem ‚Hallo' durch die kleine, noch nicht ganz fertig eingerichtete Wohnung von Karla. „Schick, schick. Man braucht nicht mehr. Das reicht für eine Person. Toll, was du aus so wenig Platz machst."
Karla hätte ihn am liebsten gleich wieder hinausgeschmissen. Sie litt darunter, dass sie sich nun hatte wohnlich so verkleinern müssen.
Ansgar konnte es gar nicht nachvollziehen, wie so etwas war. Er wohnte mit seiner Elfie in einem geräumigen, freistehenden Einfamilienhaus, welches er vor ein paar Jahren zu einem Spottpreis erworben hatte und durch einen zinslosen Kredit seiner Schwägerin Geli auch schnell abbezahlt hatte. In Ansgars Wohnort war das Haus nur als ‚Alte Lehrervilla' bezeichnet worden. Ansgar hatte da schon unverschämt viel Glück gehabt.

„Unser Geschenk hat ja direkt ins Schwarze getroffen“, grinste Ansgar und deutete mit dem Finger auf das geschenkte Buch, das sie auf den kleinen Tisch neben der Couch gelegt hatte. „Minimalismus liegt im Trend und endlich hast du wirklich eine Strategie fürs Aufräumen.“
Sie wusste genau, worauf er anspielte und hätte ihn am liebsten jetzt ebenfalls in den roten Sack gestopft.

In der Zeit als ihre Mutter Magda bereits viel Aufmerksamkeit brauchte, kam sie nicht zum gründlichen Aufräumen zuhause. Die meiste Zeit war sie bei Magda, und wenn sie dann zuhause war, dann war sie meist sehr müde. Oft schlief sie auf der Couch oder sogar am Esstisch ein. Sie hatte ihre Mutter längere Zeit ganz alleine versorgt und auch jetzt war es meistens sie, die nach ihr schaute.
Ihr feiner Herr Bruder hatte meist Termine. Oder gab zumindest vor, welche zu haben.
„Wieso ist das Haus verkauft und warum hat niemand mit mir gesprochen?“ Karla fuhr sich nervös durch die Haare und drehte kleine Löckchen mit ihren Fingern. Sie war aufgeregt und wütend zugleich, als wenn man ihr den Aufräum-Ratgeber um die Ohren gehauen hätte.
„Das soll Mama dir sagen, ich habe nur gemacht, was ich für das Beste hielt. Für Mama. Und für uns, denn

der Markt kann für Verkäufer kaum besser werden. Wir treffen uns morgen im Haus, um alle Details zu klären und wer für was verantwortlich ist, um es für die Übergabe vorzubereiten.“ Ansgar ließ den Blick noch einmal durch die Wohnung schweifen. Sein falsches Grinsen löste Brechreiz bei Karla aus, aber sie ließ sich nichts anmerken.

Plötzlich blieb sein Blick bei der Leiter hängen, die Karla achtlos in eine Ecke drapiert hatte. „Was ist mit der Leiter?“

Karla zuckte mit den Schultern. „Die ist kaputt. Ich muss sie dringend entsorgen.“

Ansgars Augen blitzten auf. „Was dagegen, wenn ich das tue? Das würde dir ja auch helfen, oder? Du musst ja hier noch einiges aufräumen.“

Karla fand den Kommentar zwar unmöglich, aber sie hatte nichts dagegen. „Pass nur auf, dass du sie aber nicht mit einer funktionstüchtigen Leiter verwechselst!“

Ansgar nickte, nahm schwupps die Leiter und verabschiedete sich. Karla atmete tief durch.

Eine Frechheit, dass er sie so vor vollendete Tatsachen stellte. Man müsste ihn entsorgen, dachte sie laut. So wie es im Aufräum-Ratgeber empfohlen war. Ihr Bruder machte ihr seit Langem keine Freude mehr.

Karla beschloss, an diesem Nachmittag, ausnahmsweise nicht zu Magda zu fahren, sondern ihrem Elternhaus einen Besuch abzustatten, um sich noch einmal in Ruhe und ohne Ansgar davon zu verabschieden. Ihre Mutter hatte sie nun sowieso auf dem Kieker.

Als sie in ihrem alten Zuhause ankam, war alles ruhig und ordentlich, wenn auch staubig. Was würde ihre putzsüchtige Mutter wettern, dachte Karla mit einem hinterhältigen Lächeln auf den Lippen.

Sie ging in den Garten und öffnete die Tür zum Schuppen. Er war picobello aufgeräumt, wie alles, was sich auf dem Grundstück befand.

Karlas Augen wanderten durch den blitz-blanken Raum. Plötzlich blieben ihre Augen an zwei Leitern hängen. Eine davon war unverkennbar ihre Leiter, ein Zettel mit der Aufschrift ‚Kaputt!' klebte auf ihr. Typisch, dass ihr Bruder die Leiter gleich ordnungsgemäß verräumt hatte. Allerdings wunderte sie sich schon, warum er gleich so scharf war, die alte Leiter mitzunehmen. Für Karla war es gut, dann musste sie sich nicht um die Entsorgung kümmern. Dass die Leiter zu nichts mehr zu gebrauchen war, wusste sie auch erst seit ihrem Umzug, sie war froh, dass es einer der Männer gleich gemerkt hatte, dass die Sprossen nicht mehr stabil waren. Es hätte etwas Schlimmes passieren können.

Karla nahm ein Taschentuch und tauschte die Schilder – vermutlich gab es Geld für die kaputte Leiter, manche Schrotthändler zahlten noch etwas für solchen Müll. Und wenn er merkte, dass er die ‚gute' Leiter entsorgt hatte, dann würde sich ihr Geizhals-Bruder richtig ärgern. Karla stellte sich sein Gesicht vor und ihr Gesicht schmerzte beinahe vor Grinsen. Behutsam tauschte sie die Schilder und schloss die Schuppentür hinter sich.

Am nächsten Tag trafen sich Karla und Ansgar früh in ihrem Elternhaus. Ansgar kam angeberisch-semiprofessionell mit Block und Stift, damit er alles notieren konnte, wie er wichtigtuerisch erklärte. Er kenne sich als Verwalter der Eigentumswohnung seiner Tochter schließlich mit Immobilien aus.

„Lass uns oben anfangen. Ich glaube, ein Fensterladen muss repariert werden. Ich will das Haus tadellos übergeben." Obwohl Ansgar geizig und selbstsüchtig bis aufs Letzte war, bei solchen Dingen kam der Feldwebel aus ihm hervor. Alles musste seine Ordnung haben und in der Norm sein.

„Der Fensterladen ist lose, warum auch immer. Vermutlich der Sturm. Das darf nicht sein, wenn der runterfällt und einen Passanten trifft, dann sind wir – oder die neuen Besitzer und wir alle – dran."

Karla nickte. Da hatte ihr Bruder recht. „Holst du mir bitte die Leiter aus dem Schuppen? Aber pass auf – ich habe an deine kaputte Leiter ein Schild mit der Aufschrift ‚Kaputt!' gehängt. Bring die richtige mit, die ohne Schild!"

„Haha, die richtige Leiter werde ich bringen können!" Karla war mal wieder von dem herablassenden Verhalten ihres Bruders genervt.

Wie aufgetragen, ging sie in den Schuppen. Auf dem Weg fiel ihr ein, dass sie die Schilder vertauscht hatte – sie musste also die Schilder wieder umtauschen … oder etwa nicht …?

Karla brachte pflichtbewusst die Leiter zu Ansgar. Die Leiter ohne den Kaputt-Zettel.

„Wofür genau brauchst du denn jetzt die Leiter?", fragte sie mit treudoofer Miene.

„Ich brauche die Leiter als Halt, damit ich mit einem Fuß auf dem Fenstersims und mit dem anderen auf der Leiter den Fensterladen wieder richtig montieren kann. Also dass der lose ist …"

Karla sah zu, wie er auf die Leiter stieg und mit einem Fuß dabei war auf das Fenstersims zu steigen. „Ich mache mich mal unten schon nützlich und räume den Abstellraum aus", sagte Karla, als sie das Zimmer verließ. Kurze Zeit später hörte sie ein lautes, dumpfes Schreien. Es war Ansgar.

Es ging alles recht schnell. Der Notarzt konnte nur noch seinen Tod feststellen. Die Polizei sicherte die Leiter als Beweismittel und befragte Karla. Man gehe von einem tragischen Unfall aus. Sie befragten ebenso die geschockte Neu-Witwe Elfie und die gemeinsame Tochter Nathalie, als sie an Ort und Stelle des Unglücks ankamen.
Elfie spie förmlich Gift und Galle, es war ein Wunder, dass sie dem Polizisten nicht an den Hals sprang. Karla jauchzte innerlich, spielte aber die geschockte, liebende Schwester, die sich vor allen Dingen Sorgen darum machte, wie man es der gebrechlichen Mutter im Altenheim beibringen sollte.
‚Im nächsten Leben werde ich Schauspielerin', dachte Karla zufrieden.

Die Polizei schloss ihre Ermittlungen schnell. Es sei eine Nachlässigkeit, die dem Opfer schließlich zum Verhängnis wurde, hieß es schließlich vonseiten der Polizei. Karla war durchaus wirklich traurig, dass sie ihren Bruder verloren hatte. Ihr wurde aber schnell bewusst, dass sie ihren Bruder nicht durch den ‚Unfall' verloren hatte, sondern bereits lange davor.
Sie erinnerte sich an das Motto des Aufräum-Buchs, welches sie von ihrem Bruder und seiner Frau geschenkt bekommen hatte. Alles, was keine Freude

bereitet, muss weg. Daran hatte sie sich auch konsequent gehalten.
Elfie sprach auch in den nächsten Wochen, als sie zusammen mit Magda die Beerdigung von Ansgar vorbereitete, nicht mehr als nötig. Vielmehr merkte sie, dass weder Magda noch Elfie und Nathalie sie eigentlich auf der Beerdigung haben wollten. Sie sagten aber nichts, denn wie auch? Es wäre für alle Außenstehenden komisch gewesen und vermutlich hätte es eher Elfie, Nathalie und Magda in ein schlechtes Licht gerückt. Und so hatten sie keine andere Wahl, als Karla und ihren Sohn auf Ansgars Beerdigung zu akzeptieren. Vermutlich wäre es Elfie, Nathalie und Magda lieber gewesen, wenn sie hätten auf Karlas Beerdigung gehen müssen. Zumindest fühlte es sich seit Ansgars Unfall so für sie an und änderte sich auch nicht am Tag der Beerdigung.

Als die Trauergemeinde mit dem Pfarrer am Grab stand und die Urne beigesetzt wurde, musste Karla plötzlich laut lachen. Patrick stieß ihr in die Rippen und Karla entfernte sich von den anderen.
Patrick entschuldigte sich für seine Mutter. „Eine Reaktion auf die Trauer, manche reagieren darauf mit Lachen. Das kann passieren.“
Manche der Anwesenden nickten verständnisvoll, der Pfarrer schickte sich an, weiterzumachen.

Karla beobachte die Szenerie mit einigem Abstand. Aber sie konnte sehen, wie die Urne ins Grab hinuntergelassen wurde.
„Ja", sagte Karla laut zu sich selbst, „das ist keine Familie. Das kann weg."
Mit diesen Worten lief Karla vom Friedhof zu ihrem Auto und überlegte sich, wer als Nächstes ‚weg' könnte. Denn wenn man mit dem Aufräumen angefangen hat, dann bleibt man am besten dran!

SIEGERGESCHICHTE
Platz 2

Anja Kubica

Pia unter Verdacht
oder
Wer verhört wen?

„Wo waren Sie am 08.12.2023 um 10:00 Uhr vormittags?"
„Auf Arbeit, wo soll ich sonst gewesen sein. Das war immerhin ein Freitag."
„Falsch. Wir wissen bereits, dass Sie nicht arbeiten waren."
Innerlich zuckte Pia zusammen. Äußerlich versuchte sie sich nichts anmerken zu lassen. Offenbar hatte der Polizist seine Hausaufgaben gemacht.
„Also, wo waren Sie, Frau Nauter?"
„Stimmt, Sie haben recht. An dem Tag hatte ich frei. Ich habe Überstunden abgebaut und lag zu Hause auf meiner Couch."
„Falsch. Eine Zeugin hat Sie am Dr.-Külz-Ring gesehen."

Lächelnd blickte Pia den Kommissar vor sich an: „Nun, Ihre Zeugin muss sich irren. Sie hat mich bestimmt verwechselt. Immerhin war es recht kalt an dem Tag. Wäre ich draußen gewesen, hätte ich eine Mütze getragen. Und dann wäre ich schwer zu erkennen gewesen, zwischen all den anderen Menschen mit Mützen."

„Sie haben auf alles eine Antwort parat. Dann muss ich wohl konkreter werden. Die Zeugin stand Ihnen gegenüber und hat Sie somit eindeutig erkannt."

„Um welche Zeit, sagten Sie, geht es?"

„Zehn Uhr vormittags."

„Ach ja, das hatte ich ganz vergessen. Ich war kurz im ‚Haus des Buches'."

„Was haben Sie dort gemacht?"

„Nach einem Weihnachtsgeschenk gesucht."

„Und? Sind Sie fündig geworden?"

„Nein, leider nicht. Ich muss wohl noch in einen anderen Buchladen."

„Was haben Sie direkt davor und danach gemacht?"

„Ich bin Bus gefahren. Mit der Linie 62, wenn Sie es genau wissen wollen. Die hält ja direkt neben dem Haus des Buches und bringt mich auch auf direktem Weg nach Hause."

„Kann es nicht zufällig sein, dass Sie mit einem Messer auf Lina Liinden eingestochen haben?"

Mit weit geöffneten Augen sah Pia ihr Gegenüber an: „So etwas würde ich nie tun, Kommissar Herberger."
„Es gibt aber eine Zeugin."
„Das kann nicht sein. Wie kann es eine Zeugin für etwas geben, das ich nicht getan habe. Hat Ihre Zeugin ganz sicher gesehen, wie ich das Messer in der Hand gehalten habe?"
Für einen Moment wurde es still im Raum.
Keine Antwort war auch eine Antwort, dachte sich Pia. Die Zeugin konnte sie gar nicht mit einem Messer in der Hand gesehen haben, weil es diese Situation nicht gegeben hatte.
„Haben Sie übrigens schon einmal darüber nachgedacht, dass Ihre Zeugin vielleicht die Täterin ist?"
„Ja, das habe ich tatsächlich getan. Aber die Zeugin hat kein Motiv – im Gegensatz zu Ihnen."
„Hm?"
„Ja, ich habe meine Hausaufgaben gemacht. Sie kannten das Opfer Lina Liinden. Hatte sie doch dafür gesorgt, dass Sie Ihren letzten Job verloren haben, Frau Nauter. War es nicht so?"
Nachdem sie zweimal tief ein- und ausgeatmet hatte, antwortete Pia: „Nun, nach außen mag es so ausgesehen haben, dass ich den Job ihretwegen verloren habe. Aber so war es nicht. Tatsächlich habe ich von mir aus gekündigt, weil ich keinen Spaß mehr hatte."
„Ist das so gewesen?"

„Ja, so ist es gewesen."
Wieder herrschte Stille im Raum.
Während Pia weiterhin lächelte, machte Kommissar Herberger ein nachdenkliches Gesicht.
Mehrere Minuten sprach keiner von beiden ein Wort. Ob der Kommissar aus Unsicherheit schwieg oder aus Taktik, wusste Pia nicht zu sagen.
„Darf ich fragen, wer Ihre Zeugin ist, Kommissar Herberger?"
„Sie dürfen fragen. Aber Sie werden keine Antwort bekommen. Das ist streng vertraulich."
„Hmm ..."
„Was meinen Sie mit Hmm …?"
In diesem Moment sah Pia ihre Chance gekommen, um ihrerseits den Kommissar zu verhören. „Sind Sie sich sicher, dass Ihre Zeugin Ihnen die Wahrheit gesagt hat? Vielleicht gibt es ja eine Verbindung zwischen ihr und dem Opfer, die sie nicht zugeben will."
„Daran habe ich natürlich auch gedacht. Aber die Zeugin und das Opfer kannten sich nicht."
„Sind Sie sich sicher? Wenn wirklich jemand auf Lina Linden eingestochen hat, dann fällt mir jemand anderes ein, der ein Motiv hat."
„Und wer sollte das sein?"
„Malina Dennen. Ihre Halbschwester."

Kaum hatte Pia den Namen ausgesprochen, bemerkte sie ein Zucken im Gesicht von Kommissar Herberger. Damit hatte er sich verraten. Malina war die angebliche Zeugin. Damit konnte auch nur sie die Täterin sein.

„Woher wissen Sie, dass Lina und Malina Halbschwestern sind?“

„Lina hat es mir erzählt. Sie hat mir auch verraten, dass sie seit Jahren miteinander streiten, weil beider Vater Malina und ihre Mutter verlassen hat, um mit Linas Mutter zusammen zu sein. Wie Sie sehen, Kommissar Herberger, hat Ihre Zeugin ein viel stärkeres Motiv als ich.“

„Das werde ich überprüfen. Solange bleiben Sie in Gewahrsam.“

„Wie Sie wünschen, Kommissar Herberger. Allerdings sollten Sie auch bedenken, dass die Aussage einer hasserfüllten Zeugin nicht ausreicht, um mich zu verurteilen. Immerhin könnte sie lügen, um sich selbst zu schützen. Solange Sie keine handfesten Beweise haben, werde ich bald wieder frei sein.“

Knurrend verließ der Kommissar den Raum.

Pia blieb allein, wissend, dass auf der Tatwaffe keine Fingerabdrücke von ihr gefunden werden würden.

Diese hatte sie nämlich nicht berührt. Nur Malinas Spuren waren darauf. War es doch technisch gesehen ihre Hand gewesen, die das Messer geführt hatte. Mit Pias Hand darum herum.

SIEGERGESCHICHTE
Platz 3

Martina Bethe-Hartwig

Stromausfall

Der Bildschirm des Computers flackerte ... und wurde schwarz. Im selben Moment erlosch das Licht. Doreen schnellte von ihrem Schreibtischstuhl hoch, spähte in die Dunkelheit. Stille. Der Schalter an der Mehrfachsteckdose leuchtete nicht mehr. Die Helligkeit der Stadt hinter dem Fenster war ebenfalls verschwunden. Die Straßenlaterne, deren Licht sich immer in ihr Büro ergoss, war erloschen. Einzig spärliches Mondlicht erhellte den mehrstöckigen Wohnblock auf der gegenüberliegenden Straßenseite.
Vorsichtig tastete sich Doreen an der Kante ihres Schreibtisches entlang zum Fenster. Alle Straßenlampen waren erloschen, alle Fenster dunkel. Dann ein schwaches Aufflackern hinter einer Scheibe, ein grelleres Licht. Eine Taschenlampe? Kerzen? In der Ferne schrillten Martinshörner. Schritte auf dem Korridor vor ihrer Bürotür. Doreen fuhr herum.

Die Tür öffnete sich, ein Taschenlampenstrahl huschte durch den breiter werdenden Spalt. „Frau Mansfeld?“

Doreen kniff die Augen zusammen, blinzelte ins Licht. „Herr Lüders? Sind Sie das?“

„Ja. Entschuldigen Sie, dass ich so hereinplatze.“

Der Taschenlampenstrahl senkte sich.

„Wir haben Stromausfall. Sie sind die Letzte, die noch arbeitet. Alle anderen sind schon weg. Die ganze Stadt ist vom Stromausfall betroffen, daher ... Sie sollten für heute ebenfalls Schluss machen. Es hat keinen Zweck darauf zu warten, dass wir wieder Strom bekommen. Die Reparaturen am Stromnetz werden sicher länger dauern. Statt hier zu warten, sehen Sie lieber zu, dass Sie nach Hause kommen. Eine Stadt im Dunkeln ist nicht sicher.“

Herr Lüders, ihr Kollege vom Sicherheitsdienst, stieß einen Seufzer aus. „Es ist eine Schande, aber ... kaum geht das Licht aus, kriecht das Gesindel aus seinen Löchern.“

Doreen blickte zu ihrem schattenhaften Computer.

„Schade um meine Arbeit.“ Auch sie stieß einen Seufzer aus.

„Morgen ist auch noch ein Tag“, erwiderte Herr Lüders mitfühlend. „Kommen Sie! Ich begleite Sie zu Ihrem Wagen. Sicher ist sicher.“

„Ist es so schlimm draußen?“

„Sie hören es doch. Seien Sie froh, dass Sie in einer ruhigen Gegend wohnen."

Doreen schnaubte. „Auch ruhige Wohngegenden haben es in sich."
„Wegen Ihres Nachbarn?" Herr Lüders lachte leise. „Ach, das sind doch Alterserscheinungen. Machen Sie sich nichts draus."
Doreen holte tief Luft, um dem Wachmann eine gepfefferte Antwort entgegenzuschleudern, überlegte es sich jedoch anders und ließ es bleiben.
Herr Lüders hatte mit der Tyrannei ihres Nachbarn schließlich nichts zu tun. Stattdessen stellte sie den Computer aus, dann zog sie ihre Handtasche vom Beistelltisch und wandte sich ihrem Kollegen vom Sicherheitsdienst wieder zu. „Was ist mit den Geräten im Kopierraum?"
„Um die kümmere ich mich. Ich muss ja hierbleiben. Sehen Sie nur zu, dass Sie wohlbehalten nach Hause kommen."

Doreen nickte dankbar. Auf einmal drängte es sie, das, was Herr Lüders ihr riet, so schnell wie möglich zu tun. Beim Hinausgehen hob sie ihren Mantel vom Garderobenhaken und streifte ihn sich über.
Den Korridor entlang und durch die Eingangshalle folgte sie an der Seite des Wachmanns dem Strahl der

Taschenlampe. Herr Lüders schloss die zweigeteilte Glastür auf und zusammen traten sie vor das Bürogebäude in die kühle Herbstluft, in der der Feinstaub von Kaminöfen zu riechen war. Ein Fahrzeug näherte sich. Für einen Moment tauchte das Scheinwerferlicht den Bürgersteig in flüchtige Helligkeit. Dann fuhr der Kleinbus an ihnen vorbei und entfernte sich. Doreen wandte sich von dem sich entfernenden Licht ab und reichte dem Wachmann zum Abschied die Hand. „Mein Wagen steht gleich hier." Sie zeigte auf den Golf vor sich. „Danke, dass Sie mich begleitet haben. Ich wünsche Ihnen einen ruhigen Dienst trotz des Stromausfalls."
„Lassen Sie sich von Ihrem Nachbarn nicht ärgern." Ein Lächeln schwang in Herrn Lüders Stimme, das aber sofort wieder verschwand. „Bitte fahren Sie vorsichtig!"
„Aber sicher doch." Sie drückte seine Hand noch einmal, dann trat sie an ihren Wagen.

Das Licht der Taschenlampe verharrte vor dem Eingang des Bürogebäudes. Doreen lächelte innerlich. Ihr Kollege wollte anscheinend ganz sicher sein, dass sie wohlbehalten wegkam. Sie winkte ihm zu, entriegelte den Golf, stieg ein und steckte den Zündschlüssel ins Schloss. Mit dem anspringenden Motor begann das Gebläse zu rauschen. Der Strahl der

Taschenlampe verschwand. Einen Moment sah Doreen das Licht noch hinter der Glastür, dann war alles dunkel. Sie schaltete die Scheinwerfer ein, schnallte sich an, blinkte und bog vom Parkstreifen auf die Fahrbahn.

Während sie sich in den Straßen zu orientieren versuchte, verkrampfte sie immer mehr. Obwohl sie die Strecke eigentlich gut kannte, schließlich arbeitete sie schon viele Jahre in dem Bürokomplex, war sie sich nun doch nicht sicher, ob sie den richtigen Weg nahm. Alles wirkte in der Dunkelheit fremd und bedrohlich, selbst die Scheinwerfer entgegenkommender und hinter ihr fahrender Fahrzeuge. Dazu kamen die flackernden Lichter hinter Fensterscheiben, wie auch die dunklen Gestalten auf den Bürgersteigen. Die Wenigsten hatten Taschenlampen bei sich, deren Strahl den Herbstabend erhellte.

Der Verkehr verdichtete sich, verriet ihr, dass sie sich der Innenstadt näherte. Mehr Menschen bevölkerten nun die Gehwege. Doreen sah sich um. Schaufenster starrten sie wie tote Augen an. Vor einem Geschäft rasselte ein Gitter herunter. Der Lärm von Martinshörnern schwoll an. Im nächsten Moment zuckte von allen Seiten her im Mondlicht Blaulicht. Plötzlich sprangen dunkel gekleidete Gestalten auf die Straße, prall gefüllte Rucksäcke auf den Rücken und irgendetwas unter die Arme geklemmt.

Jäh trat Doreen auf die Bremse. Ihre Hände umklammerten zitternd das Lenkrad. Ihr Herzschlag raste. Plünderer, dachte sie. Der Strom fällt aus und die Ersten rauben bereits Geschäfte aus. Hupen hinter ihr riss sie aus ihrer Erstarrung. Hastig fuhr sie an, doch nach wenigen Minuten bremste sie erneut ab. Vorsichtig umfuhr sie einen Scherbenhaufen. Ihre Scheinwerfer streiften die eingeschlagenen Fenster des Kaufhauses Müller am Marktplatz und davorstehende Einsatzfahrzeuge der Polizei. Blaulicht, drumherum ein Gewusel von Uniformierten, am Rande sich sammelnde Schaulustige.
Doreen biss sich auf die Unterlippe. Nur weg, dachte sie, raus aus der Innenstadt. Sie atmete auf, als sie in eine Reihenhaussiedlung einbog. Am Ende der Straße qualmte ein Container. Flammen leckten aus dem Einwurfschlitz. Doreen steuerte ihren Golf an den Bordstein, hielt an, griff nach ihrer Handtasche.
Mit flatternden Fingern suchte sie in der Tasche nach ihrem Handy. Sie wollte die Feuerwehr rufen, nicht, dass das Feuer auf die nahestehenden Sträucher und Bäume übersprang.
Gerade als sie das Handy herausziehen wollte, vernahm sie ein sich näherndes Heulen. Das konnte nur die Feuerwehr sein. Jemand musste den brennenden Container bereits gemeldet haben. Erleichtert ließ sie das Handy zurück in die Tasche fallen, dann legte sie

den ersten Gang ein, fuhr an und beschleunigte den Wagen. Besser war es, nicht in die Sache verwickelt zu werden.

Zehn Minuten später erreichte sie ihre Wohnstraße. Gewichte lösten sich von ihren Schultern, ein Korsett aus Fesseln von ihrem Oberkörper. Endlich konnte sie durchatmen, auch wenn die dunklen Einfamilienhäuser beidseits der Straße nicht wie ein freundliches Empfangskomitee wirkten. Doch hier war sie zuhause, stand ihre schützende Festung. Mit einem tiefen Seufzer der Erleichterung lenkte sie Sekunden darauf den Golf vor ihre Garage. Der Motor verstummte. Auf einmal umgab sie außer Dunkelheit auch eine tiefe Stille.
Doreen legte den Kopf in den Nacken und holte tief Luft. Ausatmen, einatmen, ausatmen. Sie war raus aus der Gefahrenzone. Hier war sie sicher, konnte sie sich beruhigen. Sie schnappte ihre Tasche, stieg aus.

Der Knall, mit dem sich die Autotür schloss, ließ Doreen zusammenzucken. Unwillkürlich glitt ihr Blick über den Vorgarten, als könnte dort eine Gefahr auf sie lauern. Doch nichts deutete auf eine solche hin. Von Wolken freigegeben, umspülte helleres Mondlicht die große Birke an der Einfahrt, die Sträucher und Ebereschen hinter dem niedrigen Staketenzaun.

In dem Licht wirkten die kahlen Äste und Zweige wie Arme, die sie grüßten. Und die Luft. Was für eine Luft. Nicht der Geruch von brennenden Holzscheiten hing darin, nein, hier roch es nach herbstnasser Erde und moderndem Laub. Das war der Geruch ihres Zuhauses.

Doreen verschloss den Golf und steuerte über den Plattenweg die Eingangsstufen des rotverklinkerten Einfamilienhauses an. Doch kaum erreichte sie die drei Stufen, blieb sie jäh stehen. Entsetzt starrte sie auf das, was sich ihr bot. Jede Stufe war bedeckt mit Laub, mit Massen an Laub. An der Hauswand krochen die Haufen sogar empor.

Scharf sog Doreen die Luft durch die Zähne.

„Freise!“ Das war das Werk ihres Nachbarn. Nur der brachte es fertig, ihr Blätter vor die Tür zu schütten.

„Was, verflucht …“, stieß sie wutschnaubend hervor, „… hat dir wieder mal nicht gepasst?“ Sie presste die Lippen zusammen, unentschlossen, was sie nun tun sollte. Schließlich stakte sie über die Blätterberge hinweg. Dieser verdammte Alte!

Sie brauchte länger als sonst, den Schlüssel ins Schloss zu bekommen, stocherte eine Zeit lang ergebnislos wütend herum. Dann schwang die Haustür auf.

In der Dunkelheit des Flures tastete sie sich zum

Garderobenschränkchen vor. In der oberen Schublade bewahrte sie neben anderen Dingen für Notfälle eine Taschenlampe auf. Sie holte sie heraus, knipste sie an. Auf den Fliesen unterhalb des Briefschlitzes in der Haustür lag ein gefalteter Zettel.
Doreen kniff die Lippen abermals zusammen. Was sollte das nun wieder?
Sie hob den Zettel auf, faltete ihn auseinander, richtete den Strahl der Taschenlampe darauf. Große akkurate Schrift. ‚Ich gestatte mir, Ihnen hiermit Ihr Laub zurückzugeben.‘
„Mistkerl!“ Doreens Unterkiefer bebte. Was nahm sich der Alte heraus? Froh sollte er sein, dass auf ihrem Grundstück Bäume und Sträucher wuchsen, dass es wenigstens in ihrem Garten noch Natur gab. „Er glaubt wohl, dass er sich mir gegenüber alles erlauben kann.“ Zornig knüllte sie den Zettel zusammen.
Der kriegt jedes Blatt zurück, dachte sie, verwarf den Gedanken aber sogleich wieder. Sich mit ihrem Nachbarn anzulegen, lief immer auf ein Gerichtsverfahren hinaus. Etliche Anwohner der Straße hatten das bereits leidvoll erfahren. Es ihm gleichzutun, brachte nichts außer Ärger ein. Sie wollte sich aber nicht einen Anwalt suchen müssen, und schon gar nicht hatte sie Lust darauf, Freises selbstgefälliges Gehabe im Gerichtssaal zu ertragen.

Doreen wollte den Zettel schon in den Abfalleimer in der Küche werfen, als ihr die Worte des Wachmannes einfielen. Was hatte er gesagt über das Gesindel? Mit dem Zettel kratzte sie sich am Hinterkopf. Gesindel gibt es überall, dachte sie. Und bei einem längeren Stromausfall bricht oft genug das Dunkle im Menschen hervor. Vor ihrem inneren Auge sah sie den qualmenden Container.
Das war es!
„Was die können, kann ich auch", murmelte sie. „Und ich weiß, wo du deine alten Zeitungen aufbewahrst, mein Lieber."
Sie kramte eins von den Feuerzeugen, die sie ebenfalls in der oberen Schublade des Garderobenschränkchens aufbewahrte, aus dem Haufen Kerzen und Batterien, dann holte sie den Kanister mit dem Benzin für den Rasenmäher aus der Garage.
Im kalten Licht des Mondes, Taschenlampe und Feuerzeug griffbereit in der Manteltasche, lief sie mit dem Kanister zum offenen Gartentor. Rasch vergewisserte sie sich, dass kein Nachbar draußen war, der sie sehen könnte, dann überquerte sie die Straße. Herr Freises Jägerzaunpforte stand einladend offen, als legte er es geradezu darauf an, dass sie sich bei ihm für seine Sticheleien und Beleidigungen rächte. Ein Grinsen legte sich um ihre Lippen. Dann soll es so sein, dachte sie hämisch.

Am Haus entlang lief sie zum Schuppen. Durch die Lamellen eines Rollladens im Erdgeschoss fiel schwaches Licht. Dort hielt sich anscheinend ihr Nachbar auf. Sollte er nur. Ihr war das egal.
Jetzt biete ich dir mal was, dachte sie grimmig und huschte zum Schuppen. Innerlich jubelte sie, als sie im Mondlicht die Zeitungsstapel unter dem überstehenden Dach entdeckte. Eiligst leerte sie den Kanister, dann fischte sie das Feuerzeug aus ihrer Manteltasche, hielt es an den vom Benzin feuchten Zeitungsstapel und drückte den Schnapper. Sie grinste schadenfroh, als die Flamme auf das Papier übersprang. Einen kurzen Moment verfolgte sie noch das Wachsen der Feuerzungen, bevor sie sich zurückzog.
Vor Aufregung schwer atmend, aber mit einem Gefühl der unbändigen Genugtuung brachte sie den Kanister zurück in die Garage. Im Haus streifte sie Mantel und Schuhe ab, dann nahm sie ihren Beobachtungsposten hinter dem Fenster im Wohnzimmer ein. Die auf dem Fensterbrett stehenden Alpenveilchen schob sie zur Seite.
Es dauerte zwölf Minuten, bis die Feuerwehr eintraf. Ein greller Lichtschein, Qualm und aufgeregte Anwohner füllten inzwischen das Grundstück ihres Nachbarn.

Doreen lockerte ihre verkrampften Schultern, schlüpfte erneut in ihren Mantel, streifte sich die Schuhe über und ging nach draußen, wo Feuerwehrleute die Neugierigen inzwischen auf die Straße drängten.

„Die haben meinen Schuppen angezündet!" Mit aufgeregt wedelnden Armen stürmte ihr Nachbar auf sie zu. „Das waren bestimmt Schüler aus meiner Klasse. Haben ... haben Sie vielleicht ein paar Bengels hier herumschleichen sehen?"

„Nein, tut mir leid. Bin erst nach Hause gekommen. Aber in der ganzen Stadt ist der Teufel los." Sie hob voller Bedauern die Hände. „Eine Schande ist das, nicht wahr? Gesindel gibt es leider überall."

Alle nachfolgenden

Geschichten

sind in alphabetischer

Reihenfolge aufgelistet

Siggi Becker

Der perfekte Mord

Kommissar Adams bückte sich, um einen besseren Blick auf das grünliche Gesicht von Lord Blumesfield zu werfen. Er hielt sich ein weißes Taschentuch vor die Nase und betrachtete die leblose Gestalt. Adams fragte sich, warum Lord Blumesfield im verwelkten Blumenbeet lag und nicht in seinem großen Anwesen. Der Rechtsmediziner hatte bereits Arsen als die eindeutige Todesursache festgestellt.
Adams richtete sich auf und warf einen Blick hinüber zum herrschaftlichen Anwesen des Verstorbenen.
Dort, auf den Marmorstufen vor dem gräflichen Eingang standen in etwa fünfzig Meter Entfernung die Familie und Bediensteten des Lords.

Agatha, Hausangestellte, in ihrer weißen Schürze stand ganz links. Der kalte Herbstwind wehte ihre Schürze auf. Sie stand wie die anderen dort versteinert und starrte zu ihm. Adams runzelte seine Stirn.
Agatha hatte den Lord im Blumenbeet entdeckt, als sie ins Dorf radeln wollte. Agatha schien eine Kehr-

schaufel in der Hand zu halten. Adams Blick wanderte hinauf aufs hohe Dach. Aus zwei Kaminen zog Rauch in den grauen Himmel. Neben ihr stand Oswald, der Diener des Hauses, gekleidet in schwarzer Livree. Er war es, der auf der Polizeistation Bescheid gab. Dank des neuen Telefonapparates im Anwesen konnte er umgehend über das Ableben des Lords Bescheid geben. Daneben Haushälterin Mrs. Matters. Eine schweigsame Angestellte mit einem grauen Dutt und einer kleinen Brille auf der Nase. Als Letztes stand dort noch Lisbeth, die Enkeltochter des Lords. Lisbeth war zwölf Jahre alt und trug ein langes graues Kleid. Ihre Haare waren offen und wehten im kalten Herbstwind.

Adams strich sich über den kurzen Bart. Kurz fragte er sich, warum sie alle dort standen und zu ihm hinüber starrten. Keiner der vier kam einen Schritt weiter die Stufen hinunter, ganz im Gegenteil. Es sah so aus, als würden sie es vorziehen, dort vor dem Eingang zu stehen und nicht näher an die leblosen Überreste des Lords heranzutreten. Es gab Gerüchte auf der Wache, dass der Lord das Anwesen verkaufen wollte und in die neue Welt segeln. Er fragte sich, wohin die Leute auf der Treppe dann gegangen wären.

Da der Todeszeitpunkt, etwa kurz nach Mitternacht, und die Ursache, eine Arsenvergiftung, geklärt waren, war es Kommissar Adams Aufgabe zu übernehmen. Ein schwarzes Automobil näherte sich.
Der Abtransport von Lord Blumesfield stand bevor. Adams gab dem Wachmann, der in der Nähe stand, ein Zeichen. „Ich denke, wir sind hier fertig. Wenn Lord Blumesfield fortgebracht wurde, durchsuchen Sie die Umgebung."
„Nach was sollen wir suchen?"
Adams betrachtete den rothaarigen Wachmann und zuckte mit den Schultern. „Vielleicht finden Sie Schleifspuren vom Haus bis hierher. Er kann nach der Vergiftung nicht bis hierhergelaufen sein, um sich dann selbst ins Blumenbeet zu legen." Adams verwies mit einer Handbewegung auf den Garten.
„Suchen Sie bis zum Haus alles ab. Vielleicht hat er etwas verloren … ich meine, der Mörder."
Adams wandte sich ab und ging Richtung Anwesen. Es war ein großes altes Herrenhaus. Das Prächtigste in der Umgebung von Loxton. Die Frontseite des Anwesens war imposant mit einem großen freien Platz vor der breiten Marmortreppe für die Kutschen und Automobile, die vorfuhren. Beide Seiten der Treppe waren mit großen Steinfiguren verziert und mitten auf dem großen Platz stand ein Springbrunnen.

Alles sah sehr geschmackvoll aus und ein äußerst schöner Anblick im Sommer, ging es Adams durch den Kopf. Jetzt, im Herbst, sah alles sehr trüb aus. Die Blumen waren verwelkt und die Bäume seitlich des Anwesens trugen keine Blätter mehr.
Ein kalter Windstoß rüttelte an seinem Mantel und er hielt seinen Hut fest, der um ein Haar auf- und davongeflogen wäre. Kurz blieb er stehen und wandte sich zurück, dorthin, wo Lord Blumesfield lag. Wieso sollte der Lord gestern um Mitternacht das warme Anwesen verlassen haben, um in den kalten Garten zu gehen? Dazu nur mit einer leichten Tweed-Jacke bekleidet.

Als er auf die Treppe zuging, drehten sich Agatha, Oswald, Mrs. Matters und Lisbeth um und gingen durch die breite Eingangstüre ins Haus. Adams irritierte dies. Alle hatten die Treppe verlassen. Nur die Eingangstüre stand noch offen.
Adams betrat das Herrschaftshaus. Oswald stand neben der Türe und hielt sie für ihn offen. Ohne ihn anzublicken, verneigte sich Oswald leicht. „Darf ich Ihren Hut und Mantel abnehmen, Kommissar Adams?“
Adams nickte. Er zog seinen Mantel aus und reichte ihn Oswald, dazu den Hut.

„Können Sie mir sagen, wo sich Lord Blumesfield gestern Abend aufgehalten hatte?"

Oswald sah leicht irritiert zu ihm. „Er saß wie jeden Abend in der Bibliothek, Kommissar. Lord Blumesfield entließ mich gegen dreiundzwanzig Uhr. Ich brachte ihm noch einen Cognac, und er teilte mir mit, dass er mich nicht weiter benötige. Also zog ich mich zurück."

Adams rieb sich die kalten Hände. „Und Sie wohnen hier im Haus?"

„Oben in einer Dachkammer."

Fragend hob Oswald beide Augenbrauen. „Ist das jetzt ein Verhör, Kommissar?"

Adams schüttelte den Kopf. „Nein, ganz und gar nicht." Er betrachtete den grauhaarigen Oswald interessiert. „Seit wann sind Sie schon im Dienst bei Lord Blumesfield?"

„Seit zwanzig Jahren, Kommissar", erklärte Oswald.

„Zeigen Sie mir bitte die Bibliothek", forderte Adams ihn auf.

Er wartete, bis Oswald seinen Mantel und Hut in eine kleine Nische, nahe des Eingangs, weggeräumt hatte und folgte ihm den Gang durch das Erdgeschoss.

Es hingen nur wenige Gemälde an den Wänden, diese fielen jedoch aufgrund ihrer Größe auf. Adams betrachtete sie beim Vorübergehen. Es waren hohe

Gemälde, die vor allem Landschaften zeigten. Jedes der Gemälde schien ein Jahreszeitenthema zu haben.

Oswald war indessen am Ende des Ganges stehen geblieben und wartete auf ihn. Er hatte eine Türe geöffnet. Der große Raum lag auf der Westseite und seine großen Fenster und die Terrassentüre zeigten Richtung Garten. An den Wänden befanden sich unzählige Regale mit Büchern, dazwischen hingen weitere große Bilder. Adams wies auf eines der Ölgemälde. „Wer ist das?"

Oswald folgte seinem Blick. „Lords Blumesfield verstorbene Gattin, Lady Lydia."

Adams sah sich um. Er zeigte auf einen Tisch mit einem sehr breiten und bequemen Sessel vor dem Kamin. „Ist Lord Blumesfield gestern hier gesessen?"

Oswald nickte.

Adams ging darauf zu. Alles war sauber und kein Glas stand auf dem Tisch. „Sie haben ihm gestern Cognac gebracht. Wo ist das Glas?"

„Es wurde bereits zurück in die Küche gebracht", erklärte Oswald.

Adams schüttelte den Kopf. „Holen Sie es wieder zurück und richten Sie den Raum so her, wie Sie ihn gestern das letzte Mal gesehen haben, als Lord Blumesfield hier gesessen hatte."

Oswald nickte. „Natürlich. Möchten Sie es sich in der Zwischenzeit im Salon nebenan bequem machen?"
Adams nickte und folgte Oswald.
Der Salon zeigte auf die Südseite und Adams trat auf die breite Terrassentür, um nach draußen zu sehen. Von hier konnte er verfolgen, wie Lord Blumesfields Überreste in das schwarze Automobil geladen wurden.
Auf dem Tisch standen Tee und Biskuits für ihn.

Es klopfte und die Türe wurde geöffnet. Es war Mrs. Matters. „Kommissar, Lady Anne wird in wenigen Minuten zu Ihnen kommen."
„Lady Anne? Wer ist das?", fragte Adams irritiert.
Erstaunt starrte Mrs. Matters ihn an. „Lord Blumesfields Schwester. Sie lebt auf dem Anwesen."
„Ah", äußerte sich Adams. Er setzte sich an den Tisch. „Und wer lebt noch in diesem großen Haus?"
Mrs. Matters runzelte die Stirn. „Wir alle natürlich. Oswald im Nordflügel unter dem Dach. Meine Wenigkeit und Agatha im Südflügel. Zurzeit wohnt auch Lisbeth bei uns. Sie hat ein eigenes Zimmer im ersten Stock."
„Sonst niemand?", hakte Adams nach. „Keine weiteren Angestellten im Haus?"
Mrs. Matters schüttelte den Kopf. „Wenn wir Gäste haben, kommt Personal aus dem Dorf, auch der

Gärtner. Normalerweise arbeitet täglich eine Köchin aus dem Dorf bei uns, aber angesichts dieser heiklen Sache, … wollte sie heute nicht erscheinen."

„Heiklen Sache?", fragte Adams.

Mrs. Matters schluckte. „Na, Sie wissen schon …, wegen dem Mord."

„War es Mord?", fragte Adams.

Verblüfft sah Mrs. Matters ihn an. „Was sollte es sonst sein?"

Adams schüttelte den Kopf. „Wir werden sehen."

Mrs. Matters wollte gerade gehen, als ihm noch etwas einfiel. „Was für ein Mensch war Lord Blumesfield eigentlich? Mochten Sie ihn?"

Mrs. Matters glotzte ihn an. „Nun ja, ich bin schon fast dreißig Jahre hier im Haus angestellt. Es gab in der ganzen Zeit keine größeren Probleme. Lord Blumesfield lebte sehr zurückgezogen und hatte kaum Gäste. Ich habe sehr selten mit ihm geredet."

Nachdem Mrs. Matters fort war, ging Adams zurück in die Bibliothek. Jetzt stand ein Glas auf dem Tisch vor dem Kamin und eine warme Decke lag über dem Sessel. Einige Bücher lagen auf dem Tisch neben dem Glas. Adams ging darauf zu und betrachtete die Bücher. Es war Reiselektüre. Er blätterte hindurch. Dazu ein Buch von Dickens. Adams legte sie wieder zurück und betrachtete die Szene: Lord Blumesfield

saß vor seiner Vergiftung hier am Kamin und las in einem der Bücher.

Adams setzte sich in den Sessel und legte sich die warme Decke über die Knie. Vor ihm der Tisch mit einem Glas Cognac und die Bücher. Links von ihm der Kamin. Gestern brannte ein warmes Feuer. Es war bereits spät abends. Er wollte noch etwas lesen und schickte Oswald zu Bett.

Adams lehnte sich im Sessel zurück. Langsam sah er durch den Raum. Was hatte Lord Blumesfield bewogen von hier aufzustehen und nachts in den Garten zu gehen? Nein, nach wie vor hielt er dies für ausgeschlossen. Adams war sich sicher, dass er nicht lebend hinausgegangen war.

Adams stand auf und griff nach dem Glas. Er betrachtete es. Leider war es bereits ausgespült worden.

Adams ging nach draußen in den breiten Gang. Er ging vor in die große Eingangshalle, wo Oswald an der Türe stand und mit jemanden redete.

Neugierig kam Adams auf ihn zu. Draußen stand der Postbote. „Das Zimmer von Lord Blumesfield ist oben?"

Oswald nickte und wollte noch etwas sagen, doch der Postbote hielt ihm ein Päckchen entgegen.

Adams nutzte die Situation, um ohne Oswald die herrschaftliche Treppe nach oben zu gehen. Das Geländer war weiß lackiert und goldene Verzierungen schmückten den Aufgang. Ein weinroter Teppich und große Lampen, die an der Wand hingen, machten den Weg nach oben als etwas sehr Außergewöhnliches.

Oben kam Lisbeth aus ihrem Zimmer. Sie knickste. „Hallo, Herr Kommissar."

Adams nickte dem Mädchen zu. „Zeig mir bitte das Schlafzimmer deines Großvaters."

Lisbeth nickte und ging voraus. Sie führte ihn um die Ecke, ein weiterer langer Gang, dann nach links und immer geradeaus. Unschlüssig blieb Lisbeth vor dem Raum stehen. „Brauchen Sie mich noch?"

Adams betrachtete das junge Mädchen. „Es sind derzeit keine Schulferien. Was machst du hier?"

Er sah, wie sich Lisbeths Gesicht trotzig verzog. „Großvater hat erlaubt, dass ich bei ihm wohne und nicht mehr ins Internat muss. Ich sollte einen Hauslehrer bekommen, aber jetzt entscheidet wohl meine Tante darüber."

Erstaunt betrachtete Adams das verschlossene Gesicht von Lisbeth und ihr langes offenes Haar. „Hattest du einen guten Kontakt zu deinem Großvater? Und was sagt dein Vater und deine Mutter dazu, dass du hier lebst?"

Lisbeth zuckte gleichgültig mit den Schultern. „Vater hat eine neue Frau und keine Zeit mehr für mich. Meine Mutter lebt nicht mehr. Ich war froh, dass ich zu Großvater durfte. Alles ist besser als das Internat."
„Ich verstehe", erwiderte Adams. Er räusperte sich. „Hatte dein Großvater Ärger mit irgendwelchen Leuten? Jemand, der ihn lieber tot sehen würde?"
Lisbeth sah ihn stumm mit großen Augen an, um im nächsten Moment ihren Kopf zu schütteln.
Adams nickte und gab ihr ein Zeichen zu verschwinden.
Er öffnete die Türe und trat ein. Das Schlafzimmer war groß, so wie das Bett, das in der Mitte stand. Alles sah aufgeräumt aus. Das Bett war unbenutzt. Neben dem Bett auf einem Beistelltisch stand ein Tablett und Adams ging darauf zu. Er sah eine Kanne und ein unbenutztes Glas. Adams beugte sich darüber. Die Milch roch neutral, eigentlich nach gar nichts. Er verließ den Raum.

Adams saß am Tisch im Salon und grübelte, als Agatha hereinkam, um Holz für den Kamin zu bringen. Als Adams sie ansprach, wurde sie nervös. Sie war seit einem Jahr bei Lord Blumesfield angestellt und hatte gestern nichts gehört, noch gesehen. Adams entließ sie und Agatha rannte hektisch nach draußen.

Adams seufzte. Er hatte weder ein Motiv noch Hinweise auf einen Mörder gefunden. Also war es kein Mord?

Mrs. Matter öffnete die Türe und führte Lady Anne in den Salon. Lady Anne war eine alte grauhaarige Dame in einem langen weinroten Kleid. Ihre Haare waren kunstvoll hochtoupiert. Sie setzte sich zu Adams an den Tisch und sein Blick fiel auf die vielen goldenen Ringe an ihren Fingern und die goldenen Ketten um ihren Hals.

Lady Anne lehnte ihren Stock gegen den Tisch und dankte Mrs. Matters, die ihr Tee einschenkte und die Tasse reichte. Mrs. Matters zog sich daraufhin zurück.

Lady Anne nippte an ihrem Tee. Erst als sie die Tasse zurück auf den Tisch stellte, widmete sie sich Adams. „Das alles ist ein großes Unglück. Mein Neffe wurde bereits informiert."

Adams nickte. „Glauben Sie, dass Lord Blumesfield ermordet wurde?"

Lady Ann betrachtete Adams und schüttelte schließlich ihren Kopf. „Wir alle wussten, wie krank er war. Er hat immer öfters die Tage verwechselt. Gestern hat er Lisbeth erst nicht erkannt. Dafür gibt es leider keine Heilung."

Adams seufzte. Er holte eine kleine Flasche aus seiner Tasche des Jacketts. „Das habe ich in seiner

Jackentasche gefunden. Können Sie mir erklären, wie er dazu gekommen ist?“

Lady Anne schluckte. „Das ist Arsen, oder? Er hat mir einmal davon erzählt. Ich weiß nicht, woher er es bekommen hat, aber er hat mir gesagt, dass er, wenn er sein Gedächtnis vollkommen verlieren würde, nicht als Belastung für uns alle enden wolle.“ Sie sah mit traurigen Augen zu ihm. „Er hat es genommen?“

Adams nickte und steckte das Fläschchen wieder ein. Er stand auf. „Darum war er im Garten. Möglicherweise fand er sich nicht mehr zurecht.“

Adams verabschiedetet sich von Lady Anne und verließ das Anwesen.

Es hatte inzwischen zu regnen begonnen. Adams klappte seinen Mantelkragen nach oben. Er sah das Automobil auf das Haus zufahren. Bevor er einstieg, blickte er zurück zu den Fenstern des Salons. Dort standen Mrs. Matters, Lisbeth, Oswald und Agatha. Sie sahen stumm zu ihm hinaus.

In diesem Moment blitzte und donnerte es. Er sah ihre bleichen Gesichter und spürte, wie sich seine Nackenhaare aufstellten. Schnell stieg er ein und verschloss die Wagentüre. Das Automobil rollte langsam Richtung Straße. Noch ein letztes Mal drehte er sich um.

Schwarze Wolken türmten sich über dem prächtigen Anwesen auf und tauchten es in ein unwirkliches Licht. Der perfekte Mord, ging Adams durch den Kopf.

Helmut Blepp

Nächtlicher Aufenthalt

Der Zug hielt außerplanmäßig in einem verschlafenen Kaff. Personenschaden auf der Strecke, informierte die Durchsage. Da hatte sich wieder einmal einer auf die Gleise geworfen und mir mindestens zwei Stunden Wartezeit eingebrockt.

Hundertzwanzig Minuten, zu viel, um gelangweilt in meinem Abteil auszuharren. Also stieg ich aus.

Ich verließ die Bahnhofshalle und trat auf den nächtlichen Vorplatz. Eine S-Bahn parkte da, die schon Feierabend hatte. Ein Kiosk, Klappe zu.

Hochmoderne Laternen tauchten alles in grelles Licht, dazu Kameras an hohen Masten, unterschiedlich fokussiert. Dahinter, wo die Nacht begann, zwinkerten die Ampeln einer Kreuzung einander zu. Kein Mensch war unterwegs.

Leicht tänzelnd wie ein Boxer, der einen Angriff erwartet, überquerte ich den Platz. Ich behielt dabei die Kameras im Auge, doch sie blinkten nicht und starrten ins Leere. Der Überwachungsstaat schlief.

An der Kreuzung der übliche Schilderwald. Ein Pfeil war mit ‚City-Center' beschriftet. Das genügte als Versprechen. Ich nahm diese Richtung.

Das Center war nicht nur unbeleuchtet, sondern eine einzige Enttäuschung. Die Springbrunnen vor den Treppen zu den Aufgängen waren trocken und verdreckt, die meisten Schaufenster mit Plakaten von Veranstaltungen verklebt, die längst gelaufen waren. Ohne viel Hoffnung umrundete ich den gläsernen Koloss, bemerkte dann aber tatsächlich einen Lichtschein über einer Treppe.

Es war der Eingang einer Kneipe, die sich ‚Voller Deckel' nannte, wie ich durch die zittrige Leuchtreklame über der Tür erfuhr. Damit kannte ich mich aus und wertete es als Einladung. Die Inneneinrichtung bestand aus viel dunklem Holz, verschalten Wänden, grob behauenen Balken und schwach beleuchteten Sitznischen. Siebziger-Jahre-Mief. Es war nicht viel los, eine Handvoll Gäste, die mich nicht beachteten. Die Hocker an der Bar waren unbesetzt, und ich wählte den am hinteren Ende, den Eingang und die Toilettentür im Blick.

Der Barkeeper schlenderte zu mir her.

„Ein Bier?"

„Was habt ihr denn im Angebot?"

„Bier."

„Klingt gut. Nehm ich."

Er brachte eine gute alte Halbe, perfekt gekühlt, in einem dickwandigen Glas mit Henkel. Ich setzte es

an und trank die Hälfte, genoss den Augenblick und trank es dann leer.
„Noch eins?“
„Klingt gut. Nehm ich.“
Er brachte das zweite Glas, blieb aber stehen, bis ich es halb geleert hatte und sagte dann: „Sie sitzt da hinten in der Nische neben dem Eingang.“
„Wer?“
„Frag nicht, geh hin!“
Also ging ich hin.
„Abend!“
Mit einem Wink lud sie mich zum Sitzen ein. Ich tat es und stellte mein Glas ab. Sie war wohl die Chefin von dem Laden. Zumindest benahm sie sich so. Aus der Nähe sah man, dass ihre Augen in hochprozentigen Alkohol eingelegt waren, ihre Haut von Jahrzehnten im Zigarettenrauch vergilbt.
„Hast du sie dabei?“
Ich wusste nicht, was sie meinte und sagte vorsichtshalber nichts.
Sie wertete das offenbar als Zustimmung, denn sie nickte und sagte: „Der Blonde mit dem Schnauzer ist es. Bringt es auf dem Klo über die Bühne. Beeilung!“

Leicht tänzelnd, die Jacke geöffnet, bewegte ich mich auf die Toilettentür zu. Niemand nahm Notiz von mir, auch der Blonde nicht. Also benutzte ich erst

mal das Pissoir. Nachdem das erledigt war, drehte ich mich um. Jetzt stand er vor mir, kaute auf seiner Unterlippe he-rum und wippte von einem Fuß auf den anderen. Noch ein Tänzer.

Ich zündete mir eine Zigarette an.

„Na, wo hast du sie“, schnarrte er.

„Was soll ich haben?“

„Komm, Alter! Verarsch mich nicht!“

Er nestelte an seiner Jeanstasche, zog einen Umschlag hervor und zeigte mir den Inhalt.

„Hier ist die vereinbarte Kohle, Mann. Nun schieb schon die Knarre rüber.“

Er wurde immer zappeliger. Entweder auf Droge oder ein Waffennarr, jedenfalls gefährlich.

„Ich habe keine.“

Es dauerte einen Moment, bis die Botschaft sein Hirn erreichte. Sein Körper spannte sich an. Er ballte die Fäuste. Als er zuschlagen wollte, verriet ihn das Flattern seines rechten Lids.

Ich drückte die Zigarette hinein, und als er stöhnend zurückwich, trat ich ihm zwischen die Beine. Sein Oberkörper klappte nach vorn. Ich zog mein Knie an. Sein Kiefer brach. Er sackte geräuschlos zusammen.

Ich hob den Umschlag mit dem Geld auf und steckte ihn in die Innentasche meiner Jacke.

Auf dem Weg zum Ausgang blieb ich an ihrem Tisch stehen.
„Alles klar?"
Ich trank mein Bier zu Ende und sagte: „Alles klar!"
Dann klopfte ich zum Abschied zweimal auf die Tischplatte und ging zurück Richtung Bahnhof.

Christine Büdenbender

Der Splitter

Dieser endlose Regen! Mürrisch drückt Axel Roth den Klingelknopf. Mit seinem Kollegen Weber ist er am Tatort gewesen. Zum dritten Mal! Sie haben ein paar Holzproben genommen, mehr aus Verzweiflung als sonst was. Die Spurensicherung hat ihren Job schließlich schon gemacht. Auf dem Weg zum Labor hat Weber ihn hier abgesetzt. Er will nachkommen, sobald er das Material abgeliefert hat. Roth sieht an sich herunter: begossener Pudel mit Schmutzpfoten. Ein Tropfen löst sich von der Nasenspitze und landet vor seinen Füßen.
Die Haustüre öffnet sich. Eine Frau im Rentenalter, klein und kompakt, mustert ihn mit fragendem Blick. Die Haushälterin, vermutet er und schiebt die Kapuze ein Stück nach hinten.
„Guten Tag. Axel Roth, Kriminalpolizei", stellt er sich vor. „Ich würde gerne noch einmal mit Pfarrer Seiberth sprechen, Frau äh…"
„Möcke", erwidert sie spröde und bedeutet dem Kommissar einzutreten. Ihre verkniffene Mimik spricht Bände: Ärger über die Störung, Unbehagen,

die Polizei im Haus zu haben, Unmut über den Schmutz, den der unangekündigte Besuch auf den geputzten Bodenfliesen hinterlässt.
Er tritt die Schuhe auf einer Fußmatte ab. Als Frau Möcke die Tür schließt, gibt der Ärmel ihres Pullovers ein wenig vom Handgelenk frei. Ein violetter Fleck zieht sich von der Handwurzel bis zum Fingeransatz. Ach ja, der Sturz! Roth erinnert sich an die Bemerkung des Pfarrers beim letzten Besuch.
„Einen Moment bitte“, raunt Frau Möcke ihm zu und öffnet einen Spaltbreit die Tür zum Wohnraum.
„Ein Herr Roth von der Polizei“, hört er sie gedämpft sagen.
„Der Herr Pfarrer kommt sofort“, erklärt sie, nachdem sie die Tür wieder geschlossen hat.
„Kann ich irgendwo …?“ Er deutet auf seine triefendnasse Jacke.
Mit spitzen Fingern nimmt Frau Möcke das nasse Ding entgegen.

Die Tür zum Wohnraum öffnet sich. Der Pfarrer steht groß und breit in der Zarge. „Bei solchem Wetter zu Fuß unterwegs?“, spöttelt er.
„Ich war noch mal am Tatort. Entschuldigen Sie die Störung, Herr Seiberth. Wir sind im Fall Strumpf noch nicht weiter.“

„Oh, das tut mir leid. Aber heute ist es schlecht, Herr Kommissar. Ich erwarte Besuch. Können wir nicht …“

Roth hat nicht die geringste Lust, sich abwimmeln zu lassen.

„Es dauert nur ein paar Minuten.“

Der Pfarrer überlegt einen Augenblick.

„Na, dann kommen Sie rein“, gibt er schließlich nach und lässt Roth eintreten. Es riecht nach Pfefferminze. Der Pfarrer setzt sich ans Kopfende des großen Holztisches. Sein Hund folgt ihm mit ein paar altersmüden Schritten und legt sich vor seine Füße. Neben einer ausgebreiteten Tageszeitung steht eine Tasse Tee.

„Für Sie auch einen?“, bietet der Geistliche an.

„Nein, danke.“ Roth hasst Pfefferminztee.

„Wie kann ich helfen“, fragt der Pfarrer und bedeutet ihm, Platz zu nehmen.

Frau Möcke kommt leise herein und macht sich betont uninteressiert im hinteren Teil des großen Raumes zu schaffen.

„Uns ist Ihre Rolle in der ganzen Sache nach wie vor unklar.“

„Welche Rolle? Ich bin Priester, kein Schauspieler!“ Raschelnd faltet der Pfarrer die Zeitung zusammen.

„Lassen Sie mich noch einmal die Fakten zusammenfassen“, fährt Roth unbeirrt fort. „Am Donnerstag

vor einer Woche geht der Landwirt Georg Brehme seinem Nachbarn Alois Strumpf, ebenfalls Landwirt, einen Besuch abstatten. Wie Herr Brehme erklärte, tat er das regelmäßig, um sich mit seinem Kollegen einen Kräuterlikör zu genehmigen. An jenem Nachmittag wurde allerdings nichts aus dem Likörchen, denn er fand seinen Freund leblos vor der Scheune liegend, neben ihm eine Schubkarre voll Mist. Womit wir auch gleich bei der Tatwaffe wären: die Mistgabel. Der Täter rammte sie dem Alois Strumpf unterhalb der Schulterblätter von hinten in die Brust. Ein Zinken durchstach das Herz, ein anderer die Lunge."

Roth blickt erschreckt über die Schulter. Frau Möcke hat eine Porzellanfigur fallengelassen.

„Der Mann war sofort tot", fährt er fort. „Er lag dann noch eine Weile im Regen, bis ihn der Georg Brehme schließlich fand. Am Jackenärmel des Toten hat die Spurensicherung zwei Hundehaare gefunden. Yorkshire Terrier. Wir haben schon beim letzten Mal darüber gesprochen. Im näheren Umkreis gibt es keinen Yorkshire Terrier außer Ihrem Wasti."

„Wastel", korrigiert der Pfarrer schmallippig und schiebt die Tasse von sich weg. „Ich habe Ihnen doch schon erklärt, dass der Alois Strumpf mehrmals im Jahr zur Beichte kam. Zuletzt vor vierzehn Tagen. Ich kann nicht verhindern, dass mit meiner Kleidung Hundehaare in den Beichtstuhl gelangen."

Stimmt. Den Beichtstuhl hatte er noch prüfen wollen. Roth macht sich in Gedanken eine Notiz.

„Gab es einen besonderen Anlass für Herrn Strumpfs Beichte?“

„Herr Roth! Das Beichtgeheimnis!“

Nun gut, einen Versuch war's wert.

„Sie sagten, dass Sie an jenem Donnerstagvormittag zu Hause waren ...“

„Ganz genau. Ausnahmsweise keine Termine, keine Anrufe. Bis auf den von Frau Möcke, so gegen viertel vor zwölf.“

„Festnetz? “

„Ja, Festnetz.“

Roth rechnet nach. Bei einer Tatzeit von etwa halb elf hätte der Pfarrer bequem wieder zu Hause sein können.

„Und der Grund für Frau Möckes Anruf?“

„Sie hat sich für ein paar Tage krankgemeldet. Stimmt's Gertrud?“

„Wie ...?“, ruft Frau Möcke, obwohl Axel Roth sicher ist, dass ihr nicht ein einziges Wort entgangen ist.

Er schaut auf die Uhr. Wo bleibt denn nur Weber. Das kann doch nicht so lange dauern.

„Wann waren Sie zuletzt auf dem Hof von Herrn Strumpf“, fragt er.

„Im März. Wegen der Beerdigung seiner Frau. Der Alois war ein Eigenbrötler. Da ging niemand zu Besuch hin. Außer dem Brehme eben."
„Wie stehen Sie zu Herrn Brehme?", fragt Roth.
„Wir kennen uns aus der Schulzeit, gleicher Jahrgang. Zweimal im Monat fahr ich auf seinen Hof hinaus und hole ein Dutzend Eier. Manchmal auch Kartoffeln. Da wechselt man schon mal ein Wort. Wetter, Krankheiten, das Übliche eben."
„Sie sagen, die beiden verstanden sich. Gab es nie Streit? Oder Streit mit jemand anderem? Hat Herr Brehme mal was erwähnt?"
Der Pfarrer ist ins Grübeln gekommen.
„Hm, jetzt wo sie es sagen, fällt mir tatsächlich etwas ein. Es ist schon eine Weile her. Vielleicht im Mai oder so, da hat der Georg mal was gesagt. Auf dem Hof vom Alois hätt's so richtig Zoff gegeben."
„Und?" Roth sitzt angespannt vorgebeugt auf seinem Stuhl.
„Was und!? Das ist schon alles." Der Pfarrer wirkt ungehalten. „Ich dachte, Sie haben den Brehme schon befragt!"
„Er hat nichts davon erwähnt", antwortet Roth.
„Worum ging es bei dem Streit?"
„Was weiß denn ich?", knurrt der Pfarrer und verschränkt die Arme vor seinem Bauch. „Aber fragen

Sie ihn doch selbst. Er müsste gleich hier sein. Wollte irgendetwas mit mir besprechen."

Frau Möcke hat inzwischen die Scherben aufgefegt. Ihr Gesicht ist kreidebleich. Im selben Moment schrillt die Türklingel durchs Haus. Sie fährt zusammen und hastet hinaus.

Ein Mann um die sechzig betritt kurz darauf den Raum. Er scheint irritiert, den Pfarrer nicht allein vorzufinden und knetet nervös seine Schiebermütze in den Händen.

„Setz dich Georg!", weist der Pfarrer ihn ohne Begrüßung an. „Herr Roth ist von der Polizei. Ach ja, ihr kennt euch ja schon. Er hat noch ein paar Fragen, aber wir sind gleich fertig."

„Ach so", sagt Georg Brehme ein wenig erleichtert. „Also eigentlich … hab ich nix Besonderes … ich wollte nur mal …" Er bricht ab und schaut verlegen auf seine Mütze.

Und ob der was hat, denkt Roth gerade, als das Smartphone in seiner Jackentasche vibriert.

„Ja …", meldet er sich schroff.

Es ist Weber. Die Proben vom Hof des Alois Strumpf passen nicht zu dem Splitter beim Opfer, erklärt er knapp. Und dass er jetzt auf dem Weg ist.

„Hmh", brummt Roth mürrisch und legt auf.

„Entschuldigung. Ein Kollege," erklärt er und wendet sich dem Landwirt zu.
„Da Sie schon mal hier sind, Herr Brehme. Wie war das mit dem Streit, den sie vor einigen Monaten auf dem Hof vom Alois Strumpf gehört haben."
Georg Brehme schaut erst Roth an, dann den Pfarrer, der andeutungsweise nickt.
„Was heißt schon gehört?", fragt Brehme zurück. „Was man so mittkriegt als Nachbar."
„Ein Beziehungskonflikt?"
„Ach was, doch net der Alois!", winkt Georg Brehme ab. „Nein, Ärger mit seiner Schwester! Sie wollte sein Grundstück am Mühlenbach. Aber der Alois hat sie abblitzen lassen. Jetzt wird sie's wohl erben."
Da sieh mal einer an. Der Sache muss er nachgehen, sobald er hier fertig ist.
„Ein wichtiger Hinweis, Herr Brehme", lobt Roth den Landwirt und ist sicher, dass der Mann noch was zurückhält. Es wird Zeit, den Druck zu erhöhen. „Wenn Sie noch etwas zur Aufklärung beitragen können, dann wäre jetzt die beste Gelegenheit. Um Ihnen weitere Vernehmungen zu ersparen, Sie verstehen?" Er lächelt wohlwollend.
Georg Brehme windet sich wie ein Wurm auf nassem Asphalt.
„Ich … ich wollte zuerst mit dem Herrn Pfarrer drüber reden. Also … ob ich da vielleicht was falsch

gemacht hab. Ich meine ... Ach, is jetzt eh wurscht..."

Er knautscht seine Mütze vor sich auf dem Tisch zusammen, um sie gleich wieder zu glätten.

„An dem Tag ... also als ich zum Alois rüberging, da lag er niedergestreckt neben dem Schubkarren, die Mistgabel noch im Rücken. Und oben auf ihm drauf die Leiter. Also meine Leiter. Als hätte sie ihn erschlagen. Ich hab sie beiseite geräumt, um an ihn ranzukommen. Aber als ich ihn angefasst hab, da war er schon ... er war schon kalt."

„Als wir am Tatort eintrafen, war da aber keine Leiter, Herr Brehme!"

„Ja, ja, ich weiß", druckst Brehme herum. „Wissen Sie, Herr Kommissar, ich hatte dem Alois meine Leiter ausgeliehen. Seine war doch kaputt. Er wollte die Regenrinne an der Scheune reparieren. Und weil ich die Leiter selber dringend brauchte, hab ich sie gleich wieder mitgenommen, als ich auf meinen Hof zurück bin."

„Sie haben was!??" Roth kann nicht glauben, was er da hört.

„Okay, sehen wir fürs Erste mal darüber hinweg. Denken Sie noch einmal genau nach. Gab es außer dem Streit mit der Schwester noch irgendetwas, das Ihnen merkwürdig vorkam?"

Georg Brehme grübelt angestrengt nach, sichtlich bemüht, seinen Fehler wieder gutzumachen.
Roth sortiert im Kopf die Fakten. Die Puzzlesteine fügen sich aneinander: Die Verletzung an der Schläfe, der Splitter in der Hand. Plötzlich ergibt das alles einen Sinn. Ist Strumpf am Ende gar nicht ermordet worden? Eine zu steil aufgestellte Leiter, nasse Holzsprossen, ein Ausrutscher und wwwusch … kippt die Leiter nach hinten weg. Das würde die Wucht erklären, mit der die Zinken in den Körper getrieben wurden. Aber herrje! Eine Mistgabel steht doch nicht mit den Zinken nach oben in der Gegend herum. Es sei denn … sie wird gehalten! Es durchfährt ihn wie ein Stromschlag. Himmel noch mal! Frau Möckes Handgelenk!

„Ach ja!", ruft Brehme so unvermittelt, dass Roth erschreckt aus seinen Gedanken auffährt. „Dass ich daran nicht früher gedacht hab!" Er schlägt sich mit der Hand vor den Kopf. „Vor vier Wochen war das. Der Alois hatte schon ein paar zu viel intus. Von einer großen Schuld hat er gefaselt."
„Ach das!" Der Pfarrer fällt Brehme jäh ins Wort. „Das ist doch längst vergeben. So etwas kommt in den besten Ehen vor."

Brehme schaut ihn irritiert an. „Was denn? Der Alois soll die Elise betrogen haben? Niemals! Der hat sie auf Händen getragen."
„Man sieht, dass du nie verheiratet warst, Georg." Der Pfarrer lächelt nachsichtig.
„Aber du ganz gewiss", kontert Brehme wütend und wendet sich wieder Roth zu. „Nein, es war etwas vor seiner Ehe! Mit der Ruth. Ruth Seidel, die sich dann umgebracht hat. Da wäre er nicht ganz unschuldig dran, hat er gesagt."
Roth blickt zum Pfarrer. Der hat inzwischen Schweißperlen auf der Stirn und kramt nervös in einer Schublade unter dem Tisch.
„Was war mit dieser Ruth Seidel? Was hat Alois Strumpf Ihnen in der Beichte anvertraut?"
„Nichts hat er mir anvertraut", presst der Geistliche hervor, doch es klingt falsch. Sein Gesicht hat die Farbe einer Tomate angenommen.
„Wir finden das auch so heraus, Herr Seiberth. Also reden Sie!"
Der Pfarrer macht sich groß, geht in Abwehrhaltung. Dann sinkt er urplötzlich wie gebrochen in sich zusammen.
„Ich … ich wusste doch nicht, dass sie ein Kind erwartet!", flüstert er fast tonlos.
„Ein Kind?" Brehme kriegt den Mund vor Verwunderung nicht mehr zu.

Der Pfarrer wischt sich mit der Hand über die Augen. „Ja, ein Kind“, bestätigt er leise. „Ich war im zweiten Jahr an der theologischen Fakultät, als ich Ruth traf. Es war Liebe auf den ersten Blick. Aber es durfte doch nicht sein! Also beendete ich unsere Liebschaft und ging ins Ausland. Als ich wiederkam, erfuhr ich, dass Ruth sich das Leben genommen hatte. Von den Rädern eines Zuges zermalmt. Ich glaubte, der Schmerz würde mich umbringen. Aber er tat es nicht. Er ließ nach und wurde kleiner. Ganz verschwand er nie.“

Zornig sieht der Pfarrer Roth in die Augen. „Und dann kommt vor zwei Wochen der Alois zu mir in die Beichte. Jetzt, wo seine Elise tot ist, sagt er, muss er eine große Schuld loswerden. Die Elise sei nicht seine erste Liebe gewesen. Davor habe er der Ruth einen Antrag gemacht, doch sie habe ihm gesagt, dass sie ein Kind von einem anderen erwarte.“ Der Pfarrer schluchzt. „Der Mistkerl hat ihr gesagt, er werde sie trotzdem heiraten, aber sie solle das Kind abtreiben lassen.“ Sein Blick ist tränenverschleiert. „Das Kind unserer Liebe! Sie hat es wegmachen lassen und ist am Ende daran zerbrochen. HAST DU DAS SO GEWOLLT, MEIN GOTT DA OBEN? HAST DU DAS SO GEWOLLT?“

Er wird von jähem Schluchzen geschüttelt. Niemals zuvor hat Roth einen erwachsenen Mann derart elend wimmern hören.

Die Situation verändert sich so schlagartig, dass Roth keine Zeit für eine Reaktion bleibt.
Der Pfarrer richtet sich kerzengerade auf, seine Augen funkeln wild. Er hat plötzlich eine Waffe in der Hand und hält sie sich an die Schläfe. „Keine Bewegung!", ruft er mit irrem Blick. „Jetzt beichte ich!"
Roth ist wie paralysiert. Fieberhaft denkt er nach, was er tun kann, während der Pfarrer weiterspricht.
„Ich habe dem Alois nichts von Ruth und mir gesagt und ihm die Absolution erteilt. Aber es hat in mir gekocht. Eine Woche lang habe ich nicht geschlafen. Dann bin ich zu ihm auf den Hof hinaus. Er stand ganz oben auf der Leiter, reparierte die Regenrinne. Ich habe ihn einen Mörder geschimpft. Habe ihm gesagt, wessen Kind Ruth erwartete. Dass er ihren Tod und den Tod unseres Kindes zu verantworten hat und dass er sich seine Absolution sonst wohin stecken soll. Ich habe die Mistgabel gegriffen und sie gegen ihn gerichtet. Er hat nach der Gabel getreten und dann ist es passiert! Er ist abgerutscht, mit der Leiter umgekippt und ich … ich habe die Gabel einfach fest in der Hand gehalten."

Roth überlegt eine Millisekunde lang, ob er dem Pfarrer vielleicht noch die Waffe aus der Hand schlagen kann.
„Gott wird mir vergeben“, schluchzt der Mann tonlos und der Finger am Abzug krümmt sich.
Im selben Augenblick schrillt die Türklingel durchs Haus und stiehlt dem Geistlichen für einen Moment die Aufmerksamkeit.
Roth springt auf, schlägt ihm die Pistole aus der Hand und wirft Stuhl, Pfarrer und sich selbst zu Boden. Die Pistole schlittert übers Parkett. Brehme greift sich ans Herz. Der Hund jault und die Tür geht auf.
„Es ging nicht schneller“, sagt Weber.

Gabriela Caponio

Ludwig und Hans

Daniela fächerte sich mit dem farbenfrohen Prospekt des Schlosses Neuschwanstein Luft zu, während sie durch die historischen Hallen wandelte. In den alten Gemäuern lag ein seltsamer, fast mythisch-modriger Geruch. Wenn dieser einzigartige Duft die Inspiration für ein Parfüm wäre, würde Daniela ihn als ‚dekadent' bezeichnen.

Gedankenverloren betrat sie das Schlafzimmer König Ludwigs. Hinter ihr stand der Kachelofen, und schräg gegenüber befand sich Ludwigs Bett.

Für Daniela war es ein Rätsel, wie jemand in einem solch düsteren Zimmer gesunden Schlaf finden konnte. Die Malereien an den Wänden flößten ihr ein Unbehagen ein, und die vermutlich gotischen Holzverzierungen des Bettes schienen düstere Gedanken anzulocken. Oder, wenn man daran glaubte, sogar böse Geister.

Als Daniela dann mit den anderen dreißig Besuchern durch die düstere Venusgrotte gepfercht wurde, begann auch sie am Verstand Ludwigs zu zweifeln und hielt es für nachvollziehbar, dass man ihn damals entmündigte. Sie konnte nicht nachvollziehen, wie es

möglich war, in diesen alten Gemäuern ein Gefühl von Glück oder auch nur halbwegs von Zufriedenheit zu empfinden. Die Klänge eines Wagners würden ihr, als musikalischer Hintergrund, wohl psychisch den Rest geben.

Nach einer kurzen Führung durch den Schlafsaal, die Venusgrotte sowie den Musik- und den Thronsaal, schnappte Daniela auf einem der Balkone des Schlosses frische Luft. Sie blickte auf den Alpsee hinunter und sinnierte darüber, ob dies der See sei, in dem Ludwig sein Ende fand. Hans, der es natürlich besser wusste, erklärte, Ludwig sei im Starnberger See ertrunken, oder, wie manche vermuteten, gar hinterrücks erschossen worden. Er drängte Daniela dann mit nervösen Gesten, sich zu beeilen.

Sie gingen vorbei an der Schlossküche, die Daniela als unerwartet gewöhnlich und angenehm empfand, und hin zu den Souvenir-Läden, in denen die griesgrämigen Angestellten, ohne zu grüßen, darauf hofften, die überteuerten goldfarbenen Königstassen an zahlungskräftige Schweizer zu verkaufen. Beinahe hätte Daniela einen blau-weißen Schirm gekauft, allein, um Hans mit dem hässlichen kitschigen Ding zu ärgern.

Der Abstieg vom Tegelberg würde wohl etwas weniger als dreißig Minuten in Anspruch nehmen, doch

Hans wollte die Kälte noch länger auskosten und plante einen Abstecher zur Marienbrücke.
Daniela hielt die ersten Meter noch Schritt, doch dann pirschte Hans wie gewohnt davon. Er hielt es nirgends länger aus, und nur schon deswegen dachte Daniela bereits einige Male während ihres doch schon siebenmonatigen Zusammenseins an Trennung. Der Mann vermochte einfach nichts zu genießen.
Die chinesischen Touristen schnappten sich die engen Kutschen und ratterten an den beiden vorbei. Sobald ein Pferd sein Geschäft verrichten wollte, stoppte der Kutscher und der Wagen stand still. Die Chinesen lachten und fotografierten die dampfenden Kothaufen. Daniela fror, sie zog die Kapuze tief in die Stirn.
Hans sprach kaum ein Wort. Seit ihrer Ankunft im Allgäu hatte Daniela ihn eigentlich nur beim Essen richtig und von vorn gesehen. Ständig huschte er davon. Als wäre er vor ihr auf der Flucht.
Bei der Brücke angekommen, wartete Hans auf sie. Er wies darauf hin, dass in der Nähe der Trampelpfad sein musste, auf dem ein Mann zwei Touristinnen in die Tiefe gestoßen hatte. Daniela blickte ihn fragend an und Hans erinnerte sie daran, wie wichtig es heutzutage sei, täglich die Zeitungsnachrichten zu lesen.

Er erzählte ihr dies mit gleichgültigem Gesichtsausdruck, der wahrscheinlich auf die Unfähigkeit zurückzuführen war, in dieser Kälte auch nur den geringsten Gesichtsausdruck hinzubekommen.
Daniela atmete beruhigt weiter, als sie merkte, dass Hans keinen Schimmer davon hatte, wo sich der Trampelpfad befand. Er hielt nach einem Kreuz und Kerzen Ausschau, doch fand er nichts.
Obwohl er wahrscheinlich von Danielas Höhenangst wusste, wollte er sie über die Brücke lotsen und bat sie, mit ihrem neuen Mobiltelefon das Schloss zu fotografieren. Daniela drückte ihm das Gerät in die Hände und bat ihn, selbst die Fotos zu schießen.
Beim Wort ‚Schießen' lief es ihr eiskalt über den bereits kalten Rücken.
Seit sie mit Hans im Allgäu angekommen war, beschlich sie das Gefühl, er wollte sie loswerden. Sie fand weitere Indizien – denn richtige Beweise waren es nicht – dafür, dass er ihr gar nach dem Leben trachtete.
Irritiert darüber und noch zweifelnd machte sie sich Notizen und kommentierte seine Handlungen, die ihr allesamt seltsam vorkamen.
Wenn sie abends essen gingen, schickte er sie, kaum standen die heißen Speisen vor ihnen, unter irgendeinem Vorwand aus dem Raum, als wolle er etwas

vor ihr verheimlichen und beispielsweise ihre Mahlzeit vergiften.

Als ihnen das Hotelzimmer im Parterre zugeteilt wurde, bat er flehend an der Rezeption um ein Zimmer im obersten Stockwerk. Er nahm es dankbar an, obwohl es kleiner wirkte und schattiger gelegen war. Selbst nach mehrmaligem Nachfragen wollte er Daniela nicht erklären, warum der oberste Stock seinen Wünschen eher entsprach. Sie entdeckte beinahe stündlich eine Seltsamkeit in Hans' Handlungen, selbst in seinen Worten. So sprach er manchmal, wenn sie sich auf einer Wanderung befanden, mit beinahe kindlicher, weinerlicher Stimme. Ständig passte ihm irgendwas nicht. Entweder war der Weg zu lang oder zu steinig. Mal wollte er wandern und dann wieder rasten. Und immer trieb es ihn in die Höhe. Dauernd lauerte er mit wachem Blick nach einer besonders erhöhten Position, um dann, wie er behauptete, tolle Bilder vom wundervollen Panorama machen zu können. Daniela wies mit säuerlicher Miene darauf hin, dass der feuchte Boden sich nicht für Wanderungen in schwindelerregender Höhe eigne.

Doch Hans schien für diese Art von Argument kein Ohr zu haben und ignorierte sie einfach, indem er mit stoischer Hast weiterlief.

Daniela spürte mit jedem Tag, dass ihr Misstrauen stärker wurde. Es hörte nicht auf zu schneien, und so kam es vor, dass sie stundenlang zusammen im Hotelzimmer ausharren mussten. Da Hans den Aufenthalt in der Zwischensaison buchte, war das Restaurant des Hotels bis auf zwei Stunden am Nachmittag geschlossen. Hans las stundenlang in seinem Reiseführer und blätterte in zwei Biografien über Ludwig, die er aus seinem schweren Koffer hervorkramte.

Während er im Schein der Leselampe las, betrachtete sie die Konturen seines Kopfes. Eigentlich wurde sie sich des Äußeren erst gewahr, seit sie aufgehört hatte, ihn zu lieben. Seit dem Zeitpunkt, da die innigen Verliebtheitsgefühle einer Sicherheit wichen, die man Beziehung nannte. Zuvor hatte sie sich in seinen Armen und unter seinen Blicken verloren, schwamm im unerforschten Territorium eines Mannes, der sie mit seinen Komplimenten an den Punkt geführt hatte, an dem sie einer Verlobung zugestimmt hätte. Daniela war nicht wirklich hübsch; man konnte sie als eine verkannte Schönheit bezeichnen, denn sie besaß eine gewisse altbackene Eleganz. Sie wusste sich klassisch zu kleiden, ohne dass es großartig auffiel. Sie wirkte eigentlich so, als hätte man sie einer anderen Epoche entrissen und in die heutige Zeit versetzt.

Etwas unsicher zeigte sie sich, sobald sie sich in der Öffentlichkeit bewegte. Da war Hans ihr gerade recht mit seinem forschen Blick und der starken Hand. Und nun bemerkte sie, wie diese Hand zu zittern begann.

Am dritten Tag ihres Aufenthalts, zum Beispiel. Hans saß bereits am Tisch neben dem Frühstücksbuffet und trank eine Tasse Ingwertee. („Er trank noch nie Tee‘, notierte Daniela später in ihr Tagebuch).

Er empfing sie mit den Worten, dass er sich eine Wanderung ausgesucht hätte, welche an der Marienbrücke ihr Ende finden würde.

Daniela erschauderte und wusste nicht, warum er die Brücke erneut zum Ziel ihrer Wanderung machen wollte. Sie dachte daran, wie er in der Nacht zuvor, als sie aus dem Fenster im dritten Stock auf die gegenüberliegenden Häuser blickte, sich lautlos von hinten anschlich. Er legte seine schwere Hand auf ihre Schulter, und sie begann zu vermuten, dass er sie damit würgen wollte. Ein Schauer lief ihr über den Rücken bei dem Gedanken. So schwer wog die Hand auf ihrer Schulter, dass sie wusste, es konnte nichts Gutes bedeuten.

Plötzlich war alles an ihm schwer und bedrohlich. Sein Atem, seine Schritte, seine Worte. „Ich erzähl dir eine Geschichte, die ich mal vor Jahren gelesen

habe. Einer Schriftstellerin wurde ein Mangel an Tiefe vorgeworfen. Sie litt darunter, dass ein Literaturkritiker einen Artikel verfasste, in dem er ihr öffentlich fehlende Tiefe vorwarf. Und was glaubst du, hat sie getan? Sie bestieg eine Brücke und sprang in die ... Tiefe.“ Dabei lachte er fast schadenfroh. Daniela schüttelte seine Hand von ihrer Schulter ab. „Erzähl keinen Unsinn, ich gehe ins Bett. Spinne deine Geschichten alleine weiter.“

Am nächsten Morgen traute Daniela ihren Augen kaum. Das Bett war leer, und schnell verschwand sie unter der Dusche, um danach Hans im Hotel zu suchen. Schließlich fand sie ihn an der Rezeption, ein Seil und zwei Karabiner in den Händen haltend.

Erwartungsvoll blickte er Daniela an und sagte bestimmend, als dulde er keinen Widerspruch: „Morgen gehe ich klettern.“

Daniela schüttelte stumm den Kopf – auch das noch. Sie war sich sicher, dass ihr morgen eine Ausrede einfallen würde, um diese Aktivität zu verhindern.

Vorher stand noch die geplante Wanderung zur Marienbrücke auf dem Programm.

Als Daniela mit Hans in der Ortschaft Füssen aus dem Bus stieg, stellte sich heraus, dass Hans nicht wirklich einen Plan hatte. Tag für Tag schien er fahriger und nervöser zu werden. Er führte Daniela durch

den Wald, vorbei an umgestürzten Baumstämmen, die offenbar niemand beiseiteräumen wollte.
Hans schwieg. Doch immer wieder warf er Daniela Blicke zu, die sie messerscharf zu spüren glaubte. Sie erkannte, dass etwas zwischen ihnen vergangen war und eine Veränderung, die Hans durchmachte, sich auf ihre Beziehung ausdehnte.
‚Beziehung?', dachte Daniela betrübt. ‚Das, was wir haben, würde ich kaum noch als Beziehung bezeichnen.'
Hans hatte sich von ihr gelöst wie ein Mond, der der Zentrifugalkraft nachgab und ins All geschleudert wurde. Hans war weit weg.
Doch was sich unaufhaltsam näherte, war die Marienbrücke. Aufgrund der Kälte und des glatten Weges waren sie die einzigen, die sich trauten, sich der Brücke zu nähern.
Daniela bemerkte, wie sich Hans' Miene verdüsterte, wie er unverständliche Worte murmelte, als würde er ein stilles Gebet sprechen.
Angst ergriff Daniela, als sie gemeinsam die Brücke betraten und das Tosen unter ihnen hörten. Sie wollte umkehren. Hans schrie plötzlich wie ein Verrückter. Seine Hände krallten sich in Danielas Jacke, er zerrte daran, als wolle er sie in die Tiefe reißen.
Daniela erschrak und das, was in den letzten Tagen in ihr geschlummert hatte, wurde zur Gewissheit:

Hans wollte sie töten. Er war ihrer überdrüssig geworden, und wie einfach wäre es, sie hier zu beseitigen, an einem Ort, wo es niemand vermuten würde. Es dämmerte ihr: die Geschichte der zwei Frauen, die von einem Touristen in die Tiefe gestoßen wurden. Hans spielte wohl die Szene nach. Seine groben Hände ließen nicht von ihr, er zerrte an ihr, zog sie an sich und stieß sie wieder ab in einem chaotischen Tanz.

Daniela wollte noch nicht sterben. Sie rang nach Luft, da Hans ihren Kragen umklammert hielt. Sie befreite sich und rannte zum anderen Ende der Brücke. Hans erreichte sie dort und griff erneut nach ihrer Jacke. Als er ins Straucheln geriet, erkannte sie ihre Chance und stieß ihn von sich. Ohne einen Laut, fiel er auf den glatten Boden, der ihn die Böschung hinabgleiten ließ. Daniela klammerte sich am Geländer fest und blickte den Hang hinunter. Von Hans war keine Spur mehr zu sehen. Sie erschrak, als sie feststellte, dass dieser Umstand eine Ruhe in ihr hervorrief.

Da Danielas Mobiltelefon keinen Empfang hatte, machte sie sich auf den Weg zur nächsten Gaststätte und bat darum, Rettungsdienst und Polizei zu verständigen. Denn sie war sich sicher, dass es sich hierbei nicht nur um einen Unfall handelte, sondern

um einen geplanten Mordanschlag, den sie dank ihrer Wachsamkeit und Besonnenheit verhindern konnte.
Kommissar Niederer war ein freundlicher Mann mit schneeweißem Haar. Daniela saß ihm gegenüber und bestellte Tee, so wie sie es die letzten Tage immer getan hatte. „Wissen Sie“, sagte sie mit einer fast schuldbewussten Miene, „ich friere eigentlich die ganze Zeit. Seit ich hier im Allgäu angekommen bin.“
Der Kommissar nickte verständnisvoll. Die Bedienung brachte die Teetassen, die leise klirrten, denn ihre Hände zitterten merklich. Polizei hatte man noch nie im Haus.
„Sie haben uns den Tathergang nun ausführlich geschildert. Inzwischen haben wir die Leiche ihres Freundes geborgen. Es steht außer Frage, dass eine Obduktion durchgeführt werden muss. Sie verstehen.“
Daniela nickte verständig und war froh, dass sie der sonntägliche Tatort auf solche Ereignisse vorbereitet hatte.
„Wussten Sie“, fuhr der Kommissar fort, „dass Ihr Freund in psychotherapeutischer Behandlung war?“
Daniela horchte auf, schüttelte den Kopf und sagte lachend: „Das kann ich mir nicht vorstellen.“
«Ja, er war seit einigen Wochen bei Dr. Winter in Behandlung. Sagt Ihnen das etwas?“

Daniela blickte entsetzt in das Gesicht des Kommissars. Langsam schüttelte sie den Kopf, der voller wirrer Gedanken war. Hans hatte nie über Gefühle oder seine Vergangenheit gesprochen.
Nach einigen Sekunden fasste sie sich und fragte den Kommissar: „Wissen Sie, warum er in Behandlung war? Gab es eine … Krankheit, von der ich nichts wusste?“
Der Kommissar räusperte sich, nahm einen Schluck Tee und meinte: „Höhenangst. Ihr Freund litt unter panischer Höhenangst. Die Ferien hatte er geplant, um seine Angst zu überwinden. Der Psychiater riet ihm, sich den Herausforderungen mutig zu stellen.“
Daniela hörte nicht mehr zu, während der Kommissar weitersprach. Sie fühlte sich Hans in diesem Moment näher als je zuvor. Es war, als ob Hans’ Schatten sie umarmte und in die Tiefe seiner Ängste zog, die zugleich ihre eigenen waren.

Trau, schau, wem …
Oder:
Happiness is a warm gun

Mein Gott, das ist ja riesengroß,
Eddie staunte nicht schlecht über das neue Mega-Einkaufs-Center.
Hier gibt's wirklich alles.
Leider hatte er mal wieder Kopfschmerzen, dummerweise aber seine Tabletten zuhause vergessen.
Mist, dachte er.
Doch im selben Moment entdeckte er eine Apotheke.
„Guten Abend", ein Blondchen mit gewinnendem Lächeln flötete mit süßer Stimme: „Kennen wir uns nicht?"
„Natürlich, Sie waren doch früher …"
„Ganz genau, hahaha", unterbrach sie ihn.
„Und was kann ich für sie tun?"
„Kopfschmerztabletten mit Koffein", Eddie bewunderte ihre langen, blonden Haare, die sie wie einen Engel aussehen ließen.
„Hier, bitte schön", das Flötenkonzert ging weiter.

„Wollen Sie gleich eine nehmen?"

Eddie antwortete mit gequältem Lächeln: „Vielen Dank, aber ich nehme sie lieber mit einer Tasse Kaffee." Sie zeigte mit dem Finger nach draußen.

„Dort ist ein neues Café. Gute Besserung, tschüss."

Eddie ging in das kleine Café, das ihm Sylvia, ihr Name fiel ihm wieder ein, empfohlen hatte.

Dort schluckte er eine Tablette und las die Tageszeitung.

‚ELFTES OPFER IN ELF MONATEN'.

Der Aufmacher des heutigen Tages.

Eddie las den Artikel oberflächlich durch.

‚Jedem Opfer wurde aus etwa zwei Metern in die Stirn geschossen.'

„SPORTNEWS"

Das war der Teil, der Eddie interessierte.

‚WM-Team auf Kurs.'

Na hoffentlich, grinste Eddie.

Nach etwa zwanzig Minuten spürte er jemanden hinter sich. Es war Sylvia aus der Apotheke.

Sie küsste ihn zu seinem maßlosen Erstaunen einfach so auf den Mund und sagte relativ laut: „Tut mir leid, Schatz, ich musste noch auf die Toilette." Sie sah ihn an und zwinkerte mit dem rechten Auge. „Können wir gehen?"

Eddie war baff.

„Äh, ja, natürlich, Schatz“. stammelte der Verdutzte.

Was ist denn hier los? Eddie war völlig verwirrt und total aufgeregt, als er mit Sylvia das Einkaufscenter in Richtung Parkplatz verließ. Sie hatte ihn einfach an die Hand genommen, als wäre dies das Selbstverständlichste der Welt. Und dann stoppte sie auch noch ganz plötzlich und legte ihre Arme um seinen Hals. „Ich werde verfolgt“, flüsterte sie Eddie ins Ohr. „Küss mich, bitte“, sie sah ihn flehend an.

Und die beiden knutschten, als wären sie ein Paar. Er legte seine Arme um ihre Wespentaille und dachte zurück an die Zeit vor zwei Jahren, als Sylvia noch in der Apotheke seines Dorfes gearbeitet hatte. Damals hätte er alles für so einen Kuss wie heute gegeben. Doch bevor er sich entschließen konnte, sie anzusprechen, war sie nicht mehr dort beschäftigt gewesen. Und nun knutschte er ausgerechnet mit ihr auf dem riesigen Parkplatz und genoss es in vollen Zügen.
Sie brach ab. „Da ist mein Auto, steig bitte ein.“
„Und was ist mit meinem Auto?“ Eddie war nun noch mehr verwirrt.
„Das holen wir später.“ Sylvias Antwort verblüffte ihn, aber er wollte dieses mehr als seltsame ‚Rendez-

vous‘ mit der Schönen auf keinen Fall unterbrechen und stieg ein.

Sie schaute sofort nervös in den Rückspiegel. „Ich werde seit Tagen verfolgt. Kann dir aber nicht sagen von wem“, sagte sie und wandte sich Eddie zu. „Du warst süß.“

„Und wie geht’s jetzt weiter?“ Eddie war so hin- und hergerissen, dass er Mühe hatte, seine karussellfahrenden Gedanken zu ordnen.

„Hättest du was dagegen, wenn wir erst mal zu dir fahren?“ Wieder und wieder sah sie in den Rückspiegel. „Von mir aus, aber du …“

Sylvia fiel ihm ins Wort. „Trau, schau, wem …“

„Wohin muss ich fahren?“

Eddie erklärte Sylvia den Weg und schaute nun auch ständig in den Rückspiegel, bemerkte jedoch keinen Verfolger.

Wie auch? Kurz vor zwanzig Uhr betraten sie zusammen Eddies schmuckes Einfamilienhaus.

Der 40-jährige Eddie arbeitete als Rechtsanwalt in der Kanzlei seiner Großtante. Rein äußerlich war er eher ein Durchschnittstyp. Und Single.

Sylvia setzte sich zu ihm auf die Ledercouch seines riesigen Wohnzimmers und strich ihm übers Haar.

„Danke“, sie küsste ihn auf die Wange und fragte: „Kann ich bei dir duschen? Ich würde mich danach besser fühlen.“
„Na klar.“ Er stellte sie sich unter der Dusche vor und es erregte ihn. „Ich zeig dir das Bad.“
Eddie legte ihr frische Handtücher hin und sagte: „Ich bin im Wohnzimmer.“
Sylvia blieb fast fünfundzwanzig Minuten im Bad und Eddie knabberte nervös an seinen Fingernägeln.

Auf ein Mal stand Sylvia vor ihm in *seinem* Bademantel!
Allerdings hatte sie ihn nicht zugebunden und ihre kleinen, aber feinen Brüste starrten ihn hoffnungsvoll an. Kim Basinger ist in einen Jungbrunnen gefallen und hat sich verlaufen, jubilierte er innerlich.
„Hast du Lust zu vögeln?“ Sie neigte ihren Kopf und das nasse Engelshaar fiel über ihre Brüste, als sie den Bademantel heruntergleiten ließ.
Eddie hatte große Lust.
Sylvia sagte ihm gleich, dass sie die Pille nehme und nicht gerne unten liege. Also legte er sich brav auf den Rücken, worauf sie die Reiterstellung einnahm. Es wurde kein sonderlich aufregender Fick. Nach einer halben Stunde war der Käse gegessen, aber sie blieb.

Am nächsten Morgen wurde Eddie allerdings eines Besseren belehrt. Er wischte sich noch den Schlaf aus den Augen, als sie schon wieder auf ihm saß.
„Guten Morgen“, flötete sie.
„Ich muss in zwei Stunden zur Arbeit, aber morgens ist für mich die beste Zeit dafür. Ich würde am liebsten jeden Tag so beginnen, aber ich bin schon seit geraumer Zeit solo.“
Und diesmal gab sie Vollgas. Und obwohl es fast exakt so lange dauert, wie am Vorabend, war es etwas ganz anderes. Danach zog sie sich an. „Heute Abend, hier?“ Sie stand da wie ein Unschuldsengel. „Ich fühl mich bei dir sicher.“

„Ich werde da sein“, Eddie war nun regelrecht verrückt nach Sylvia. „Darf ich dich etwas fragen, Sylvia?“
„Nur zu, Eddie-Darling“, flötete sie.
„Magst du eigentlich keine anderen Stellungen, oder …“ Er nahm seinen Daumen in den Mund.
„Trau, schau, wem …“, lächelte sie, „…mal sehen, ob sich unsere Beziehung heute Abend weiterentwickelt.“
Sie nahm ihre Tasche, drehte sie sich noch mal kurz um und lutschte genüsslich an ihrem Daumen. „Mal sehen“, sagte sie und ging.

Die nächsten vierzehn Tagen verliefen ohne besondere Vorkommnisse.
Sylvia hatte inzwischen einen Teil ihrer Klamotten mit zu Eddie gebracht. Sie arbeitete sechs Tage die Woche und ging zweimal die Woche ihrem Hobby, dem Luftpistolenschießen, im lokalen Schützenverein nach.
Immer wieder erzählte sie Eddie, dass sie sich verfolgt fühle, doch dieser hörte gar nicht mehr richtig hin. Er dachte, sie leide unter Verfolgungswahn und wenn nicht, war das eine clevere Anmache …
Sie kam immer um kurz vor acht, außer dienstags und donnerstags, wenn sie ihren Sport ausübte.
Gemeinsam nahmen sie in der Regel einen kurzen Imbiss zu sich und gingen ins Bett. Ihr Sexualleben war nun abwechslungsreicher, aber trotzdem stereotyp. Eine halbe Stunde morgens und eine halbe Stunde abends.
Dann aber …

Am darauffolgenden Samstag kam sie schon um zwölf Uhr zurück. Sie war total aufgeregt und sagte zu Eddie: „Diesmal ist er mir bis fast vor deine Haustür gefolgt."
Sie sah Eddie eindringlich an und bat ihn: „Wir haben morgen unser großes Vereinsfest. Bitte sei da."

Sie machte eine kurze Pause. „Aber verkleide dich so gut es geht. Vielleicht kriegst du raus, wer mich verfolgt. Er fährt einen dunkelblauen Audi A4 und hat einen Vollbart.“

„Klar doch“, Eddie strich ihr übers Haar.

„Wann geht's los?“

Sylvia lächelte.

„Um neun Uhr.“

„Dann bin ich um acht dort und sehe mich um. Wie 007.“

Sie lächelte zufrieden. „Danke, Eddie. Und denk dran: Trau, schau, wem ...“

Eddie besorgte sich eine Brille mit Fensterglas und einen falschen Schnurrbart. Er war bisher noch nie auf einem solchen Fest gewesen. Seinen Wagen parkte er kurz nach acht außerhalb des Vereinsgeländes. Auf diesem herrschte schon reger Betrieb, aber es schienen ausnahmslos Vereinsmitglieder zu sein, die noch letzte Aufbauarbeiten verrichteten. Eddie fragte einen Mittfünfziger in zünftiger Jägertracht: „Geht's bald los?“

Der vermeintliche Waidmann musterte ihn. „Sie sind wohl fremd hier.“ Er kniff die Augen zusammen.

Eddie wurde verlegen. „Ich, äh, hab geglaubt, es geht früher los und interessiere mich fürs Luftpistolenschießen.“ Eddie schluckte.
„Na, dann müssen Sie noch mindestens eine Stunde warten. Wir fangen erst um neun Uhr an.“
Er ließ ihn stehen und ging weiter.

Eddie lief zu dem großen Parkplatz und versteckte sich im Gebüsch.
Kurz vor neun kamen die Ersten. Jetzt war er hellwach. Die Zeit verstrich und Eddie wurde langsam ungehalten. Doch sein Warten sollte sich lohnen.
Es war exakt zehn Uhr siebzehn, als ein dunkelblauer Audi A4 einparkte und ein Typ, so Mitte vierzig mit Vollbart, ausstieg. Er hielt eine Mappe in der Hand und mischte sich gleich unter die nun zahlreichen Besucher des Festes.
Eddie ließ ihn nicht aus den Augen und folgte ihm in gebührendem Abstand. Da sah Eddie plötzlich, dass sich Sylvia angeregt mit zwei Frauen direkt vor der Schießhalle unterhielt.
Der Bärtige holte sich zur selben Zeit eine Currywurst und ein Bier. Er stellte sich an einen Standtisch, von wo aus er Sylvia gut im Auge behalten konnte. Direkt dahinter lag ein angrenzendes Waldgebiet.
Eddie ging an Sylvia vorbei und ließ augenzwinkernd einen Zettel fallen, welchen Sylvia aufhob und las.

‚HAB IHN. SCHAU MIR NACH'.

Eddie lief zur Würstchenbude und beobachtete den ‚Verfolger' von seiner neuen Freundin.
Der schien Sylvia nicht aus den Augen zu lassen. Sie hatte also recht.
Nun handelte Eddie. Er griff in seine Jackentasche und holte ein klobiges Feuerzeug hervor.
Blitzschnell rammte er dem überraschten Unbekannten das Feuerzeug in den Rücken und raunte ihm ins Ohr: „Ganz ruhig, Freund" und zog ihn langsam zum Waldrand. Dort drängte er den Bärtigen in den Wald hinein, bis sie auf eine kleine Lichtung kamen.
Eddie stoppte und knurrte: „Was willst du von meiner Freundin, du Perversling." Doch er hatte nicht bedacht, dass er für solche Aktionen auf keinerlei Erfahrung zurückgreifen konnte und unterschätzte Sylvias Verfolger.
Nun ging alles ganz schnell. Der Bärtige stieß ihm mit voller Wucht seinen Ellbogen in die Magengegend.
Eddie klappte zusammen und fiel auf den Rücken.
Als er wieder aufstehen wollte, blickte er ihn den Lauf eines Revolvers.
„Schön liegen bleiben, Eddie." Der Bärtige griff in seine Jackentasche und hielt ihm seine Dienstmarke unter die Nase. „Inspektor Bernd Haber, Kripo Ludwigshafen."

Eddie war sprachlos.
Inspektor Haber machte seine Mappe auf und holte eine Akte hervor. „Du kannst jetzt aufstehen."
Seine Waffe blieb aber unvermindert auf Eddie gerichtet. „Man nennt sowas normalerweise Behinderung bei der Verfolgung einer Verdächtigen." Er gab Eddie eine Akte und zeigte mit dem Finger darauf. „Lies das, du Schwachkopf."
Eddie machte die Akte auf und sah diverse Zeitungsausschnitte.
‚ELFTES OPFER IN ELF MONATEN'
Er erschrak und stammelte: „Das hab ich vor kurzem gelesen" und verbesserte sich: „Na, ja, überflogen."
„Weiterlesen." Der Bulle sah in jetzt eindringlich an.
‚KEINE NEUEN SPUREN'
‚POLIZEI TAPPT IM DUNKELN'
‚ZWÖLFTER MONAT – ZWÖLFTES OPFER?'
Dahinter noch die Artikel der anderen elf Morde. Kurz zusammengefasst. Alle auf die gleiche Art und Weise. Schuss in die Stirn aus zwei Metern.
Eddie wurde blass. „Sie glauben doch nicht etwa, dass ich …"
„Hör zu, du Blödmann …", bellte ihn Inspektor Haber mit finsterem Blick an, „…du würdest doch nicht mal einen Elefanten aus zwei Metern treffen. Ich bekomme schon seit zehn Monaten Dauerdruck von meinem Chef. „Aber ich bin ein penibler

Ermittler und irgendwann macht jeder Verbrecher einen Fehler.“ Er grinste und ergänzte, „...oder Verbrecherin.“

Eddie erstarrte zur Salzsäule.

„Verbrecherin?“, er schluckte. Sie meinen doch nicht etwa ...“

Inspektor Haber unterbrach ihn. „Deine Freundin Sylvia, genau.“ Er nickte mit grimmiger Miene. „Ich habe bei allen Morden herausgefunden, dass die Opfer kurz zuvor eine neue Freundin hatten. Und rate mal mit wem.“

Eddie schluckte erneut.

Das kann doch wohl nicht wahr sein ...

Der Inspektor fuhr fort: „Ich brauchte aber Beweise und habe auch meine Freizeit geopfert, um dieses Miststück, das du seit vierzehn Tagen vögelst, nicht mehr aus den Augen zu lassen.“ Dann holte er einen kleinen Kassettenrekorder aus der Tasche und spielte Eddie die Aufnahme eines Anrufbeantworters vor.

„Trau, schau, wem ..., du weißt schon, ich komme heute später. Tschüss.“

Eddie gefror das Blut in den Adern.

„Das war auf dem Anrufbeantworter des zehnten Opfers“, knurrte der Inspektor.

„Da..., da..., das ist Sylvias Stimme“, stammelte Eddie. „Das sagt sie oft.“

Bulle Haber steckte den Kassettenrekorder wieder ein und lächelte siegessicher. „Ich wusste es. Ich wusste es die ganze Zeit.“

Er wollte gerade den Revolver wegstecken, da knallte es und auf Inspektor Habers Stirn war ein kleines Loch zu sehen und Blut rann langsam über sein Gesicht. Ungläubig starrte er in Richtung Eddie. Dann fiel er auf seinen Rücken.

Eddie jedoch war unfähig, sich zu bewegen.

Plötzlich bemerkte er, wem des Inspektors ungläubiger Blick galt. Seine neue Freundin Sylvia kam hinter Eddies Rücken nach vorne.

Sie trug Lederhandschuhe und in der rechten Hand hielt sie eine Pistole. Aber nicht ihre Luftpistole, mit der sie am Turnier teilnahm.

„Hallo, Eddie“, sie tätschelte ihm die Wange und ging zu dem toten Polizisten. Mit ruhiger Hand hob sie dessen Waffe auf und richtete sie auf Eddie. „Das hast du gut gemacht, mein Süßer.“

„Aber, aber…“, Eddie starrte Sylvia mit großen Augen an.

„So hat der gute alte Haber seinen Fall doch noch aufgeklärt.“ Sie warf Eddie ihre eigene Waffe zu.

Eddie fing sie dummerweise auf.

„Trau, schau, wem ..., Eddie-Darling.“ Mit eiskaltem Blick drückte sie ab.

Eddie war sofort tot und somit lagen nun zwei Tote auf der Lichtung.

Sylvia hob die Akte auf, die neben Eddies reglosem Körper lag und ließ diese in Inspektor Habers Mappe verschwinden. Auch den Kassettenrekorder nahm sie an sich. Dann verließ sie in aller Ruhe den Ort des Geschehens.

‚HIGH NOON AUF SCHIESSPLATZ'
‚ANGESEHENER RECHTSANWALT ALS MÖRDER ENTLARVT UND GETÖTET'
‚INSPEKTOR BERND H. VON SERIENKILLER ERSCHOSSEN'

Sylvia las die Tageszeitung in ihrer schicken Eigentumswohnung. Die Mappe mit der Akte hatte sie verbrannt und den Kassettenrekorder entsorgt.

Wieder eine Mordserie aufgeklärt, grinste sie bei einem Glas Rotwein. Im Radio waren gerade die Beatles zu hören. Sie sangen: ‚Happiness is a warm gun'… und Sylvia ergänzte singend den Refrain: „Oh yes, it is …"

Anke Elsner

Eine herrliche Aussicht

„Warum muss es unbedingt wieder diese alte Holzhütte von deinem Freund sein? Du weißt, ich brauche städtisches Leben, Partys, Restaurants, einfach einen Ort, wo was los ist. Aber jetzt schon zum zweiten Mal den ganzen Urlaub nahe diesem winzigen Dorf verbringen und dann noch überall rundherum Wald, nichts als Wald, und mittendrin das dunkle Gewässer …"

Genervt blickte Rita zu ihrem Mann, während sie gleichzeitig versuchte, den Trocknungsprozess ihrer kirschrot lackierten Fingernägel durch leichtes Pusten zu beschleunigen. Ein Würgereiz schnürte Herbert die Kehle zu. Jeder andere hätte die Frau, die perfekt gestylt vor ihm stand, als ausgesprochen attraktiv bezeichnet, doch ihn konnte sie schon lange nicht mehr reizen.

Seit fünf Jahren spielte sie nun die Gemahlin an seiner Seite. Nicht, dass sie sich keine Mühe gab, aber das Äußere kompensierte eben nicht alles.

Dummerweise war für ihn diese Erkenntnis einfach zu spät gekommen, erst nach der prunkvollen Hochzeit. Und es gab natürlich keinen Ehevertrag. Er

verfluchte die eigene Blödheit. Zugegeben, zu Dekorationszwecken eignete sich seine Lebensgefährtin hervorragend – solange sie den Mund hielt.
Mit Schaudern dachte er an das letzte Geschäftsessen zurück, zu dem überflüssigerweise die Gattinnen mit eingeladen worden waren. Meistens konnte er solo teilnehmen, aber dieses Mal hieß es ausdrücklich …
Im Laufe des Hauptgangs – glücklicherweise gelang es ihr mittlerweile, sich des korrekten Bestecks zu bedienen – kam das Gespräch auf das Thema Zuwanderung.
Leider wollte sich seine Frau ebenfalls an der Diskussion beteiligen, indem sie mit lauter Stimme feststellte: „Man muss die Leute einfach intrigieren, dann gibt es auch keine Probleme mehr." Noch immer stieg ihm bei der Erinnerung an die Äußerung die Schamesröte ins Gesicht. Er schluckte. Sie musste weg, und er wusste auch bereits wie. Der Plan stand.

„Ja, mein Schatz, ich weiß, doch ich brauche einfach Ruhe. Mein Beruf gestaltet sich momentan ausgesprochen stressig, deshalb möchte ich vierzehn Tage nichts als entspannen. Wir werden also wieder in Franks kleinem Wochenendhaus am Schwarzen Weiher übernachten, ganz für uns alleine in der Natur. Und denk bloß mal an die herrliche Aussicht auf den See! Erinnerst du dich noch an unseren Aufenthalt

dort, kurz nachdem wir uns kennengelernt hatten? Damals schienst du total begeistert.“

Ihr Schmollmund zeigte, dass diese Sichtweise eindeutig der Vergangenheit angehörte. Allerdings nahte ihr Geburtstag und sie wünschte sich einen Ferrari; zu viele Unstimmigkeiten erwiesen sich für sie in solchen Situationen eher als kontraproduktiv, was die Größe von Geschenken anging.

Bereits wenige Tage später befanden sie sich auf dem Weg zur Waldhütte. Im nahe gelegenen Dorf hatten sie das Nötigste besorgt und fuhren nun über holprige Wege ihrem Urlaubsziel entgegen. Immer tiefer ging es in den Wald, immer enger standen die Tannen und immer stiller wurde Rita. Selbst Herbert überkam eine ungute Vorahnung, als sie endlich seitlich des alten Holzhauses anhielten, obwohl er alles perfekt vorbereitet hatte. Es konnte eigentlich nichts schief gehen.

Zu ihrer Linken lag der See. Dunkel und unheimlich wirkte er in der abendlichen Dämmerung wie ein klaffendes Loch. „Komm, meine Liebe, lass uns schnell reingehen, sonst wirst du noch ganz melancholisch beim Anblick des Totenwassers.“

Seine Frau blieb abrupt stehen und blickte ihn mit großen Augen an: „Wie … wie meinst du das… Totenwasser? Das hast du noch nie gesagt.“
Ein wenig ungeduldig schob er sie durch die mittlerweile geöffnete Tür: „Na, genau, wie ich es sage. Habe ich dir das letzte Mal nichts davon erzählt?“ Er grinste sie schief an, „Da waren wir, glaube ich, mit etwas anderem beschäftigt. Trotzdem: Dieser Ort löst bei einigen Menschen regelrecht morbide Fantasien aus, beziehungsweise zieht sie magisch an. Das alles nur wegen eines dummen Fluchs.
Eine Frau, die von der Inquisition der Hexerei beschuldigt worden war, soll – aber nein, das reicht jetzt.“
Energisch drückte er hinter ihr die Tür ins Schloss und eilte zu den kleinen Fenstern, um sie zu öffnen, damit die abgestandene Luft entweichen konnte. Ihn erfüllte eine unerklärliche Unruhe. Das lag bestimmt daran, dass er es kaum erwarten konnte, den Plan umzusetzen. Konzentration, es wurde Zeit; denn die Dunkelheit rückte näher. Frank wartete wahrscheinlich schon ungeduldig darauf, endlich widerwillig seine Aufgabe hinter sich zu bringen.
Inzwischen hatte seine Frau den Mantel abgelegt und warf ihm einen rätselhaften Blick zu. Sollte sie etwas ahnen? Quatsch!

Durch die geöffneten Fenster, die direkt auf den See gingen, konnte man nicht mehr viel erkennen. Perfekt.

„Erzähl mir von der Hexe und was mit ihr geschah."

Na endlich. „Nun", er räusperte sich kurz, als ob ihm das Reden schwerfiel, „es ist keine schöne Geschichte. Mindestens drei Menschen sind hier in den letzten Jahren ertrunken, ins feuchte Grab gelockt von ... tja, wovon eigentlich? Hier in der Gegend heißt es, eine junge Frau, die bei einer Hexenprobe im 18. Jahrhundert hier ertränkt wurde, habe kurz vor ihrem Untertauchen alle, die Böses im Sinn haben, verflucht, wenn sie ihr noch einmal zu nahe zu kämen. Das ist natürlich totaler Blödsinn. Allerdings ...", jetzt nahm sein Gesicht einen grüblerischen Ausdruck an, „... sind seitdem wirklich Leute an diesem Ort spurlos verschwunden. Mal ein fremder Wanderer, von dem sich hinterher rausstellte, dass er kurz vorher seine Eltern ermordet hatte, ein anderes Mal ein Angler aus dem Dorf, der für seine Brutalität bekannt war, dann ein Jäger, der seine Kinder misshandelte ... und das sind nur die, von denen man gehört hat. Wer weiß, wie viele wirklich hier den Tod fanden. Die Hexe soll allerdings immer demjenigen ein Zeichen geben, den sie sich wenige Minuten später holt. Mal sind es unheimliche Schreie, mal Er-

scheinungen, mal beides … So steht es jedenfalls in den alten Chroniken, sagt Frank."
Hoffentlich fiel jetzt der logische Knick nicht auf: Wer wäre schon nach solchen Phänomenen noch länger am See geblieben, Aberglaube hin oder her. Aber glücklicherweise verfügte seine Gattin nur über eingeschränkte geistige Kapazitäten, wie er bereits häufiger feststellen konnte.

Sie starrte ihn lediglich mit weit aufgerissenen Augen an: „Ist das dein Ernst? Davon hast du mir nie was erzählt. Vielleicht sollte ich morgen im Dorf mal nachfragen …"
„Nein", hastig unterbrach er sie, „tu das bloß nicht. Die sind hier alle total empfindlich. Für sie steht fest: Sobald man über die Frau spricht, passiert ein Unglück!"
„Aber …", Rita schluckte hörbar, „… das heißt ja, dass uns jetzt etwas Schreckliches bevorsteht, du hast doch die Sache mit der Hexe erwähnt."
Toll, sie hatte es verstanden. Er stieß ein unechtes Lachen aus: „Dummchen, an so was glaubst du doch wohl nicht, oder?"
Ihr Gesichtsausdruck ließ allerdings keinen Zweifel daran, dass sie die Geschichte beschäftigte.

Mit ernster Miene füllte er den Kessel und stellte ihn auf den Gasherd. „Lass uns erst mal einen Tee trinken, das beruhigt! Setz dich einfach an den Tisch, ich bin gleich soweit."
Während sie langsam seinem Vorschlag folgte, die Augen wieder auf das kaum noch erkennbare Wasser gerichtet, betätigte er heimlich die kleine Fernbedienung in seiner Hosentasche. Sofort erfüllte ein lautes Plätschern die Hütte, begleitet von ohrenbetäubenden verzweifelten Schreien. Er ließ den Knopf los. Ebenso abrupt wie der Lärm begonnen hatte, endete er. Völlig unbeeindruckt hantierte er weiter mit dem Teegeschirr, als ob nichts geschehen wäre.
Als er sich umdrehte, glich Rita einem Geist: Totenbleich, mit weit aufgerissenen Augen schnappte sie nach Luft wie ein Fisch auf dem Trockenen.
„Liebes, was hast du denn? Ist dir nicht gut?"
Scheinbar besorgt näherte er sich seiner Frau.
„Hast du … hast du denn nichts gehört?" Ihr heiseres Flüstern drang kaum an sein Ohr.
„Was soll ich denn gehört haben? Es ist doch herrlich ruhig hier. Oder hat vielleicht schon ein Käuzchen geschrien? Das muss dich nicht ängstigen, diese Tiere hört man nachts öfter. Die tun dir nichts."
Sie räusperte sich kurz, trotzdem klang ihre Stimme belegt: „Ich meinte eigentlich…"

An der Stelle unterbrach er sie abrupt: „Käuzchen oder Uhu, glaub mir. Irgend so was. Schau einfach noch ein bisschen raus, vielleicht siehst du sogar so einen großen Vogel über das Wasser streifen. Der Tee muss nur noch ziehen. Ich gehe mal eben kurz nach draußen, du weißt schon, für kleine Königstiger."

Sein strahlendes Lächeln verschwand, sobald er den Raum verlassen hatte. Er stellte sich mit einer Taschenlampe dicht neben die Tür, um Frank das vereinbarte Signal zu geben. Seit seiner Entdeckung, dass dieser in einigen recht harten Pornofilmen mitgewirkt hatte, konnte er sich immer auf ihn verlassen, egal, was er verlangte.

Wieder betätigte er den Knopf. Wasserplätschern und Schreie im Haus, diesmal in einer Endlosschleife. Gleichzeitig tauchte in der Mitte des Sees eine Gestalt auf, die von weitem den Eindruck eines mit weißen Tüchern bekleideten Geistes machte, der von einem grellen Licht angeleuchtet wurde. Innerlich musste er grinsen, sein unfreiwilliger Komplize entpuppte sich als Genie, was die dramatische Inszenierung anging. Für jemanden, der diesen Spuk nicht einordnen konnte und sowieso schon verängstigt war, musste das Ganze ausgesprochen gruselig wirken. Die dürren Arme hoben und senkten sich langsam, während

die Stofffetzen flatterten, als ob ein starker Wind wehte. Neugierig trat er ans Ufer heran.
In dem Moment fühlte er einen harten Schlag auf den Kopf, gefolgt von einem Stoß in den Rücken, der ihn kopfüber in den See katapultierte. Eine tiefe Ohnmacht umfing ihn …
Danach – nichts, außer einem leichten Gurgeln, als sich das Wasser über der Stelle kräuselte, an der der Körper langsam in sein kaltes Grab sank.

Einige Minuten später blickte Rita forschend auf den See. Dunkel und ruhig lag er vor ihr. Eine kleine Boje war in nur geringer Entfernung vom Ufer emporgestiegen. Schließlich wählte sie auf ihrem Handy eine Nummer, die sie mittlerweile auswendig kannte.
„Frank? Ja, hat alles geklappt."
Lächelnd nickte sie. „Meine schauspielerische Leistung war oscarreif. In ein paar Tagen kannst du mich besuchen und ein wenig trösten, da Herbert ja auf ewig verschwunden bleiben wird, genau wie die anderen, die die Hexe geholt hat. Du sorgst doch dafür? Das Seil an der Boje ist stark genug, dass du ihn herausziehen und mit den notwendigen Vorkehrungen endgültig versenken kannst … Super. Danke noch mal, dass du dich bei mir gemeldet hast."
Entschlossen unterbrach sie die Verbindung, warf das Prepaid-Handy ins Wasser und betrat die Hütte.

Zunächst brauchte sie ein wenig Schlaf, bevor sie am nächsten Morgen in ihrer Rolle als panische Ehefrau die Polizei tränenreich über das Verschwinden ihres Mannes informieren würde. Was für eine herrliche Aussicht.

Christina Klose

Fast ein Krimi

Clara stand an ihrem geöffneten Hotelfenster und genoss den frühen Morgen. Der Duft von frischem Heu weckte ihre Lebensgeister. Die ersten Sonnenstrahlen schauten durch die Blätter einer blühenden Linde. Neben Schreiben war ihre Leidenschaft das Fotografieren. Sie ergriff ihre Kamera und freute sich über ein Motiv, das nur die Natur schafft! Bäume, Wiese, See – herrlich!
Nach einigen Fotos steckte Clara die Kamera zufrieden in die rechte Jackentasche, zog die weißen Joggingschuhe an und verließ ihr Zimmer. Halt, stopp, das Handy. Sie wollte ihrem Liebsten den üblichen Guten-Morgen-Kuss von der Bank am See senden.

Seit acht Tagen war sie hier und genoss es, vor dem leckeren Frühstück durch die jungfernhafte Natur zu schlendern und ihren Ehemann mit einem herzlichen ‚Guten Morgen, aufstehen Du Langschläfer!', zu wecken. Der etwas träge Marvin war geschäftlich in Paris und sah es gern, wenn seine sportliche Frau ein-

mal im Jahr alleine Urlaub im wunderschönen Erzgebirge machte. Da konnte sie wandern und tun, was sie wollte ... und er auch!

Lächelnd steckte sie ihr neues iPhone in die linke Jackentasche. Die Hände frei, sprang sie in ihrem sportlichen Outfit wie ein junges Fohlen die Stufen zur Rezeption hinunter, wo ihr bereits ein: ‚Guten Morgen, Frau von Bülow, heute wird der Tag besonders schön!' entgegenklang.

„Guten Morgen, Herr Hein", rief Clara lachend, „ein Jammer, dass noch so viele Menschen im Bett liegen! Aber für mich gut, da kann ich ungestört am See die Enten begrüßen. Sind noch alle Schwäne da?", fragte sie und er nickte.

Im letzten Jahr hatten die ihre Brut zu betreuen und waren gar nicht erfreut, wenn Menschen in die Nähe ihres Nestes kamen. Clara hatte sich zum Fotografieren angeschlichen, das aber gleich bereut, denn ein weißer Schwan hatte sie wahrgenommen und war fauchend auf sie zugekommen, womit er sie ganz leicht vertrieben hatte!

Herr Hein öffnete gekonnt die hölzerne Eingangstür und sagte mit leichter Verbeugung: „Viel Freude mit den Schwänen und den Kleinen; allerdings rate ich zur Vorsicht. Sie wissen ja, wie die Eltern ihre Jungen behüten! Ich wünsche Ihnen einen besonders schö-

nen Tag und tolle Motive zum Fotografieren! Und dann bis zum Frühstück, Frau von Bülow."
Der nette Empfangschef Jan Hein aus Hamburg, der sich in eine entzückende sächsische Skiläuferin verliebt, sie geheiratet und daher die Arbeit in diesem romantischen Hotel mit Namen ‚Brunnenfee' mit Freuden angenommen hatte, sah ihr nach: ‚Eine tolle Frau!' dachte er, ‚immer elegant, freundlich, guter Dinge. Die ließ ich nicht allein in Urlaub fahren, wäre ich ihr Mann!' Lächelnd begab er sich dann an seinen übervollen Schreibtisch.
Was würde dieser Tag wieder bringen? Die Mitarbeiterin Rosi hatte sich krankgemeldet! Und ausgerechnet heute, wo ein Reisebus mit jungen Menschen zu erwarten war.

Fast übermütig summend, erreichte Clara den nahen See, wo bereits tierischer Hochbetrieb war. Zwei Paare schwarzer und weißer Schwäne, mit ihren allerliebsten Jungen, waren auf Futtersuche, zupften an frischen grünen Grashalmen, und einige Entenpärchen schnatterten wild durcheinander und hofften, von Clara etwas zu ergattern. Einige kamen eilig aus dem Wasser die steile Böschung herauf, um ja kein Leckerli zu verpassen.
Carla nahm ein trockenes Brötchen aus einer Tüte – beides hatte sie heimlich beim Abendessen im Hotel

stibitzt – und warf kleine Bröckchen davon den unbescheiden bettelnden Enten in ihrer Nähe hin. Den im See verbliebenen rief sie lachend zu: „Faules Pack, sucht euch selbst was, es gibt doch genug im See!“ Doch dann warf sie auch einige Bröckchen ins Wasser und amüsierte sich über die Wettkämpfe, die dabei entstanden.
„Schluss für heute!“, rief sie herzlich lachend. „Vielleicht bringe ich euch morgen früh wieder was mit!“ Das Wort ‚vielleicht‘ war gar nicht nötig, denn sie liebte dieses morgendliche Ritual mit dem watschelnden Federvölkchen.

Nun ging sie weiter, den mit Gras bewachsenen Abhang hinunter bis zum tieferliegenden, kleinen, mit Schilf umwachsenen Moorsee. Sie steuerte ihre Lieblingsbank an und ließ sich darauf nieder.
Dann rief sie ihren Marvin an.
Verschlafen und wie an jedem Morgen mürrisch, versprach er, mit ihr am Abend ein inhaltsreicheres Telefonat führen zu wollen. Mit dem gegenseitigen Versprechen, sich zu lieben, und den üblichen Floskeln wurde das Gespräch, wie sooft, beendet. Clara blinzelte in die Sonne schloss zufrieden die Augen, atmete tief die herrliche Luft ein und fühlte sich so wohl.

Als Autorin mit ihrem ersten Erfolgsroman sehnte sie sich oft nach Ruhe, Stille. Sie war gern alleine, um ihren Gedanken freien Lauf zu gewähren und Spannendes für das nächste Buch erarbeiten zu können.

Das ferne Land Peru! Macchu Piccu! Das hatte sie als Kind mit ihren Eltern kennengelernt, und die eindrucksvollen Erlebnisse waren für sie von unvergessenem Wert. Sie selbst würde die Protagonistin im nächsten Buch sein, die Einmaliges in Peru glaubwürdig beschreiben würde.
Die ersten Seiten hatte sie schon voller guter Ideen zu Hause in Frankfurt notiert. Sie wollte sich für ihr Werk anspruchsvolle Sätze ausdenken, die jeden Leser faszinieren und neugierig machen sollten.
Peru – Deutschland! Über das unterschiedliche Leben wollte sie schreiben, über Gegensätze des Sinn des Lebens hier und dort. Wie dachten die Menschen hier und dort über – ach, was hatte sie schon viele Ideen. Sie würde nicht nur in der Erinnerung graben. Nein, sie wollte nun noch tüchtig recherchieren. Am besten wäre es, noch mal in Peru einen Urlaub zu planen – ohne Marvin.
Immer mehr kam ihr der Gedanke, dass er nicht zu ihr passe! Oft erschrak sie über sein Desinteresse an ihren Ideen und besonders oft eine Gefühlskälte. Und als kürzlich im Fernsehen ein Psychologe sagte:

Wissenschaftler hätten entdeckt, dass Männer keine Gefühlswärme hätten – viele bekämen sie erst im Krematorium, kam sie ins Grübeln.

Nein, hier in dieser herrlichen Gegend war sie frei und wollte die negativen Gedanken bekämpfen, vor allem nur Freude auf eine schöne Zukunft mit ihrem Marvin ins Herz lassen, egal, wie die aussehen würde! Sie atmete tief. Und sehr bewusst dachte sie an ihre Jahre, als sie in Zürich gelebt hatte: „Die Schweizer Bürger hatten recht, wenn sie zu frischer Luft sagten: „Es *schmackt* gut – oder so ähnlich!" Dieser frisch gemähte Rasen und die Morgenluft – *schmackten* wirklich gut!"
Wie liebte sie diesen Moorsee!
Er wirkte geheimnisvoll, war so naturbelassen und doch auch ein wenig gruselig! Er regte ihre Phantasie an. Auf der kleinen Holzbank hatte sie oft gesessen. Und heute würde sie sich hier wieder mit Freuden von der Sonne bescheinen und den Gedanken freien Lauf lassen. Ja, das wollte sie nun machen, bevor sie sich das köstliche Frühstück genussreich gönnen und die noch halb schlafenden Gäste betrachten würde.

Durch die Sonnenstrahlen, die sich wunderbar auf der Wasseroberfläche spiegelten, erwachte wieder die Fotografin ihr. Während sie zu ihrer Kamera griff

und das passende Motiv zu ergattern suchte, blickte sie plötzlich erschrocken ans andere schilfbewachsene Ufer des kleinen Sees. Wenige Meter von ihr entfernt sah sie einen großen blühenden Busch und dahinter lag etwas Hellblaues. Sie stand auf, ging ein paar Schritte näher ans Wasser und erkannte eine Mütze. Eine hellblaue Mütze auf einem kleinen Kopf.

Clara erstarrte: Ist das ein Baby? Sie sah ein kleines blasses Gesicht, umrahmt von schwarzen Locken und darüber diese hellblaue, handgestrickte Mütze. Der kleine unbewegliche Körper trug einen hellblauen Strampelanzug – die Beinchen konnte sie nicht sehen: die hingen wohl im Moorwasser.

Claras gesamter Körper begann zu zittern. Ein totes Baby – mein Gott, wie kommt es dahin, was ist da passiert? Schreckliche Dinge geschehen ja ständig.

Sie lebte in Frankfurt, einer großen Stadt, wo täglich Schlimmes geschieht. Doch gerade darum war sie so gern hier in dieser friedvollen Gegend. Und nun so etwas! Ausgerechnet ihr musste so was passieren. Ein totes Baby. Carla wusste vor Entsetzen nicht, was sie tun sollte. Marvin anrufen? Nein, der wäre jetzt sicher schon unterwegs.

Wie angewurzelt stand sie da und starrte auf das winzige Menschlein. Angst überkam sie: Was, wenn der

Mörder noch hier in der Nähe war, sich hinter Bäumen verborgen und sie beobachtet hatte?
Hektisch griff sie in die Jackentasche, holte ihr iPhone heraus und wählte die Nummer der Polizei. Vor Aufregung konnte sie kaum ihr Handy ans Ohr gepresst halten. Schnell kam die Antwort: „Erstes Polizeirevier Wolkenstein, Heidemarie Mayr mein Name. Was kann ich für Sie tun?"
Clara stotterte, ihre Stimme vermochte vor Zittern kaum zu antworten: „Hallo, ja, guten Morgen, mein Name ist Clara von Bülow, ich bin hier im Hotel Brunnenfee in Urlaub – entschuldigen Sie, ich bin total erschüttert. Im bzw. am See liegt ein totes Kind!"
„Bitte beruhigen Sie sich, wo sind Sie, an welchem See?" Eine sehr nette Frauenstimme sagte diese Worte.
„Hier am Moorsee, nahe des Hotels, liegt ein Baby, blau gekleidet, mit schwarzen Locken. Ich denke, es ist tot! Mit blauer Mütze und blauem … Oh Gott, ich bin ganz fertig."
Die Stimme am Telefon sagte leise: „Bitte beruhigen Sie sich. Sie glauben, das Kind ist tot?"
„Oh, ich weiß das nicht – es liegt bewegungslos so halb im Wasser!"
„Dann bitte bleiben Sie dort. Ist dort eine Bank? Ja? Dann bitte bleiben Sie sitzen. Und bitte beruhigen

Sie sich. Wir kommen sofort. Ich weiß, wo es ist – wir sind gleich da! Wir werden einen Notarztwagen bestellen. Vielleicht lebt das Kind noch!“

„Ich habe Angst. Hoffentlich ist der Mörder nicht mehr in der Nähe. Ich habe schreckliche Angst.“

„Frau von Bülow, bitte beruhigen Sie sich. Wir sind sofort da – wir sind gleich bei Ihnen. Können Sie die schmale Teerstraße sehen, die zu Ihrem Hotel führt? In wenigen Minuten kommen wir gleich mit dem Polizeiwagen dorthin! Wir sind ganz schnell bei Ihnen!“

Bei Verdacht auf Mord oder Verbrechen kam die junge Hauptkommissarin Heidemarie Mayr zum Einsatz. Sie war zufällig am Telefon, hatte alles verstanden. Nun forderte sie ihre Kollegin Lili Weyrauch auf, sich etwas zu beeilen, die in Seelenruhe ihre Zigarette auf dem Katzenkopfpflaster am Eingang zur Polizeistation ausdrückte. „Sag mal, wie lange willst du deiner Gesundheit noch schaden – diese ewige Raucherei!“

Lili, etwas grobschlächtig, lachte und stieg ein. „Was hast du gegen meine Zigarette am Morgen – ich brauche sie und dir schadet sie doch nicht!“, spottete Lili. Heidemarie antwortete nicht, beide sprangen ins Auto und rasten los. Dieser Nikotingestank, der Lili immer umgab, nervte sie, doch jetzt schoss ihr durch den Kopf: „Was bekommen wir nun gleich zu sehen?

Ein totes Kind?" Das war für sie als Hauptkommissarin und als einfühlsame Frau furchtbar!
Es dauerte knapp zehn Minuten, bis Clara das Polizeifahrzeug den kleinen Abhang herunterkommen sah. Eine hübsche, schlanke Polizistin sprang aus dem Wagen, kam auf sie zu und rief: „Frau von Bülow? Hauptkommissarin Heidemarie Mayr – das ist meine Kollegin Lili Weyrauch. Wir haben telefoniert. Wo liegt das Kind?"
Clara nickte und zeigte die wenigen Meter zum Seeufer: „Dort! An dem blühenden Busch! Sehen Sie, da schimmert es hellblau. Das ist wohl die Mütze des Babys. Oh mein Gott. Ich bin total fertig!"
„Bleiben Sie hier bei meiner Kollegin!"
Lili, die kräftige Polizistin, eben diese oft Zigaretten rauchende Kollegin, fasste Clara an der Schulter und sagte sehr nett: „Kommen Sie mit mir!", und schob sie mit sanfter Gewalt in den Rücksitz des Fahrzeugs.
Clara schaute erschrocken: „Verhaften Sie mich?"
„Natürlich nicht! Warum denn? Sie sollen sich nur ins Auto setzen, damit sie, was jetzt kommt, besser ertragen. Sonst kippen Sie mir noch um!"
Heidemarie hörte es und war schon wieder wütend. Eine so empathielose Kollegin hatte man ihr zugeteilt. Schrecklich ihre Holzhammermethoden!
Was sollte jetzt noch kommen? Man sah doch, wie diese aufgeregte Dame kurz vor einem Zusammen-

bruch stand. Heidemarie würde dafür sorgen, dass Carla nicht weiter mit einer Kinderleiche konfrontiert würde.

Clara saß im Auto und starrte durchs Fenster auf die Hauptkommissarin, die sich soeben bückte. Ihr blieb das Herz fast stehen, als die das Kind in blauer Bekleidung und blauer Mütze aufhob und rief, während sie auf das Auto zukam: „Welch ein Glück! Sie haben eine große Puppe gefunden!"

Jetzt brach Clara in Tränen aus. Das war zu viel.

Einerseits war sie erleichtert, total glücklich, doch andererseits: Was sollte die Polizei von ihr denken. Einen Mord zu melden, der keiner war! Ihre Gedanken spielten Roulette.

Die kräftige Polizistin Lili sagte beruhigend: „Wenn alle Morde, die uns gemeldet werden, keine wären, wären wir glücklich. Es ist doch in Ordnung, dass Sie uns informiert haben. Diese große Puppe – sie sieht ja wirklich echt, wie ein – totes – Kind aus."

Heidemarie hatte die nasse Puppe in den Kofferraum gelegt und stieg ins Auto: „Frau von Bülow, wir bringen Sie ins Hotel und werden nachfragen, wem die Puppe gehört. Wenn ein Kind so nahe am Moorsee spielt und seine Puppe sogar mit den Beinen im Wasser liegt, da hat ein Erwachsener seiner Aufsichtspflicht nicht genügt. Die Puppenmama hätte ja er-

trinken können! Schauen Sie, dort hinten steht sogar ein Schild, dass das Gelände um den See nicht als Kinderspielplatz geeignet ist. Ein See birgt immer Gefahren, besonders für Kinder."

Das Auto fuhr die 500 m Meter zum Hotel, und der junge Empfangschef staunte nicht schlecht: Frau von Bülow im Polizeiwagen! Clara schlich wie ein geprügelter Hund an ihm vorbei auf ihr Zimmer.
Herr Hein bat die beiden Damen von der Polizei in einen kleinen Büroraum. Gleich rief ein Zimmermädchen, das natürlich alles heimlich vom Flur aus beobachtet hatte: „Die kleine Jaqueline von den netten Franzosen im 2. Stock hat gestern Abend so geweint, weil sie ihre Puppe Lorain vermisst. Hat mir heute die Mutter erzählt. Eine tolle Frau ... spricht gut Deutsch."
Die Hauptkommissarin dankte dem Zimmermädel und bat Herrn Hein, die Familie zu informieren. Sie möchte die Puppe übergeben. Er wählte die Nummer und gleich meldete sich Mde Madeline.
Nach einem freundlichen ‚Bonjour Madame' , erklärte er, dass man Lorain gefunden habe und sie doch bitte sofort zur Rezeption kommen möge.
Freudig kam Mde Madeline, eine bildhübsche schlanke Französin mit porzellanfarbenem Gesicht und schwarzen Locken aus dem Aufzug und schaute er-

staunt auf die beiden Damen der Polizei. Als sie die Puppe sah, strahlte sie erleichtert und dankte überschwänglich: *„Mercy, Mercy. Wo Sie finden diese Puppe von unsere kleine Jaqueline?"*

Heidemarie stellte sich kurz vor, antwortete nur ernst „Unten am bzw. im See!" und gab der bildhübschen Madame einen mündlichen, sehr strengen Verweis, nie mehr ihre Aufsichtspflicht so zu verletzen.

Als Mde Madeline erfuhr, dass man es bei diesem Verweis ausnahmsweise belassen wolle, dankte sie mehr als höflich: *„Mercy! Deutsche Polizei sehr wundervoll! Mercy!"*

Stolz stiegen die beiden Damen in ihren Polizeiwagen und Herr Hein lächelte.

Olaf Lahayne

Viande hachée à la Weißenstein

Ein letztes Mal testet die junge Frau, ob die Stricke ordentlich am Joch verknotet sind. Dann sieht sie sich um, während sie die zwei unter dem Joch wiederkäuenden Kühe tätschelt: Im Westen verbirgt sich gerade das Tagesgestirn hinter dem Teufelstisch. Letzte Sonnenstrahlen erhellen die Höhen des Bayerischen Waldes bis hinauf zum Großen Arber, und ein Lichtreflex verrät, wo sich hinter einem Wäldchen die rekonstruierte Burg Weißenstein erhebt. Einige Dutzend Milchkühe auf der angrenzenden Weide ignorieren dieses Natur-Schauspiel; ansonsten ist die junge Frau allein – bis auf den am Boden liegenden Mann. Der hat für das Panorama aber auch keinen Blick übrig, obwohl seine Augen – anders als sein Mund – nicht zugebunden sind.

Als der Liegende erneut an seinen Fesseln zerrt und dabei vor Anstrengung keucht, wendet sich ihm die Frau zu: „Gib dir keine Mühe, Vater: Ich weiß, wie man Dinge gut vertäut und Knoten knüpft. Du hast mich ja damals selbst auf dieses Segelschulschiff geschickt, damit ich da endlich Gehorchen lerne,

nicht wahr? Lass es, du tust dir nur weh! Das kommt noch früh genug ... du ahnst wohl, was dir bevorsteht? Natürlich, für eine stilgerechte Vierteilung, da sollten vier Tiere an einem zerren, je eines pro Arm und Bein, und in Europa wurden eigentlich immer Pferde verwendet. In Japan kamen aber auch Ochsen zum Einsatz; darauf stieß ich während meiner zwei Semester Japanologie; seitdem ging mir das nicht mehr aus dem Kopf. Zugegeben: Milchkühe wurden auch dort nicht verwendet, aber wir treiben hier ja keine experimentelle Archäologie oder so etwas. Obwohl das sehr interessant sein kann! Du erinnerst dich sicher an die Ausgrabungen der Archäologen, die dein Bauprojekt an der Noch-Ruine Weißenstein um gut ein Jahr verzögert haben? Ich fand das faszinierend; beinahe hätte ich sogar noch ein Archäologie-Studium begonnen, aber für dich war das alles ja nur Zeit- und Geldverschwendung, nicht wahr?

Oh, natürlich ging es bei den Grabungen nicht um Folterkeller, Richtstätten oder so was, obwohl sich dabei ja auch einige Opfer des Böcklerkrieges fanden. Das hätte dich doch freuen sollen; es brachte Gaffer und Medien in diese abgelegene Ecke, und es brachte dein Projekt in die Presse. Dass sich so viele Leute für ein paar blaublütige Holzköpfe interessieren, die sich vor über 500 Jahren am Arsch der Welt die

Schädel einschlugen … Worauf wollte ich hinaus? Ach ja: Getestet habe ich diese Hinrichtungsart natürlich schon; da waren auch die drei Semester Medizin-Studium in München sehr hilfreich. Wusstest du, dass ein Strohbündel erstaunlich ähnliche Eigenschaften hat wie der menschliche Körper? Jedenfalls was die Belastbarkeit betrifft? Und Lerchenfelds Kühe hier sind gut in Form; wenn die losziehen, da dauert's nicht lange. Nun, ein paar üble Minuten wohl schon! Weil die Rindviecher ja nur in eine Richtung ziehen werden, also in Richtung Stall, da musste ich deine Beine natürlich anderswo anbinden. Aber die alte Eiche da ist allemal stabil genug; auch breit genug, um für eine ordentliche Spreizung zu sorgen. Wenn die Kühe dann losmarschieren, da heben sie dich erst einmal an, etwa auf einen Meter, sodass es doch halbwegs stilecht sein sollte. Früher hat man den Delinquenten ja oft die Zunge vorher rausgeschnitten; du weißt hoffentlich zu schätzen, dass ich dich nur geknebelt habe, Vater. Ist hier draußen zwar kaum wer unterwegs, aber man weiß ja nie!

‚Warum?' willst du fragen? Ach nein, das wohl eher nicht; dass sollte selbst dir klar sein, nicht wahr? Du schüttelst den Kopf? Meinst du, mein Plan wird nicht funktionieren? Drüben in der Burg, da bist du doch dauernd in der Küche von deinem Sterne-Restaurant:

Du weißt also, wie flott ganze Rinder, Hammel und Schweine zerlegt werden können! Du weißt, wie es zugeht, wenn Chef Clomes die Spezialität des Hauses zubereitet: Viande hachée à la Weißenstein.
Hackfleisch … war nie mein Fall – bis heute, heißt das!

Ja, wenn die Gäste von Restaurant und Hotel in die Küche schauen dürften, wer weiß, ob sie immer noch so zahlreich hierher kämen. Zugegeben, auch ich hielt es seinerzeit für eine Schnapsidee, solch einen Edelschuppen gerade in jene alte Ruine hinein zu bauen, in dieser abgelegenen Ecke, gut versteckt im Bayerischen Wald. Aber, das muss man dir lassen: Probleme und Widerstände, die stacheln dich eher an, nicht wahr? Mal sehen, wie viel Widerstand du zwei 700-Kilo-Rindern entgegensetzen kannst, die in ihren Stall wollen! Es dauert jetzt noch … genau 122 Minuten. Es geht doch nichts über funkgesteuerte Digital-Uhren!

Warum gerade 122 Minuten, willst du wissen? Oh, ich habe das über Monate geplant, Vater – geplant und getestet! Ein wenig kenne ich mich ja mit Landwirtschaft aus; schließlich hast du mir ja auch den Ferienjob aufs Auge gedrückt, gleich da hinten auf Lerchenfelds Hof, bevor ihr euch wegen dieser

Grundstücksgeschichte zerstritten habt. Ich habe immer noch Kontakt mit dem alten Lerchenfeld. Glaub mir, er ist auf dich noch schlechter zu sprechen als ich! Er meint, es sei *seine* Heimat hier, die Heimat seines Clans, seit Tausend Jahren oder so, während wir, die Degenbergs, uns zuletzt 1468 hier blicken ließen. Und auf einmal kommst du her, entdeckst die Burgruine unserer Ahnen als Investitions-Objekt, beginnst zu bauen, Land aufzukaufen, als wäre nichts gewesen … Eigentlich nachvollziehbar, dass so was den alten Lerchenfeld rasend macht, nicht wahr? Natürlich, eigentlich ist mir diese olle Fehde aus dem Mittelalter herzlich egal – was nicht heißt, dass ich nicht gerne mit dem alten Lerchenfeld zusammen über dich herziehe; *ich* verstehe mich gut mit ihm. Eva, seine Älteste, verdreht dann immer die Augen. Von ihr stammt übrigens auch die Idee mit den Halsbändern der Kühe. Sie hat mir das letzten Sommer erklärt, als sie das AMS eingeführt haben, also das automatische Melksystem; sagt dir das was? Nun, der Name erklärt es wohl. Nicht ganz billig, versteht sich. 100 Kühe haben sie, aber nur 50 Melkplätze. Andererseits spart es Zeit und Arbeitskraft, und die meiste Zeit kann das Vieh draußen auf der Weide sein, wie du siehst. Macht also ökologisch *und* ökonomisch Sinn! Du hättest ihnen also ruhig mal das eine oder andere Tier für unsere Küche abkaufen

können! Schließlich sind Lerchenfelds Kühe Zweinutzungsrinder; wie du siehst, kenne ich mich doch ein wenig aus: Gut für Fleisch, und eben auch für Milch. Zweimal täglich müssen die Tiere gemolken werden. Nun, dass die Tiere allein den Weg zum Stall und zurück auf die Weide finden, das ist ja nicht neu. Hier wurde aber ein System entwickelt, dass die Kühe schichtweise gemolken werden; die ersten 50 um 6 Uhr früh und 18 Uhr abends; die anderen 50 je zwei Stunden später. Und damit sie nicht durcheinanderkommen, wurden die Kühe so konditioniert, dass sie lostraben, sobald die Halsbänder piepsen; sozusagen die Kuhglocken des 21. Jahrhunderts. Von wegen ‚dumme Kuh'!

Eva meint, das funktioniert inzwischen sehr gut; sie hat mir auch erklärt, dass die Tiere mit den grünen Bändern zur ersten Schicht gehören, die mit den blauen zur zweiten. Okay, du kannst es von deiner Lage aus nicht sehen, aber die beiden Prachtexemplare hier werden also um Punkt 18 Uhr losziehen. Dann werde *ich* drüben in der Burg sein, ein wenig in die Küche schauen, etwas mit den Gästen sozialisieren, werde dich, Vater, entschuldigen; du wolltest halt noch irgendwo hin; die Geschäfte; irgendein Termin, über den du nichts sagen wolltest … Kurz und gut: Ich werde ein perfektes Alibi haben für den Zeit-

punkt deines Todes. Aber wir brauchen natürlich auch einen Täter! Daher werde ich jetzt dem alten Lerchenfeld über dein Handy eine SMS schicken; mal schauen … Ihr seid ja per Sie, nicht wahr? Hm; gar nicht so einfach mit diesen Plastik-Handschuhen; aber gut! Also: ‚Treffen Sie mich Punkt 18:15 bei der Alten Eiche auf Ihrer Weide am Pfaffenbach; möchte über die Grundstücks-Sache reden. Johann Degenberg.'
Das sollte reichen. So; jetzt stecke ich's dir wieder in die Tasche, und wenn Lerchenfeld Pech hat, kommen ihm die zwei Rinder schon mit deinen Armen entgegen! Er hat also ein Motiv, die Mittel, die Gelegenheit, und da ich seine alten Gummistiefel trage, gibt's auch reichlich Spuren. Eva wird nicht glücklich sein; aber im Grunde ist ihr der Alte eh nur ein Klotz am Bein. Landet wohl in einer Anstalt … Dass die Alten so selten beizeiten ihre Posten räumen, speziell, wenn ‚nur' ein Mädchen für die Nachfolge zur Verfügung steht …

Mach dir keine Sorgen um Weißenstein: Ohne dich, da wird es mir eine Freude sein, den Laden zu leiten. Plaudern, für gute Stimmung sorgen, das liegt mir eh mehr als dir; das wirst selbst du nicht leugnen. Fürs Geschäftliche, den Papierkram und so, da findet sich schon wer, der mir das abnimmt. Sicher, die Per-

sonallage in der Gastronomie ist schwierig, aber wenn man ordentlich bezahlt … Das war nie dein Ding, nicht wahr? Dabei weiß ich sehr gut, wie viel du auf der hohen Kante hast!

Ich glaube, diese Ecke könnte mir doch noch zur Heimat werden. Und für dich, da finden wir auch ein Plätzchen in der alten Heimat, vielleicht sogar auf dem Kirchhof neben den Opfern vom Böcklerkrieg; schließlich war unser Ahnherr auch mit dabei, nicht wahr? So wie der vom alten Lerchenfeld; nur eben auf der anderen Seite. Wenn wir – oh, schon 16 Uhr 6 – da hätte ich mich doch beinahe wieder verplaudert. Schönen Abend noch!«

Sie wendet sich ab und geht. Ihr Vater unternimmt erneut einen Versuch, sich von Fessel und Knebel zu befreien, doch vergeblich; auch dreht sich die Tochter nicht ein letztes Mal um; stattdessen geht sie hurtigen Schrittes gen Burg Weißenstein. Sobald auf halber Strecke der Waldweg in eine Asphaltstraße übergeht, setzt sie sich auf eine Bank am Ufer des Pfaffenbachs. Sie streift die Handschuhe ab, entsorgt sie im Mülleimer neben der Bank, holt ein paar Halbschuhe unter der Bank hervor, zieht die Gummistiefel aus und wechselt in die eleganten Treter. Einige hundert Meter weiter entsorgt sie die Stiefel

mit einem weiten Schwung im Bach, und zwar an einer derart seichten Stelle, dass sie rasch gefunden werden können.

Eine halbe Stunde später befindet sich die Mörderin *in spe* tatsächlich mitten im Trubel von Hotel und Restaurant Weißenstein: Sie beginnt in der Küche, inspiziert flüchtig die Speisekarte, schüttelt Starkoch Clomes die Hand, richtet Grüße von ihrem Vater aus, tauscht Nettigkeiten aus mit einigen Stammgästen im Restaurant und plaudert eine Weile an der Rezeption mit Personal und Gästen. Dass sie ab und an auf ihre Armbanduhr schaut, fällt niemandem auf.

Geradezu entzückt ist die Möchtegern-Alleinerbin, als gegen 18 Uhr zwei Männer und eine Frau eintreffen, die sie kennengelernt hat, als sie für ein halbes Jahr ein Praktikum an einer Prager Bank machte. Sofort lädt sie das Trio in ‚ihr' Restaurant ein, natürlich zu Svíčková na smetaně, interpretiert von Clomes, eine Spezialität, die sich bei den Besuchern aus dem Nachbarland besonderer Beliebtheit erfreut.

Eine Stunde später bricht die Viererrunde gerade die dritte Flasche Bohemia-Sekt an, als am Eingang des Restaurants Unruhe aufkommt. Als die Gastgeberin sich umdreht, wird sie schlagartig nüchtern: Zwei

Polizisten in Uniform marschieren ins Restaurant, hinter ihnen Eva Lerchenfeld, und vor ihnen ihr Vater: schlammverschmiert, ebenso blass wie seine Tochter, aber ebenso lebendig – mindestens.

Die Frau hat kaum Zeit, aufzustehen, wie der Mann schon am Tisch steht. Die Tochter stammelt: „Vater, was …“, aber da verpasst ihr dieser schon zwei schallende Ohrfeigen, eine links, eine rechts: „Nicht einmal einen Mord bekommst du ordentlich hin. Versagerin! Komm mir nie wieder unter die Augen!“

Er nickt noch kurz den Polizisten zu, ehe er ebenso schnell davon stampft, wie er gekommen ist, begleitet von den Blicken und dem dröhnenden Schweigen aller anderen Anwesenden.
Messer, Löffel und Gabeln klappern fürs erste nicht mehr; so hören alle das Klirren der Handschellen, die einer der Beamten zückt. Ehe er sie aber zuschnappen lässt, darf sich die verhinderte Mörderin noch an die andere Frau wenden: „Eva, was … hast du Vater gefunden?“
Die Betreffende nickt betreten: „Zum Glück. *Mein* Vater schläft noch immer einen Rausch aus. Wenn er gekommen wäre … Wer weiß, was passiert wäre!“
„Aber warum …“

Sie blickt zu den Polizisten hinüber, die aufmerksam lauschen. Eva aber nimmt darauf keine Rücksicht: „Warum dein Plan nicht aufging? Du weißt schon, dass heute der letzte Sonntag im März ist?"
„Äh, ja. Und?"
„Gestern war die Zeitumstellung auf Sommerzeit. Davon wissen natürlich unsere Kühe nichts. Und um Probleme mit deren innerer Uhr zu vermeiden, läuft unser AMS stets auf Winterzeit. Das heißt, der Melktermin, der gestern um 18 Uhr fällig war, der steht bei Sommerzeit …"
„Der ist heute erst um 19 Uhr fällig", beendet die Tochter die Erklärung. Dann wirft sie einen letzten Blick auf ihre Funk-Armbanduhr, ehe einer der Polizisten ihre Handgelenke mit den Handschellen verunziert.

Stephanie Manig

Berggrab

Der Aufstieg war geschafft. Wir keuchten um die Wette.

„Ich dachte eigentlich immer, ich bin fit“, grinste Ron zwischen zwei Atemzügen. Der Friedhof lag auf einer steilen Anhöhe und war umgeben von einer roten Backsteinmauer. Ich ging voraus, öffnete das quietschende Eisentor und trat durch das gemauerte Portal.

„Dort hinten ist es!“, rief ich gegen den Herbstwind an, der um die Friedhofsmauern fauchte und zeigte auf einen großen Gedenkstein, der sich am südlichen Ende des Friedhofs befand. Unter meinen Füßen raschelte das Laub. „Wir gedenken der 37 Bergleute, die bei einer Schlagwetterexplosion am 27. Januar 1951 im Victoria-Schacht ihr Leben lassen mussten“, las ich leise murmelnd vor mich hin. Ron holte mich ein.

„Eine echte Tragödie“, kommentierte er betroffen, nachdem er die Inschrift gelesen hatte. Ein leichter Nieselregen setzte ein und wir zogen die Kapuzen unserer Regenjacken über unsere Köpfe. Ein Blick

zum Himmel verriet, dass das Wetter sich so bald nicht bessern würde. Der Wind trieb die tiefgrauen Wolken, die sich zu eigenwilligen Formen zusammengeballt hatten, unerbittlich vor sich her.

Schweigend verließen wir den Friedhof und machten uns auf zum längst stillgelegten Victoria-Schacht. Wir wussten nicht, ob er inzwischen verfüllt worden und somit unzugänglich war, doch wir wollten es zumindest herausfinden.

Solche kleinen Abenteuer verbanden uns beide, seitdem wir uns vor sechs Jahren bei der Grillparty eines gemeinsamen Freundes kennengelernt hatten.

Liebe auf den ersten Blick, bei uns beiden. Vor drei Jahren waren wir in eine gemeinsame Wohnung gezogen und planten für Ende des nächsten Jahres unsere Hochzeit. In meinem Mund breitete sich ein bitterer Geschmack aus und ich schluckte ihn hinunter. Wie ich schon so vieles hinuntergeschluckt und stets gute Miene zum bösen Spiel gemacht hatte …

Ich spürte die Wut in mir aufwallen, versuchte aber, sie mir nicht anmerken zu lassen.

Nach gut drei Kilometern Fußmarsch durch den Wald erstreckte sich vor uns eine Lichtung. Wir hatten den ehemaligen Victoria-Schacht erreicht. Trotz des Unglücks im Jahre 1951 bauten die Kumpel in diesem Bergwerk noch bis zu Beginn der Siebziger-

jahre Steinkohle ab. Dann war es vorbeigewesen mit dem Kohleboom, der einst so viele Menschen in der Region in Lohn und Brot gebracht hatte.
In einiger Entfernung zeugte eine Abraumhalde davon, dass hier einst ein Schacht in Betrieb gewesen war. Für unkundige Wanderer deutete allerdings nichts darauf hin, dass sich der Schacht genau hier an dieser Stelle befunden hatte. Ron hatte die Karten-App auf seinem Handy geöffnet.
„Genau hier muss er sein."
Vorsichtig setzten wir einen Fuß vor den anderen. Oft hatte man schon von sogenannten Tagebrüchen gehört. Der Boden in dieser Gegend war durch den Bergbau unterhöhlt und glich einem Schweizer Käse. Nirgends konnten wir einen Eingang entdecken.
Unkraut, Totholz und Laub überwucherten den Erdboden. Ron scharrte mit einem Fuß das Laub beiseite, aber es blieb dabei: Wir fanden keinen Zugang zu dem ehemaligen Schacht.
„Na, dann bleibt uns wohl nichts anderes übrig, als selbst Hand anzulegen", grinste er und nahm seinen Rucksack ab. Er entnahm ihm einen Klappspaten und begann zu graben. Immer tiefer arbeitete er sich in das Erdreich vor, während ich ihn dabei beobachtete. Seine fein geschnittenen Gesichtszüge, das halblange, strubbelige dunkelbraune Haar, das ihm ins Gesicht fiel, während er sich weiter abmühte, ein

Loch in den harten Boden zu graben – kein Wunder, dass ich mich einst Hals über Kopf in ihn verliebt hatte. Er grub und grub, ohne aufzugeben. Mittlerweile war gut eine halbe Stunde ins Land gegangen.
„Jawohl!", rief er triumphierend und setzte seinen Spaten ab. „Als hätte ich's geahnt!"
Ich trat näher und blickte in das Loch, das er gegraben hatte. Ein kurzer, niedriger Gang führte in den Berg. An dessen Ende befand sich ein Abgrund. Unmöglich zu sagen, wie tief dieser unter die Erde hinabführte, denn die Öffnung gab nichts außer einer alles zu verschlingen drohenden Dunkelheit preis. Ron wühlte erneut in seinem Rucksack. „Na, dann mal los!"
Er setzte den Helm auf, an dem eine Kopflampe befestigt war, gab mir sein Handy und reichte mir ein dickes Tau von mehreren Metern Länge. Er kroch bis zum Ende des Gangs, das Ende des Seils fest umklammert, und ließ sich in die Tiefe gleiten, während ich das andere Ende des Taus festhielt. Meter um Meter verschwand das Seil mit Ron in der Erde.
„Alles okay bei dir?", rief ich Ron nach einer Weile zu.
„Alles klar."
„Wie tief unten bist du?"
„Schätzungsweise zehn Meter", antwortete er.

„Gleich habe ich den Boden erreicht. Sieht aus, als wäre hier ein weiterer Gang.“ Wenige Augenblicke später rief er: „Du kannst das Seil jetzt loslassen, ich bin unten angekommen.“

Im Schein seiner Stirnlampe folgte er dem Gang, der sich vor ihm in den Berg erstreckte. Ich fror und fragte mich, was er wohl in den Schatten des Berges entdecken mochte. Bei der Schlagwetterexplosion 1951 konnten von den 37 toten Bergleuten nur 23 geborgen werden. Die restlichen 14 Kumpel waren nach einem Verbruch verschüttet und der Berg zu ihrem Grab geworden. Ob Ron womöglich die Skelette der bedauernswerten Bergbrüder finden würde? Ein Grab im Berg, dachte ich. Dir wird es so ergehen wie den armen Kumpeln da unten.
„Wie weit geht es in den Berg hinein?“, rief ich. Ich hörte Rons Stimme, die nun viel weiter weg zu sein schien, als vorhin: „Ich weiß es nicht. Der Gang macht noch eine Biegung nach links.“

Ein diabolisches Grinsen zeichnete sich auf meinen Lippen ab. Dann war es jetzt wohl an der Zeit für das, was ich vorhatte. Meter um Meter zog ich das Seil wieder nach oben und warf es schließlich achtlos beiseite. Erkunde du nur den Berg und schau dir alles ganz genau an, denn das wird das Letzte sein, was du

siehst, höhnte ich innerlich. Mein über Wochen aufgestauter Zorn entlud sich in einer unaussprechlich grausamen Tat, aber genau das hatte Ron verdient. Er hatte mich hintergangen, mich schändlich betrogen und war trotzdem Abend für Abend unter unsere gemeinsame Bettdecke gekrochen, als wäre nichts geschehen.

Angefangen hatte es beim diesjährigen Sommerfest seiner Firma. Da hatte er feuchtfröhlich mit den Kollegen gefeiert, später mit Nadine aus der Buchhaltung getanzt, geknutscht und ... mich seither mit ihr betrogen. Bis zum heutigen Tag. Schlaflose Nächte und qualvolle Tage, in denen sich Trauer und Wut abwechselten, lagen hinter mir, seitdem ich davon erfahren hatte. Er hatte all meine Träume und Wünsche kaputtgemacht.

Vor Monaten schon hatte ich mir Brautkleider angeschaut. Ich träumte von unserer eigenen kleinen Familie, sah uns in einem gemütlichen Haus mit Garten. Ich hatte ihn geliebt wie niemanden sonst auf der Welt, aber diesen Verrat würde ich ihm niemals verzeihen können. Dafür musste er seine gerechte Strafe erhalten. Und die Zeit dafür war nun gekommen.

„Leider habe ich keine Schätze gefunden, aber zum Glück auch keine Gebeine!“, schallte Rons Stimme

aus der Tiefe. „Du kannst mich wieder hochlassen."
Ich antwortete nicht.
„Hallo?", rief er verdutzt. „Bist du noch da?"
Ich blieb weiterhin stumm. Als er entdeckte, dass das Tau nicht mehr da war, rief er: „Hey, verarsch mich nicht. Lass das Seil wieder runter!"
Einige Augenblicke verstrichen. Ich gab ihm noch immer keine Antwort. „Lass sofort das Seil runter!" Seine Stimme klang nun verärgert.
„Wieso sollte ich?", fragte ich süffisant.
„Spinnst du? Lass mich sofort hoch!"
Ich schüttelte den Kopf, obschon ich wusste, dass er das nicht sehen konnte.
„Vergiss es. Du kannst von mir aus dort unten verrotten. Und am liebsten würde ich deine Nadine gleich mit in dieses Loch werfen!"
„Hä? Wovon sprichst du?" Wut stieg in mir auf. „Spar dir das Theater. Ich hab eure Nachrichten gelesen!"
„Ich kann dir das alles erklären. Es ist nicht so, wie du denkst."
Der Klassiker. Ein freudloses Lachen entfuhr mir. „Ach nein?"
„Nein. Ich habe einen furchtbaren Fehler gemacht, aber …"
„Also gibst du es zu?"

„Ich erkläre dir alles, wenn du mich wieder hochlässt."

Ich schnaubte. „Ich schätze, dafür ist es jetzt zu spät." In aller Ruhe sammelte ich das Seil ein, nahm seinen Rucksack und machte mich auf den Rückweg. Wenn nicht zufällig ein Wanderer vorbeikam, der Rons Hilferufe aus der Tiefe hören würde, sähe es schlecht aus für den miesen Verräter.

In dieser Nacht schlief ich tief und fest. Als ich erwachte und realisierte, was ich getan hatte, überkam mich eine Welle der Angst. Doch der Gedanke daran, wie schamlos Ron mich hintergangen hatte, spülte die Angst fort und bestätigte mich darin, das Richtige getan zu haben. Nach dem Frühstück machte ich mich auf zum Victoria-Schacht. Wie mochte Ron die Nacht im Stollen überstanden haben?

Ich näherte mich dem Loch und rief: „Ich hab dir Kaffee mitgebracht. Mit Milch und zwei Stück Zucker, so wie du ihn magst." Ich hörte ein erleichtertes Seufzen.

„Na endlich bist du doch noch zur Besinnung gekommen. Hol mich bitte raus."

Ich lachte. „War ein Scherz. Ich wollte nur hören, wie du die Nacht im Berg verbracht hast. Hast du dich nach Nadine gesehnt? Es war doch sicher kalt dort unten."

Bedächtig kam es aus der Tiefe: „Du hast mir mit deiner Aktion einen ganz schönen Schrecken eingejagt. Ich hab mir fast in die Hosen gemacht und ich hatte echt Schiss. Bist du jetzt zufrieden? Habe ich genug gebüßt?"
„Nein, noch nicht", antwortete ich, drehte mich um und ging.

Auch in den folgenden drei Tagen besuchte ich Ron, der noch immer in seinem Verlies vor sich hin vegetierte. Mit der Zeit wurde seine Stimme immer schwächer, aber sein Flehen immer drängender.
„Ich habe Durst! Kannst du mir nicht wenigstens etwas Wasser …?"
„Nein", fiel ich ihm ins Wort und beendete damit meinen täglichen Besuch.
Tags darauf blieb es still, als ich ihm zynisch einen ‚Guten Morgen' wünschte.
„Ron?", rief ich in die Dunkelheit. Doch nur das Echo meiner eigenen Stimme hallte aus der Tiefe wider. Auch in den folgenden Tagen drang kein Laut mehr aus dem Berg.
Am fünften Tag ohne ein Lebenszeichen aus dem Schacht entschied ich mich, die ausgehobene Erde wieder in das Loch zu schaufeln. Außerdem verfüllte ich es mit allerhand umherliegenden Ästen, Zweigen, Steinen und Laub, so gut es mir möglich war. Als ich

nach Stunden damit fertig war, setzte bereits die Dämmerung ein. Ich war zufrieden mit meinem Werk. Ein ahnungsloser Spaziergänger würde nicht sehen, dass hier einst ein Loch in die Tiefe des Berges geführt hatte. Und niemand außer mir würde jemals wissen, was – oder besser wer – sich unter dieser Schicht aus Erde, Laub, Steinen und Geäst in den Tiefen des ehemaligen Victoria-Schachtes verbarg.

Matthias Möllenbeck

Stadtflucht

„So, einmal Fleischwurst, zwei Kalbskoteletts und luftgetrockneter Schinken, fein, zart und gut gewürzt – unsere Spezialität." Brommhold reichte Frau Böhmer die Tüte mit ihren Einkäufen.

Die Kundin war eine feine, ältere Dame aus München, die sich mit ihrem Mann in der hiesigen Gemeinde seit Kurzem ihren Alterswohnsitz eingerichtet hatte. Sie bezahlte und verabschiedete sich.

Brommhold musste sich jetzt beeilen, um noch pünktlich zur Gemeinderatssitzung zu kommen.

Schlag 19.00 Uhr begann diese unter dem Vorsitz von Bürgermeister Krause. Krause war eigentlich schon immer Bürgermeister von Niederlauterbach, diesem 700-Seelen-Dorf im Landkreis Pfaffenhofen an der Ilm.

Außerdem gehörten dem Magistrat Johannes Meier, Inhaber des Dorfkrugs, Thorsten Schulze, seines Zeichens Beerdigungsunternehmer und Reviervorsteher Rainer Dorpen an. Obwohl die Sitzungen eigentlich öffentlich waren, war in den letzten Jahren nie ein Zuhörer gekommen. Das vereinfachte Klüngeleien wie zum Beispiel Grundstücksschiebereien

ungemein, da hierfür keine ‚außerordentlichen' Sitzungen mehr anberaumt werden mussten.

„Also", begann Krause, „dieser Weinfuzzi deVries, dieses impertinente Arschloch aus Amsterdam, ist immer noch nicht bereit, den Teil seines Grundstücks zu verkaufen, den wir für die Anbindung unserer Gemeinde an die Autobahn benötigen."

„Hat der denn unsere dezenten ‚Botschaften' nicht verstanden?", fragte Dorpen ungläubig.

„Offensichtlich nicht! Selbst die kostenlose Ladung Gülle letzte Woche vor seine Haustür hat ihn anscheinend nicht wirklich beeindruckt. Er hat lediglich Anzeige erstattet." Der Bürgermeister lachte sarkastisch.

„Wer nicht hören will, muss fühlen. Wer weiter nicht hören will, muss mehr fühlen. Wer dann immer noch nicht hören will, wird bald gar nichts mehr fühlen", meinte Meier fast schon philosophisch.

„Traurig, dass es bei den Zugezogenen immer wieder soweit kommen muss. Diese versnobten Städter, die sich für was Besseres halten. Für die hängen wir ja abends den Mond noch mit dem Laternenstab auf."

Der Bürgermeister haute mit der Faust auf den Tisch. „Schluss jetzt mit dem Gejammer! Das heißt für uns wieder einmal: Projekt *Stadtflucht*. Wenn die Städter schon den Metropolen entkommen wollen, dann aber auch richtig!"

Der Bürgermeister lachte und sein Bauch bewegte sich rhythmisch auf und ab. „Wir machen es wie beim dürren Apotheker aus Ingolstadt. Ich locke deVries unter irgendeinem Vorwand zur Lichtung. Du, Dorpen, wartest dort auf uns. Aber pass bloß auf, dass du nicht mich erwischt!"

„Kein Problem, Bürgermeister. Ich bin ja nicht umsonst zum dritten Mal in Folge Schützenkönig geworden", meinte der Reviervorsteher lakonisch.

Die anderen mussten grinsen. Allerdings mussten sie auch beim Schuss nicht auf der Lichtung stehen.

Krause fuhr fort: „Du, Schulze, wartest mit deinem Wagen am Waldrand und holst die Leiche ab. Nimm Meier mit, der soll dir beim Tragen helfen. Ihr bringt den Fettsack dann zu Brommhold, der ihn wie gehabt mit der nächsten Ladung Schlachtabfälle entsorgt. Noch Fragen?"

Zögerlich meinte Schulze: „Vielleicht sollten wir dieses Mal doch lieber das Gericht entscheiden lassen. Die Chancen stehen doch gut für uns. Was meint ihr?"

„Gerichte sind reine Beschäftigungstherapie für Beamte, etwas für verweichlichte Preußen. Wir Oberbayern nehmen das selbst in die Hand. Ende der Durchsage!", meinte Krause bestimmt.

Da es nach diesem Machtwort keine weiteren Fragen gab, konnten sie nun mit dem gemütlichen Teil des

Abends beginnen. Die Männer gingen rüber in den Dorfkrug, wo sie den Abend mit Bier und Schnittchen beschlossen. Dorpen allerdings bekam die Auflage, nicht zu viel zu trinken, da er ja schließlich morgen eine ruhige Hand benötige.

Am folgenden Tag war der Termin mit deVries schnell gemacht. Auf den doch eher eigentümlichen Vorschlag, sich für ein Gespräch mit dem Bürgermeister im Wald zu treffen, ging der Niederländer ohne Zögern ein. Krause wunderte das überhaupt nicht, da die Städter allesamt scheinheilige Gesundheitsapostel waren.
Wieder einmal verlief alles nach Plan. Krause musste erneut feststellen, dass für das Projekt *Stadtflucht* – diesen Namen hatte er sich selbst ausgedacht und war dementsprechend stolz darauf – der Gemeinderat wirklich eine optimale Besetzung aufwies.

*

Das war wirklich kein schöner Anblick, vom Geruch ganz zu schweigen. Mit weit aufgerissenen Augen und gequältem Gesichtsausdruck lag Krauses Kopf auf seinem Mittagsteller mit Schweinebraten, Semmelknödeln und Bayrisch Kraut. Erbrochenes war aus dem Mund gequollen.

Komisch, dachte Hauptkommissar Seidel, *das Essen sieht doch gar nicht zum Kotzen aus*. Er schaute sich beschämt um, realisierte aber, dass er das gerade glücklicherweise nur gedacht, aber nicht ausgesprochen hatte.

„Vergiftet, würde ich auf den ersten Blick meinen", stellte der Rechtsmediziner Dr. Thompson fest, noch bevor der Polizist fragen konnte. „Womit, kann ich allerdings erst nach der Obduktion sagen. Ich melde mich sofort, wenn die Ergebnisse vorliegen."

Seidel bedankte sich bei dem Mediziner und ging mit seinem Kollegen Müller zur Witwe in das Wohnzimmer.

Frau Krause, eine kräftige Frau um die Sechzig, saß am Tisch und trank gerade einen Schnaps auf den Schrecken. Offensichtlich nicht ihr erster heute.

„Mein Beileid, Frau Krause", begann Seidel. „Der Gerichtsmediziner meinte, dass Ihr Mann vergiftet worden sei. Haben Sie das Gleiche gegessen und getrunken wie Ihr Mann?"

„Vergiftet?" Auf den Schreck füllte die Witwe erneut ihr Schnapsglas. „Sie meinen, auch ich hätte …" Sie zögerte und sagte schließlich, „… der Wein. Wir haben das Gleiche zu uns genommen bis auf den Wein, den vertrage ich nämlich mit dem Magen nicht", erläuterte sie und leerte das Pinnchen in einem Zug.

Schnaps hingegen scheint ihr nichts auszumachen, dachte Seidel. Er schaute seinen Assistenten Müller an, der sofort in die Küche eilte, um die Untersuchung des Weins zu veranlassen.

„Hatte Ihr Mann Feinde, Frau Krause?", nahm Seidel den Faden wieder auf.

„Oh ja, diesen deVries, diesen zugereisten Holländer, von dem er auch den Wein immer gekauft hat", entgegnete die Hinterbliebene.

„Ihr Mann hat den Wein von seinem *Feind*, wie Sie ihn nennen, gekauft?"

„Ja, erst letzte Woche Mittwoch hat er wieder eine Lieferung bekommen. Sechs Flaschen. Da war Manfred total inkonsequent, obwohl er sonst eher ein Prinzipienreiter war, Herr Kommissar. Er meinte, dass der Wein von deVries der Beste sei, also kaufe er ihn. Abneigung gegen den Händler hin oder her."

Drei Schnäpse und 30 Minuten später beendete der Kommissar das Gespräch, aus welchem er keine weiteren Erkenntnisse gewinnen konnte. Da dieser deVries bisher der einzige Ansatzpunkt für Ermittlungen war, fuhren die Polizisten zu besagtem Sommelier. Dieser war jedoch nicht zu Hause. Bei der Befragung der Nachbarn stellte sich heraus, dass der Niederländer schon seit einigen Tagen nicht mehr gesehen worden war.

An diesem Abend fand die nächste Gemeinderatssitzung statt. Seidel ergriff die Gelegenheit, mit jeder Person aus dem direkten Umfeld des Bürgermeisters sprechen zu können. Natürlich wussten sie alle schon von dem Tod des Gemeindevorstehers. Solche Nachrichten verbreiteten sich in einem Dorf wie Dopp schneller als Internetsignale im Glasfaserkabel. Wenn das Gespräch mit der Witwe schon eher zäh verlaufen war, so war für dieses Gespräch keine passende Viskosität als Beschreibung zu finden. In einem Punkt jedoch waren sich aber alle einig: Von den Einheimischen hatte niemand Probleme mit dem Bürgermeister. Lediglich mit ein paar Zugereisten hatte Krause Ärger, in letzter Zeit vor allem mit dem Weinhändler deVries.

Da nun erneut der Niederländer ins Spiel gebracht worden war, entschlossen sich die Beamten, diesem am nächsten Tag ein paar Fragen zu stellen. Da deVries wieder nicht öffnete, brachen Seidel und Müller kurzerhand die Tür auf und inspizierten das Haus. Sie staunten nicht schlecht, als sie im Keller ein gut ausgestattetes Labor vorfanden. Die herbeigerufene Spurensicherung fand schnell heraus, dass der Weinhandel von deVries eigentlich ein Umschlagplatz für Drogen war. In hochwertigen Weinen lösten die Niederländer große Mengen Ecstasy auf.

Der Wein wurde anschließend ganz offiziell nach Deutschland exportiert und das Ecstasy von deVries durch Verdampfen des Rebensafts wiedergewonnen.
Bei der Durchsuchung der Wohnräume meinte Seidel plötzlich: „Schau mal, hier steht eine Lieferung für den Bürgermeister."
Müller, der gerade den Inhalt des Schreibtisches inspizierte, schaute kurz hoch und meinte: „Na und? Die Witwe hat doch gesagt, dass ihr Mann sich seinen Wein hier gekauft hat!"
„Ja, schon, aber guck doch einmal genauer. Fällt dir nichts auf?"
Müller kam rüber und kontrollierte den Aufkleber auf dem Karton: „Der Name stimmt, die Adresse stimmt. Was hast du denn? Es ist doch alles in Ordnung."
„Und das Datum? Ich meine das Lieferdatum!" Seidel tippte mit dem Finger auf die rechte obere Ecke des Aufklebers.
„Stimmt, das Lieferdatum ist letzte Woche Mittwoch. Da hat Krause doch nach Aussage der Witwe die letzte Lieferung bekommen. Wieso steht die dann noch hier?", wunderte sich Müller.
„Das bedeutet, dass Krause eine falsche Lieferung bekommen hat und sein Tod nicht beabsichtigt, sondern lediglich ein Unfall war. Ich wette meine Pension darauf, dass die Flaschen des Bürgermeisters

auch Ecstasy enthalten“, meinte der Ermittler und fügte nachdenklich hinzu: „Was haben wir denn jetzt? Einen toten Bürgermeister, versehentlich umgebracht von einem Weinhändler, der als Nebentätigkeit Ecstasy im großen Stil verschob oder besser umgekehrt: einem Drogendealer, der nebenbei eine Weinhandlung betrieb. Aber jetzt stellt sich doch die Frage: Wo ist deVries?“

„Wahrscheinlich abgetaucht“, meinte Müller. „Der wird schon wieder auftauchen, hier, in den Niederlanden oder sonstwo.“

„Das glaube ich nicht“, widersprach Seidel. „DeVries ist nicht abgehauen. Er hat ja nicht einmal ansatzweise versucht, Spuren zu vernichten. Irgendwie sagt mir mein Bauchgefühl, und du weißt, dass mich das normalerweise nie im Stich lässt, dass der Niederländer nie wieder auftauchen wird. Ach, sollen sich doch die Kollegen von der Drogenfahndung um ihn kümmern. Oh Mann, wie ich diese Fälle hasse, schließlich geht es auch um fahrlässige Tötung und somit um bis zu fünf Jahre Haft.“

*

Zwei Wochen später erschien Frau Böhmer wieder in Brommholds Laden. „Ich hätte gerne wieder von dem luftgetrockneten Schinken, den ich letzte Mal

gekauft habe“, meinte sie. „Meinem Mann hat er übrigens auch vorzüglich geschmeckt.“
Brommhold erwiderte mit einem süffisanten Lächeln: „Gute Wahl, gnädige Frau. Den habe ich ganz frisch gemacht. Heute ist er allerdings ein bisschen durchwachsener.“

Kira Marie Niederberger

Das Gift im Glas

Die Lampe über ihren Köpfen wankte wie das Pendel einer Standuhr von einer Seite zur anderen. Douglas Sterling und Monty Loughty waren jedoch so sehr in die Notizzettel auf dem Tisch zwischen ihnen vertieft, dass sie das schwankende Licht gar nicht mehr bemerkten. Hinter ihnen befand sich die Tür in den Flur, auf dem momentan noch die sieben Verdächtigen des heutigen Abends saßen und darauf warteten, endlich nach Hause gehen zu dürfen.

„Was haben wir denn?“ Monty gehörte nicht zu den Personen, die schweigend über ein Rätsel brüten konnten. Er musste seinen Gedanken Luft machen, um sie sortieren zu können. Damit stand der junge Mann im krassen Gegensatz zu seinem Vorgesetzten, Chief Inspektor Douglas Sterling, der sein tägliches Pensum an Wörtern scheinbar zweistellig halten konnte. Aus diesem Grund gab er Monty keine Antwort, sondern tippte nacheinander auf die Zeugenberichte, die er in seinem Gedankenprozess im Laufe der letzten Stunden immer wieder neu sortiert hatte. Jedes Mal war Monty das System dahinter verborgen

geblieben. Sieben Zeugen, sieben Zeugenberichte. Eine Leiche. Und das Ganze zwischen dem alten und neuen Jahr. Die Nacht, die für gewöhnlich von knallenden Sektkorken, bunten Ballons, spektakulärem Feuerwerk und guten Vorsätzen fürs neue Jahr geprägt war, hatte für die beiden Polizisten mit Arbeit begonnen und würde damit auch enden. Dies war der Nachteil, wenn man als einzige in der Abteilung nicht Zuhause erwartet wurde, um das Jahr 1967 begrüßen zu können.

„Ian Stedeford, Besitzer eines aufgelösten Pharmaunternehmens", Monty griff die Akte des Opfers, betrachtete das Bild des Leichnams, ehe er die nächste Mappe nahm. Ian Stedefords Oberkörper lag auf dem Tisch, seine Arme mit den großen, wulstigen Händen schienen während seiner letzten Atemzüge die Tischdecke nach etwas abgetastet zu haben, ohne es zu finden. Das blonde, inzwischen schüttere Haar war vom Inneren der Wasserkaraffe, die er in seinen Todeskrämpfen umgeworfen hatte, durchnässt und klebte an seinen Schläfen. „Außerdem haben wir seine baldige Exfrau Diane und ihr neuer Gespiele Michael Wegdewood. Ehemaliger Geschäftspartner von Stedeford und nun eigenständiger Geschäftsführer von Wedgewood Corporation. Damit hat er Stedeford letztlich ausgestochen. Titus Stedeford, Vater des Toten, der seinem Sohn selbst im Tod

nicht das Ende des Familienunternehmens verzeihen kann. Seine ehemalige Privatsekretärin und ihr Sohn, der den ganzen Abend keinen Ton gesagt hat. Zu guter Letzt die Hauptakteure des Abends: Seine Tochter Flora und ihr Verlobter. Alle vereint für eine intime Privatfeier vor der offiziellen Verlobung der beiden." Monty holte tief Luft, ehe er hinzufügte: „Und nun sind sie alle Mordverdächtige."

Douglas verzog die Lippen kaum merklich zu einem Lächeln. „Interessant, wen Sie beim Namen nennen und wen nicht." Die Stimme des Untergebenen, sichtlich verunsichert durch die Bemerkung, überschlug sich beinahe, als er hinzufügte: „Mrs. Harriet Musratt und ihr Sohn Julian, sowie Flora Stedefords Verlobter Frank Torrens."

„Miss", Douglas fügte leise hinzu, „Miss Musratt."

„Ich glaube, wir verschwenden unsere Zeit." Monty schob die Mappen wieder zusammen, „das Opfer und Wedgewood hatten offensichtlich einen starken Konflikt miteinander. Ian Stedeford muss seinen ehemaligen Partner gehasst haben – erst führt er zur Pleite des Stedeford Unternehmens – eine Firma, die in der dritten Generation Segelflugzeuge herstellt, - und dann schnappt er sich auch noch Stedefords Frau."

Douglas forderte Monty mit einer Handbewegung auf, fortzufahren.

„Stedeford hatte jeden Grund, ihm den Tod zu wünschen. Bereits früher am Abend provoziert er Wedgewood, das haben alle Zeugen einvernehmlich beschrieben. Zunächst setzt er sich beinahe zeremoniell als Familienoberhaupt an das Kopfende des Tisches – seinem Vater direkt gegenüber– und dann springt er auf und bietet Wedgewood seinen Platz an. Redet davon, dass dieser nun das Amt des Familienpatriarchen innehabe, und fragt ihn, ob er auch noch sein Magenpulver haben möchte. Er lässt sich nicht davon abbringen, bis Wedgewood und er tatsächlich die Plätze tauschen."

Douglas blickte auf die Skizze des Restauranttisches, die er gezeichnet hatte. Mit dem Vertauschen der Plätze saß Stedeford zuletzt rechts von seiner Tochter, links von seiner Privatsekretärin und gegenüber von Diane Stedeford.

Monty nickte eifrig. „Was ich sagen will: Klingt es nicht wahrscheinlich, dass das Gift in seinem Glas eigentlich für Wedgewood bestimmt war? Und dass er sich dann unbeabsichtigt selbst vergiftet hat?"

„Stedeford hat diesen Abend mit der Absicht geplant, Wedgewood zu töten, um dann im letzten Augenblick mit ihm Plätze zu tauschen und aus dem Glas zu trinken, in das er zuvor selbst Gift getan hat?" Douglas zog amüsiert eine Augenbraue nach oben.

Montys Eifer geriet ins Stocken, doch der junge Mann fasste sich schnell wieder und schlug eine neue Lösung vor: „Natürlich! Der alte Stedeford! Er hat seinen Sohn schon dafür gehasst, das Familienunternehmen an die Wand gefahren zu haben. Ich will gar nicht wissen, wie groß sein Hass gegenüber Wedgewood gewesen sein muss. Der hat schließlich darüber hinaus auch noch die heile Familie auseinandergerissen."

Douglas hatte sich inzwischen den Zeugenbericht der Sekretärin gegriffen, einer Frau um die Vierzig mit ersten grauen Strähnen im strengen Pixie, der ihn an Twiggy erinnerte. Sie hatte seit dem Verlassen der Schule für die Stedefords gearbeitet, mit der einzigen Unterbrechung, als sie ihren Sohn Julian Anfang 1946 zur Welt brachte. Während der Befragung hatte sie erzählt, dass Julians Vater zwei Monate vor Kriegsende gefallen war. „Er wollte erst nach Kriegsende heiraten, falls er als Invalide zurückkäme. Damit ich mich nicht hätte verpflichtet fühlen müssen, ihn zu pflegen." Dies war ihre Geschichte gewesen. Doch ihr Freund war nicht als Invalide zurückgekehrt – sein Flugzeug war abgeschossen worden, woraufhin sich die junge Mutter mit einem unehelichen Kind in finanziellen Nöten befand. Da hatte Stedeford junior ihr einen Posten als seine Privatsekretärin angeboten, die sie bis zuletzt innehatte. Im

Zuge der Insolvenz hatte sie Ian Stedeford geholfen, das, was vom Familienunternehmen noch übrig geblieben war, zu veräußern.

„Mein Mann hat den finanziellen Abstieg nicht verkraftet. Nach außen musste er weiterhin als großer Gatsby auftreten", hatte Diane Stedeford über den Toten gesagt, „Sparen hat er nie gelernt." Douglas dachte hierbei, dass seine Ehefrau auch nicht wusste, was bescheidene Verhältnisse bedeuteten. Als sie erkannte, dass sich ihr Mann auf dem absteigenden Ast befand, war sie schnell auf die Seite der Sieger gewechselt – oder wie Julian Musratt es ausgedrückt hatte: „Die Ratten verließen das sinkende Schiff."

Der junge Mann schien am wenigsten in die abendliche Gesellschaft zu passen. Mit seinen blonden, kurz geschnittenen Haaren im Flattop-Stil erinnerte er an Soldatenbilder. Douglas vermutete jedoch, dass dahinter vielmehr praktische statt ästhetische Gründe steckten: Julian arbeitete als Krankenpfleger im städtischen Hospiz. Aus den Gesprächen mit Mutter und Sohn hatte Douglas geschlossen, dass der junge Mann mit einem Medizinstudium liebäugelte. Doch die finanziellen Mittel waren weiterhin begrenzt im Hause Musratt.

„Auf der einen Seite ein Mann, der von seinen Reserven lebt. Er gibt große Feiern, fährt ein schickes Auto und brüstet sich vor seiner Tochter und seiner

ersten Frau damit, die Tochter eines reichen Amerikaners auszuführen und wohl bald wieder zu heiraten. Auf der anderen Seite ein junger Mann, der seinen Traum in weiter Ferne untergehen sieht", murmelte Monty, der selbst nur drei Jahre älter war als Julian Musratt. „Ich kann verstehen, dass er die ganze Gesellschaft nicht leiden kann. Ob er...?"
Monty beließ es für einen Augenblick bei dieser Andeutung, ehe er hinzufügte: „Außerdem hat er die beste Gelegenheit, an Strychnin zu kommen. Das Hospiz hat doch bestimmt eine Apotheke."
Douglas nickte zustimmend.
„Andererseits", murmelte Monty, „ist Gift die Waffe einer Frau."
Douglas gab ein Grunzen von sich.
„Da hätten wir noch Diane und Flora Stedeford."
Douglas bemerkte, dass es Monty schwerfiel, die junge Frau in den Pool der Verdächtigen zu stecken.
„Ich sehe bei ihnen aber kein Motiv", fügte dieser auch sogleich hinzu und bestätigte die Beobachtung seines Vorgesetzten.
„Noch erben beide. Der Scheidungsprozess ist noch nicht finalisiert", bemerkte Douglas daraufhin.
Monty wog unwillig seinen Kopf.
„Bei Stedefords Lebensstil wäre in einem Jahr schon nicht mehr viel von seinem Reichtum vorhanden."
Douglas zog lange an seiner Zigarette, die er ange-

zündet hatte, ohne dass es Monty aufgefallen war. Nun schien es, als hätten die beiden Sätze ihn so ermüdet, dass nur das Nikotin ihn wiederbeleben könnte.

„Aber wann? Wann hätten sie ihm etwas ins Glas mischen können? Seit dem Zeitpunkt, als Stedeford auf Wedgewoods Platz saß, wäre es aufgefallen, wenn jemand Strychnin hineingetan hätte!"

Douglas betrachtete lange seinen Kollegen.

„Also war doch Wedgewood das Opfer! Anders kann es nicht sein. Und der Täter… war Titus Stedeford! Wie ich gesagt habe!"

„Was denken Sie, was Flora Stedeford von Wedgewood hält?", fragte Douglas plötzlich nach fast fünf Minuten des Schweigens.

„Ich hatte nicht das Gefühl, als würde sie ihm den Tod wünschen, wenn es das ist, was Sie meinen", erwiderte Monty defensiv, „aber wir können Sie ja erneut hereinbitten und dazu befragen."

Douglas winkte ab. Für heute hatte er die Nase voll von Befragungen.

„Da gibt es ja auch noch Wedgewood selbst und Flora Stedefords Verlobten", warf Monty daraufhin ein. Er zögerte. „Aber Wedgewood hat keinen Grund Suizid zu begehen … und er wollte ursprünglich nicht seinen Platz verlassen."

„Frank Torrens."

„Torrens ist Angestellter bei Wedgewood. Er koordiniert das … wie nannte er es?... Outsourcing“, Monty las jeden Buchstaben des für ihn fremden Wortes einzeln vom Zeugenbericht vor, ehe er fortfuhr, „damit hat Wedgewood wohl Stedefords Preise für die Segelflugzeuge unterbieten können.“

„Er lässt die einzelnen Teile billig im Ausland produzieren, anstatt wie Stedeford lokale Arbeitsstätten zu errichten. Dies machen neuerdings einige Unternehmen“, erklärte ihm Douglas.

„Wie auch immer“, Monty räusperte sich, „in der Firma kann es natürlich zu Streitereien zwischen Wedgewood und Torrens gekommen sein. Vielleicht hat Torrens unter der Hand Gelder eingesteckt…“

„Monty, Spekulationen“, warnte ihn Douglas.

„Das lässt sich feststellen“, Monty gähnte und sah auf die Wanduhr, „morgen früh.“

Douglas schüttelte den Kopf und sah selbst auf seine Armbanduhr. In dem Augenblick klopfte es an der Tür und ein Uniformierter streckte seinen Kopf durch die Tür. Als er sich Douglas Sterlings Aufmerksamkeit gewiss war, nickte er und verschwand wieder. Douglas stand auf und bedeutete Monty, ihm hinaus in den Flur zu folgen. Die sieben Verdächtigen saßen noch auf den unbequemen Holzstühlen, einzig Flora Stedeford war auf ihrem Platz eingenickt und hatte ihren Kopf auf die Schulter von Frank

Torrens gelegt. Douglas zögerte keinen weiteren Augenblick, ehe er sich an den Verdächtigen zu seiner Linken wandte.
„Mr. Julian Musratt. Ich verhafte Sie wegen Mordes an Ian Wedgewood", Douglas ließ sich von dem geschockten Blick des jungen Mannes nicht aus dem Konzept bringen, „Ihrem Vater, Ian Wedgewood."
Einen Augenblick herrschte Totenstille im Flur. Diane Stedeford war die Erste, die ihre Sprache wiederfand: „Ich habe es immer gewusst!"
Julian Musratt, der bereits aufgestanden war, sank in seinen Stuhl zurück. „Das ist eine Lüge. Mein Vater war Soldat. Er starb im 2. Weltkrieg. Über dem deutschen Wattenmeer."
„Unsinn. Während Sie tagtäglich im Krankenhaus schuften, wirft Ihr Vater sein Geld mit beiden Händen aus dem Fenster. Als er Sie und Ihre Mutter dann eingeladen hat, haben Sie die Gelegenheit ergriffen. Sie haben Gift aus dem Arzneischrank des Krankenhauses mitgenommen und es ihm im richtigen Augenblick verabreicht. Eben habe ich die Bestätigung erhalten, dass im Krankenhaus Strychnin fehlt."
Es war Harriet Musratt, die einen Schrei ausstieß und aufsprang. „Das ist nicht wahr!"
Douglas' gesamte Körperhaltung veränderte sich. Plötzlich wirkte er doppelt so groß wie zuvor, wie ein

Bär, der sich aufrichtete, um sich auf seine Beute zu stürzen. „Nein? Miss Musratt?“
„Nein. Ich war es. Ich habe Ian … Mr. Wedgewood getötet. Ich habe ihn vergiftet.“

Es waren nur noch Harriet und Julian Musratt sowie Monty Loughty und Douglas Sterling im Büro der beiden Beamten. Douglas stand mit auf dem Rücken verschränkten Armen am vergitterten Fenster, den Blick auf die von Laternen beschienene Straße gerichtet.
„Wann kamen Sie auf den Gedanken, Ihren ehemaligen Arbeitgeber und Geliebten zu töten?“ Es war Monty, der das Gespräch aufnahm, weil seine Neugier ihn nicht mehr länger stillhalten ließ.
„Vor einem Monat. Sie sehen“, Harriet Musratt malte mit ihrer linken Hand die Maserung der Holzplatte nach, „niemand wusste, dass Julian Ians Sohn ist. Der Mann, den ich als Julians Vater ausgegeben habe, war ein ehemaliger Schulkamerad von mir. Er ist so gestorben, wie ich es erzählt habe. Nur war er nie mein Verlobter.“
„Was sprang für Sie bei der Geheimniskrämerei heraus? Sie scheinen finanziell nicht von ihrem Schweigen profitiert zu haben.“

Harriet Musratt schüttelte den Kopf. „Es ging mir nie um Geld. Ich habe Ian geliebt. Nicht so wie seine Frau. Als sie sich trennten, habe ich gedacht, dass es ihm die Augen öffnen würde.“ Sie schnaubte. „Aber er hat ja direkt ein Ersatzmodell gefunden. Wieder eine Frau, die nichts von Sparsamkeit hält.“

„Sie haben ihn aus Eifersucht getötet?“ Montys Überraschung spiegelte den jugendlichen Unglauben aus, dass auch Menschen jenseits der Dreißig noch Leidenschaften füreinander empfinden konnten.

„Julian wird bald 21, habe ich nicht Recht?“, meldete sich plötzlich Douglas zu Wort.

„Sie wissen es, nicht wahr?“, Harriet wandte sich an den älteren Polizisten, „ich weiß nicht, wie sie es erraten haben, aber sie haben recht. Ian hat damals zu Julians Geburt ein Konto für ihn eröffnet, auf das er monatlich eine kleine Summe eingezahlt hat, sodass es seiner Frau nicht auffiel. Er wollte Julian das Konto an seinem 21. Geburtstag überreichen.“

„Genug Geld, um ein Medizinstudium zu finanzieren.“

„Und eine kleine Praxis“, nickte Harriet, „aber seit dem Verlust seiner Firma hat Ian jeden Penny für sich selbst benötigt. Letzten Monat hat er mir erklärt, er bräuchte das Geld.“

„Das war der Tropfen, der das Fass zum Überlaufen gebracht hat.“ Douglas hatte sich inzwischen umgedreht und lehnte nun gegen die Fensterbank.

„Ja. Jahrzehntelang habe ich alles für ihn getan. Ich blieb bis zum Schluss loyal.“

„Undank ist der Welten Lohn“, sinnierte Douglas.

„Aber wie?! Mutter!“ Es war das erste Mal, dass Julian sich zu Wort meldete.

„Seit dem Verlust meines Jobs besuche ich meinen Sohn regelmäßig zu seiner Mittagspause und bringe ihm sein Essen. Es war nur eine Frage der Zeit, ehe ich unbemerkt in die Apotheke gelangen und das Strychnin entwenden konnte. Julian liest in seiner wenigen Freizeit viele Medizinbücher. Dadurch habe ich einiges mitbekommen.“

„Sie kannten Ian in und auswendig“, ergänzte Douglas, „Sie hatten wohl auch Zugang zu seinen Medikamenten.“

Harriet nickte. „Ich habe das Strychnin vor zwei Tagen in sein Päckchen Magenpulver gegeben. Er nahm es immer vor ausgelassenen Diners – wie dem zu Ehren seiner Tochter.“

„Es war wohl leicht, in dem Tumult nach seinem Tod ein wenig Gift ins Glas zu geben. Das Labor wird dies sicher bestätigen. Nur“, Douglas seufzte, „hätte er den bitteren Geschmack von Strychnin im Sekt

geschmeckt. Aber Pulver, das ohnehin schon bitter ist, war die perfekte Lösung."

Philipp Nowotny

Die Entführung der Banane

Ich bin Ihre Muse, sagt der Polizist. Ich sage, ich hätte heute keine Muße, mit ihm über kreative Kooperationen zu sprechen. Ich habe ihn wegen eines Verbrechens gerufen. Der Polizist greift nach Stift und Notizbuch, ich solle erklären, was geschehen sei. Ich sage, das wisse ich nicht. Ich wisse nur, dass es eine Tat gebe: Entführung. Es gebe ein Opfer: meine Banane. Und es gebe einen mutmaßlichen Täter: den Affen. Der Polizist notiert sich alles. Er verspricht, sofort die Fahndung einzuleiten.

Der Polizist bittet mich, alles noch mal ganz genau zu schildern. Also: Ich hatte der Banane versprochen, sie heute zu essen. Sie sagte, sie fühle sich matschig, es sei Zeit. Ich bitte also den Kühlschrank, mir die Banane auszuhändigen. Der aber sagt, er habe keine Banane mehr. Ja, es stimme, bis vor wenigen Stunden sei da noch eine da gewesen. Er habe aber ein Nickerchen gemacht, danach sei die Banane auf jeden Fall weg gewesen. Vielleicht wisse ja der Affe was, der habe ihn mal kurz geweckt.

Ich suche also nach dem Affen. Natürlich habe ich schon einen furchtbaren Verdacht. Ich durchsuche die Wohnung, während der Kühlschrank aus der Küche ruft, dass es ihm leidtue, aber ihm könne ich das Verschwinden der Banane wirklich nicht anlasten, er kühle den ganzen Tag meine Lebensmittel, da stünde ihm ein kleines Nickerchen doch auch mal zu. Ich rufe zurück, dass wir später über seine Arbeitsmoral sprechen werden, ich habe andere Sorgen. Der Affe ist nicht da, die Banane auch nicht.

Der Polizist fragt, ob der Affe bereits zuvor Bananen aus meiner Wohnung entführt habe. Ich verneine, bislang hätte ich dem Affen blind vertraut. Der Polizist fragt, ob es außer dem schlafenden Kühlschrank Zeugen der Tat gegeben haben könnte. Ich sage, Anna sei gerade verreist, und ich selbst sei mit dem Drachen geflogen. Aber die Sukkulente muss doch alles gesehen haben. Der Polizist versucht über eine Stunde, ein Wort aus ihr herauszubekommen, aber sie ist zu schüchtern, mit Fremden zu sprechen.

Der Polizist verabschiedet sich, es laufe bereits eine Großfahndung, jeder verfügbare Beamte halte die Augen nach meiner Banane offen. Ich bedanke mich, er klopft mir auf die Schulter und sagt, für manche

Momente fehlten die Worte. Als er weg ist, befrage ich selbst meine Sukkulente. Sie sagt, sie wolle niemanden verpfeifen, sie möge den Affen. Ich erinnere sie daran, wer sie gießt, wer täglich mit ihr redet, wer ihr kleine Lieder vorsingt. Irgendwann gibt sie zu, leider nichts gesehen zu haben.

Der Polizist wollte mir keine große Hoffnung machen, dass die Banane heil zurückkomme. Bei vermissten Bananen sinke bereits nach wenigen Minuten rapide die Überlebenschance. Während ich auf einen Anruf der Polizei warte, rauche ich auf dem Balkon. Der Drache leistet mir Gesellschaft. Ich sage, ich verstehe nicht, warum der Affe so etwas getan habe. Der Drache sagt, der Affe habe vielleicht Hunger gehabt. Überhaupt verstehe er das Problem nicht – ich könne mir doch neue Bananen kaufen.

Auch die Sukkulente ist jetzt wieder gesprächig. Der Banane sei doch egal, ob der Affe oder ich sie esse. Mir aber ist es nicht egal. Auf diese Banane hatte ich mich gefreut. Wenn dir jemand einen sicheren Biss wegschnappt – das ist verwerflich. Ich male mir aus, was der Affe mit meiner Banane anstellt oder bereits angestellt hat.
Meine Sukkulente sagt, es sei ein Irrglaube, dass Affen Bananen mögen. Sie essen sehr viel lieber

Nüsse. Aber die Sukkulente ist parteiisch, denn sie mag den Affen.

Der Polizist geht nicht an sein Telefon. Ich brauche Rat von einem Außenstehenden. Ich ruf die weise Schildkröte an. Sie geht nicht ran, aber ich hinterlasse eine Sprachnachricht, es handle sich um einen Notfall. Tatsächlich ruft die weise Schildkröte wenig später zurück. Ich bedanke mich, denn ich weiß, wie ungern sie telefoniert. Dann erzähle ich ihr, dass der Affe meine Banane entführt habe. Ich wüsste nicht, was ich machen solle. Die weise Schildkröte sagt nichts. Dann legt sie einfach auf.

Dann geht die Tür auf. Herein kommt – der Affe. Ich möchte mich auf ihn stürzen und ihn schütteln, aber ich beherrsche mich. Ich frage, was er mit meiner Banane angestellt habe. Er sagt frech, dass er keine Banane kenne. Ich sage, er solle aufgeben, es gebe Zeugen. Aber er will nicht gestehen. Ich drohe mit Polizei, es laufe schon die Fahndung, da wird er ängstlich, er besitzt nur ein Touristen-Visum, ich solle ihm keine Schwierigkeiten machen, aber jetzt reicht es. Ich stürze mich auf ihn.

Der Affe springt auf den Balkon, von dort auf das Baugerüst, ich hinterher, stoß mir den Kopf an einer

Stange, er weicht zurück, ich hinterher, eine wacklige Leiter hoch, noch eine, er bleibt nicht stehen, noch eine Leiter, wir sind oben, einen Moment schauen der Affe und ich über die Stadt, was für ein Ausblick, dann setz ich ihm nach, er ist schneller, aber ich hab ihn, eine Sackgasse, er schaut runter, ich hab ihn, aber der Affe springt, zieht einen Fallschirm. Warum hat er einen Fallschirm?

Als ich endlich wieder auf meinen Balkon runtergeklettert bin, sehe ich, dass der Eisbär gekommen ist. Ich frage ihn, ob er auf der Straße vielleicht noch den Affen gesehen habe. Er habe meine Banane entführt und sei nun auf der Flucht. Der Eisbär sagt, tatsächlich habe er den Affen gesehen. Er habe den Affen sogar gerade gefressen. Das ist eine unerwartete Wendung. Der Affe hat meine Banane geklaut, ein ungeheuerliches Verbrechen. Aber dass ihn der Eisbär frisst, das habe ich nicht gewollt.

Dann lacht der Eisbär. Es tue ihm leid, er habe was verwechselt. Er habe die Banane gefressen, wollte er natürlich sagen. Danach sei er satt gewesen, den Affen habe er also nicht gefressen. Der Affe sei aber, eben als der Eisbär ins Haus gehen wollte, mit einem Fallschirm an ihm vorbeigeflogen, und wenn er sich nicht getäuscht habe, sei der Affe von einigen schwer

bewaffneten Maskierten, mehreren Schäferhunden und mindestens einem Polizeihelikopter verfolgt worden. Wirklich ein verrückter Affe.

Ich frage den Eisbären, warum er meine Banane gefressen habe. Er habe Hunger gehabt, sagt er. Als Eisbär habe man oft Hunger. Er habe mich heute schon einmal besuchen wollen, aber da sei ich wohl mit dem Drachen fliegen gewesen. Und da habe er die Banane gehört. Sie habe sich lautstark beschwert, dass sie ganz matschig sei, ich würde ja nie dazu kommen, sie zu essen. Der Kühlschrank habe ihn gebeten, doch endlich die Banane zu essen, sagt der Eisbär, was er sehr gerne getan habe.

Ich wende mich meinem Kühlschrank zu. Er hat mich also belogen. Er hat gezielt den Verdacht auf den Affen gelenkt. Der Kühlschrank errötet nicht einmal. Er sagt, er hätte Angst gehabt. Hätte er den Eisbären verraten sollen? Niemand wolle Probleme mit einem Eisbären bekommen, das könne ich nicht von ihm verlangen. Der Eisbär sagt, jetzt habe sich doch alles geklärt, wir hätten doch kein Problem miteinander, oder? Natürlich nicht, sage ich. Niemand will Probleme mit einem Eisbären bekommen.

Ich rufe den Polizisten an, der will sagen, dass sie den Affen haben, aber ich muss ihm sagen, dass sich alles geklärt habe. Ich schildere, was ich herausgefunden habe. Der Polizist sagt, es sei normal, Unschuldige zu verdächtigen. Es stelle sich immer erst ganz am Ende heraus, wer der wahre Täter sei. Das sei jedes Mal wieder eine Überraschung. Wenn ich wolle, bringe er den Affen vorbei. Und er helfe mir gerne, aus all dem eine schöne Geschichte zu machen. Ich bin Ihre Muse, sagt der Polizist.

Irena Osterland

Verkrustete Narben

„Jeder Mensch trägt einen Dämon in sich, der ihn reizt und zu seinen Handlungen treibt."

unbekannt

Ich war sehr müde und konnte kaum die Augen offenhalten, doch ich schaffte es, meinen Blick auf die sechs Monitore vor mir zu fokussieren. Die Kameras fingen nahezu jeden Winkel des Bahnsteiges der U-Bahn Station ein. Ich war allein im Überwachungsraum. Aus dem Radio dudelte der Song „Apologize". Ich trank einen Schluck Kaffee und zündete mir eine Zigarette an. Nervös schaute ich auf die Uhr über der Tür - 0:30 Uhr. Sie würde gleich kommen, denn sie nahm immer die letzte Bahn.

Einige Augenblicke später betrat Dr. Lucie Althaus in einem beigefarbenen Trenchcoat den menschenleeren Bahnsteig. Wenn ich sie nicht abgrundtief hassen würde, wäre sie wohl genau mein Typ – blonde Locken bis zu den Schultern, ein hübsches Gesicht und eine zierliche Figur. Ich fand sie wohl auch deswegen attraktiv, weil sie meiner Ex-Freundin

Janine so ähnlich sah. Doch das war jetzt egal. Fieberhaft verfolgte ich auf den Monitoren jede ihrer Bewegungen.

Sie ging auf dem Bahnsteig auf und ab, setzte sich dann auf eine graue Metallbank in der Mitte der Station und nahm ihr Smartphone aus der rechten Manteltasche. Offensichtlich war es kalt dort unten auf dem Bahnsteig, denn sie zog ihren Trenchcoat enger um ihren Körper und stülpte sich die Kapuze ihres Mantels über den Kopf.

Mein Herz hämmerte wie wild in der Brust. Nur noch fünfzehn Minuten bis zur nächsten und letzten Bahn.

Heute werden Sie sterben, Dr. Althaus!

Ich drückte die Zigarette aus und erhob mich von meinem Stuhl. Dann nahm ich mein Basecap vom Haken, öffnete langsam die Tür und verließ den Überwachungsraum. Langsam und auf Zehenspitzen schlich ich die Treppen zur U-Bahn-Station hinab. Unten angekommen, versteckte ich mich hinter einer Marmorsäule. Dr. Althaus hatte mich nicht bemerkt, sie saß noch immer auf der Bank, die Beine übereinandergeschlagen und schaute konzentriert auf ihr Smartphone. Die Luft hier unten war warm, drückend und stickig. Es roch nach dem so typischen Geruch in U-Bahnstationen – Schleifkohle, Imprägnieröl und Metall. Mein Puls beschleunigte sich, als ich hörte, wie sich die U-Bahn in diesem Moment der

Station näherte. Sie befand sich bereits im Tunnel und würde im nächsten Augenblick in die Station einfahren. *Tu' es! Jetzt!* stachelte ich mich selbst an.
Dr. Althaus hob den Blick, schaute in Richtung Tunnel und erhob sich. Sie trat dicht an die Bahnsteigkante heran. Ich sah die Lichter der einfahrenden U-Bahn, löste mich von der Säule und schlich mich von hinten an sie heran. Langsam, wie in Zeitlupe, streckte ich die Arme nach ihr aus und berührte fast ihren Rücken. Nur noch ein kurzer und kräftiger Stoß, und sie würde vor die einfahrende Bahn auf die Gleise fallen.
Doch plötzlich, von einer Sekunde auf die andere, fühlte ich mich schwach, alles drehte sich und mir wurde schwarz vor Augen. Ich schaffte es gerade noch, mich wieder hinter die Säule zurückzuziehen. Dort sank ich zu Boden. Ich zitterte. In der Zwischenzeit war der Zug in die Station eingefahren, die Türen öffneten sich und Dr. Althaus stieg ein. Nur wenige Augenblicke später war die Bahn im Tunnel verschwunden und ich blieb allein, mit dem Rücken noch immer an die Säule gelehnt, auf dem menschenleeren Bahnsteig zurück. Es dauerte einige Minuten, bis sich mein Kreislauf wieder stabilisiert hatte und ich aufstehen konnte.
Ich war wütend auf mich selbst, als ich die Stufen zum Überwachungsraum hinaufstieg. An meinem

Schreibtisch angekommen, ließ ich meinen Gefühlen freien Lauf. *Scheiße! Scheiße! Scheiße!* Ich schlug mit der rechten Faust so lange und heftig auf die Tischkante, bis die Haut an der Unterkante meiner Hand aufriss und das Blut auf die Tischplatte tropfte.
Ich verband notdürftig meine verletzte Hand und sah mir die Aufzeichnungen der Videokameras an. Es war fraglich, ob man mich auf den Aufnahmen wirklich erkennen würde. Ich löschte sicherheitshalber trotzdem die Sequenz, auf der ich mit Dr. Althaus zu sehen war, und ersetzte sie durch eine andere vom Vortag. Es würde niemandem auffallen.
1:00 Uhr. Feierabend. Ich schaltete nacheinander die Monitore aus und holte meine Jacke und meinen Rucksack aus dem Spind.
Seit über einem Jahr konnte ich nicht mehr richtig schlafen und streifte jede Nacht nach meiner Schicht durch die menschenleeren Straßen von Berlin.
Immer dann, wenn ich mich besonders einsam fühlte und die Sehnsucht nach meinem Kind unerträglich wurde, zog es mich bei diesen nächtlichen Streifzügen zum Berliner Sophien Friedhof. So war es auch in dieser Nacht und es gab noch einen anderen Grund.
Als ich mich vergewissert hatte, dass mich niemand beobachtete, kletterte ich über das verschlossene schmiedeeiserne Friedhofstor und folgte dem schma-

len Trampelpfad zwischen den Gräbern zu einer verwitterten Bank, die unter der ausladenden Krone einer alten Kastanie stand. Es war dunkel und kalt, doch über mir leuchteten die Sterne am klaren Nachthimmel. Ich beugte mich hinunter und entfernte mit der rechten Hand Blätter und kleine Äste von der grauen Granitplatte und legte die Inschrift frei. Dann zog ich meine Handschuhe aus und strich mit den Fingern sanft über den eingravierten Namen. Aus dem Rucksack holte ich ein Feuerzeug und ein Teelicht. „Alles Liebe zum fünften Geburtstag, meine kleine Prinzessin! Ich liebe dich!", sagte ich feierlich, entzündete mit zitternden Händen das kleine Teelicht und stellte es auf die Granitplatte. Dann richtete ich mich auf, trat einen Schritt zurück und fischte aus meiner Jackentasche einen silbernen Flachmann. „Auf dich, Emma!"
Der Whisky brannte in der Kehle, doch er wärmte mich von innen. Hier, an diesem Ort, fühlte ich mich mit meiner Tochter verbunden. Ich blieb lange vor Emmas Grab stehen. Irgendwann bewölkte sich der tiefschwarze Nachthimmel und es begann zu schneien. Große Schneeflocken schwebten leise vom Himmel herab. Ich stellte den Mantelkragen nach oben und zog mein Basecap tiefer ins Gesicht. „Ich muss jetzt leider gehen. Mach´s gut, kleine Maus! Du fehlst mir!" Dann ging ich langsam zurück zum Tor,

kletterte mit einer schnellen, fließenden Bewegung hinüber und stand kurz darauf wieder auf dem Fußweg. Inzwischen dämmerte es und die ersten Sonnenstrahlen kämpften sich langsam durch den bleigrauen Winterhimmel.

Ich war aufgewühlt und fuhr nach Hause. Dort angekommen, holte ich eine Flasche Rum und ein schweres Kristallglas aus dem Küchenschrank. Ich setzte mich auf den harten und kalten Holzfußboden im Wohnzimmer, schenkte mir großzügig ein und leerte das erste Glas in einem Zug. Sofort goss ich nach und trank auch das zweite Glas in einem Zug aus. Als ich endlich die Wirkung des Alkohols spürte und alles um mich herum nur noch gedämpft wahrnahm, konnte ich die Gedanken an die Vergangenheit zulassen.

Ich griff nach meinem Smartphone und scrollte durch die Galerie. Alte Fotos von Emma: Familienurlaub in Ägypten, Emma am Pool in der Hotelanlage, Emma hüpfend am Strand an der Ostsee, Emma zusammen mit mir auf einer Rutsche auf unserem Spielplatz, Emma im Kindergarten als Eiskönigin verkleidet, die langen blonden Haare zu zwei Zöpfen geflochten, Emma zu Hause in ihrem Zimmer im Prinzessinnenkleid, breit grinsend. Sie hatte meine grau-blauen Augen und ein süßes, unschuldiges Lächeln.

Doch der Alkohol konnte die Trauer und die Wut über den Verlust meiner Tochter nicht abschwächen. Mein Herz zog sich schmerzhaft zusammen und in einem Anflug von Hass und Verzweiflung nahm ich das schwere Kristallglas, holte aus und warf es mit Schwung gegen die Wand. Mit einem dumpfen Klirren krachte es zu Boden und zerbrach in tausend Splitter, die sich vor mir auf dem Fußboden verteilten. Ich streifte mein T-Shirt über den Kopf, warf es in eine Ecke und legte mich mit dem Rücken auf die Glassplitter. Sie bohrten sich durch meine Haut und schnitten mir ins Fleisch. Ich spürte einen brennenden Schmerz, wie tausend heiße Metallnägel, doch es kümmerte mich nicht. Im Liegen griff ich nach der Rumflasche, die direkt neben mir auf dem Boden stand und nahm noch einen Schluck. Dann schloss ich die Augen und murmelte: „*Heute Nacht wirst du sterben, du Miststück!*" Kurz darauf glitt ich in einen unruhigen Schlaf.
Im Traum sah ich Emma, Janine und mich. Wir saßen im Auto und hielten vor einem Krankenhaus. Emma weinte, ich nahm sie auf meine Arme und trug sie zum Eingang. Kurz darauf betraten wir ein Behandlungszimmer. Behutsam legte ich meine Tochter auf eine Liege. Ein Arzt kam herein und untersuchte Emma. Er sagte uns, dass Emma eine Blinddarmentzündung habe und sofort operiert wer-

den müsse. Emma schrie und klammerte sich an mir fest. Behutsam löste ich ihre kleinen Finger von meinem Arm und übergab sie den Schwestern. Sie nahmen Emma an der Hand und verschwanden hinter einer Schiebetür aus weißem Milchglas. Ich hatte plötzlich panische Angst davor, Emma nie wieder zu sehen. Ich wollte zu meinem Kind, hämmerte mit den Fäusten gegen die Tür, versuchte sie zu öffnen, doch es gelang mir nicht. Dann drehte ich mich um und sah Emma plötzlich regungslos in einem Krankenbett liegen, mit Schläuchen im Mund und an viele medizinische Geräte angeschlossen. Ihre Augen waren geschlossen, als ob sie schliefe, ihr Gesicht war sehr blass. „Emma!", schrie ich und versuchte, sie aufzuwecken. Eine Ärztin, die wie Dr. Althaus aussah, kam ins Krankenzimmer und schaltete nacheinander alle medizinischen Geräte an Emmas Bett ab. Dann schaute sie mich und Janine mit einem ernsten, durchdringenden Blick an und schüttelte langsam den Kopf.

Schweißgebadet und mit Tränen in den Augen erwachte ich. Diesen Traum hatte ich in den vergangenen Monaten immer wieder geträumt. Er verfolgte mich seit Emmas Tod.

Ich wollte mich aufrichten und spürte dabei einen heftigen Schmerz im Rücken. Um mich herum lagen viele Glassplitter, an einigen klebte Blut.

Langsam zog ich mich am Sofa hoch und schlich mit gebeugtem Rücken ins Badezimmer. Dort begutachtete ich meine Verletzungen im Spiegel. Mein Rücken war mit vielen blutverkrusteten Wunden übersät. Ich putzte mir die Zähne und betrachtete dabei mein Gesicht im Spiegel. Mein Blick war leer und ausdruckslos und die Haut hing schlaff am Kinn herunter.

Wir erfuhren erst viel später und viele Wochen nach Emmas Tod, was wirklich in der Klinik geschehen war: Emma war nach der Blinddarm-Operation im Aufwachraum mit einem blutigen Husten und blauen Lippen aus der Narkose aufgewacht. Die Anästhesistin, die an diesem Abend Dienst auf der Station hatte, war Dr. Lucie Althaus. Als sie im Aufwachraum den Venenzugang aus Emmas Armbeuge entfernen wollte, stellte sie fest, dass etwas nicht in Ordnung war. Emma atmete nicht mehr. Die Ärztin begann sofort damit, Emma wiederzubeleben. Doch es war zu spät. Emma starb an Hirnschäden, die durch einen Sauerstoffmangel in ihrem Gehirn verursacht worden waren. Wie sich später herausstellte, hatte Dr. Althaus nachweislich einen Fehler bei der Narkose gemacht, doch sie wurde dafür nie zur Rechenschaft gezogen.

Emmas Tod warf mich völlig aus der Bahn. Ich verlor meinen Job bei einer IT Firma, Janine trennte

sich von mir und ich versank in einer tiefen Depression. Ich fühlte einen permanenten Druck auf der Brust, eine schwere Last, die mich nach unten, in einen schwarzen Abgrund, zog. Jeder neue Tag kostete mich viel Kraft und es fiel mir immer schwerer, diese Kraft aufzubringen. Ich sah keinen Sinn mehr in meinem Leben. Mit Emma war auch ich gestorben. Ich wollte mein Leben beenden und versank in Drogen und Alkohol. Tage und Wochen vergingen und ich bekam kaum etwas von dem mit, was um mich herum geschah. Ich wollte niemanden sehen, zog mich zurück, war ständig high oder betrunken.
Da ich nicht schlafen konnte, begann ich nächtelang ziellos durch die Straßen von Berlin zu laufen. Bei einem dieser Streifzüge – Emmas Tod lag inzwischen über ein Jahr zurück – sah ich zufällig Dr. Althaus aus einem Gebäude der Charité kommen. Ich hatte nicht damit gerechnet, welche Wunden diese Begegnung aufreißen würde. Die Wut über den sinnlosen Tod meiner Tochter und der Gedanke an Rache setzten sich in meinen Kopf fest. Die Ärztin sollte ihre gerechte Strafe erhalten für das, was sie Emma angetan hatte. Sie hatte meine Familie und mein Leben zerstört.
Ich verfolgte Dr. Althaus von da an auf Schritt und Tritt, denn mein einziges Lebensziel bestand ab

diesem Zeitpunkt nur noch darin, mich an der Frau zu rächen, die Emma getötet hatte.
Ich überlegte mir die schlimmsten und brutalsten Mordmethoden. In meinen Gedanken und in meinen Träumen hatte ich Dr. Althaus schon sehr oft und auf unterschiedliche Weise umgebracht. Doch in der Realität war es etwas anderes. Einem Menschen den Tod zu wünschen und ihn in Gedanken umzubringen, war eine Sache, es wirklich zu tun, eine andere. Ich war kein gewalttätiger Mensch, also überlegte ich, wie ich die Ärztin töten könnte, ohne übermäßig Gewalt anwenden zu müssen.
Wenig später hatte ich herausgefunden, dass sie von der Charité jede Nacht die letzte Bahn am Heidelberger Platz nahm, um in ihre Wohnung in der Spichernstraße zu fahren. Und genau an dieser Station, am Heidelberger Platz, nahm ich schließlich einen Job bei der Berliner U-Bahn Sicherheit an. Mein Plan nahm langsam Gestalt an, ich war jetzt soweit.
Ich zog mich an und fuhr zur Arbeit. Ungeduldig wartete ich bis zum Abend im Überwachungsraum vor den Monitoren auf Dr. Althaus, rauchte eine ganze Schachtel Zigaretten und trank literweise Kaffee. Doch sie kam nicht. Und auch am nächsten Abend sah ich sie nicht. Sie war von einem auf den anderen Tag verschwunden. Ich war kurz davor

durchzudrehen, suchte in der gesamten Stadt nach ihr, doch ich fand sie nicht. Ich wusste nicht, was ich anderes tun sollte und mir blieb nichts anderes übrig, als weiter zu suchen, in der Hoffnung, sie zu finden.
Einige Wochen später sah ich sie endlich wieder auf dem Bahnsteig. Sie trug wieder ihren beigefarbenen Trenchcoat, hatte die Kapuze über den Kopf gezogen und wartete zwischen zwei Säulen im vorderen Bereich der Station. Ich zögerte nicht lange, sprang auf, lief aus dem Überwachungsraum und die Treppenstufen zur Station hinab. Sie stand wieder ganz nah an der Bahnsteigkante und hatte die Hände tief in den Taschen ihres Mantels vergraben. Auf meiner Stirn bildeten sich Schweißperlen, ich zitterte und versuchte, mich nur auf das zu konzentrieren, was ich mir schon so lange im Kopf zurechtgelegt hatte. Jetzt gab es kein Zurück mehr. Ich musste das hier zu Ende bringen. Ich war es Emma schuldig.
Die Geräusche des herannahenden Zuges hörte ich schon von Weitem. Als die Bahn endlich in den U-Bahnhof einfuhr, ging plötzlich alles sehr schnell. Ich machte einen großen Schritt auf sie zu und versetzte ihr einen heftigen Stoß. Sie taumelte, verlor das Gleichgewicht und fiel direkt vor die einfahrende Bahn. Schnell wandte ich mich ab, wollte nicht sehen, was ich angerichtet hatte. Ich hörte noch, wie der Zugführer eine Notbremsung einleitete, doch es war

zu spät. Ein dumpfer Knall hallte durch die leere U-Bahn-Station. Schnell schlüpfte ich durch eine Seitentür und konnte unbemerkt verschwinden.
Als ich am nächsten Tag am Abend zum Dienst erschien, war die Kriminalpolizei noch vor Ort. Ein grauhaariger Mann in einer Polizeiuniform kam direkt auf mich zu.
„Guten Tag, Kommissar Jürgen Springer, Kriminalpolizei Berlin und das ist meine Kollegin, Lena Wilkes."
„Guten Tag", sagte die junge Kommissarin.
„Sind Sie Andreas Bergmann?"
„Ja, das ist richtig. Was ist passiert?", fragte ich so ruhig wie möglich.
Kalter Schweiß lief mir den Rücken hinunter. *Ruhig bleiben, sie können dir nichts beweisen.* Kommissar Springer warf seiner Kollegin einen vielsagenden Blick zu. Sie nickte und wandte sich an mich: „Eine Frau ist in der letzten Nacht vor eine U-Bahn gestoßen worden und wurde dabei tödlich verletzt."
„Oh mein Gott." Mir wurde übel, ich versuchte, ruhig zu atmen.
„Haben Sie etwas gesehen?" Kommissar Springer sah mich mit einem ernsten, prüfenden Blick an.
„Nein."
„Aber Sie arbeiten hier und hatten in der letzten Nacht Dienst?"

„Ja, das ist richtig."
„Können wir uns die Videoaufzeichnungen von gestern Nacht ansehen?"
„Ja sicher, kommen Sie."
Wir gingen zur Treppe und stiegen gemeinsam die Stufen zum Überwachungsraum hinauf. Ich hatte die Videoaufzeichnungen gestern Nacht so manipuliert, dass das System zur Tatzeit aus unerklärlichen Gründen ausgefallen war und daher keine Bilder aufnehmen konnte. Ich wiegte mich in Sicherheit.
An der Tür zum Überwachungsraum räusperte sich der Kommissar. Seine Stimme war rau und ernst als er sagte: „Wir müssen Ihnen noch etwas über die Tote sagen."
‚Ach ja?, dachte ich. Ich wusste doch schon alles - die Tote war Dr. Lucie Althaus, Mörderin und Anästhesistin an der Klinik für Kinder- und Jugendmedizin der Berliner Charité. Ich triumphierte innerlich und fühlte mich den Kommissaren überlegen.
Kommissar Springer holte tief Luft und sah mich direkt an.
„Bei der Toten handelt es sich um Janine Breuer. Es tut mir leid Herr Bergmann."

Sven Palapies

Der Scheinwerfer

Die Dunkelheit senkte sich langsam über die Stadt, und es roch nach dem langen Regenschauer nach nassem Asphalt. Der Vollmond, der durch die herbstlich vergilbten Blätter der Linden schien, die in regelmäßigen Abständen entlang des Bürgersteigs wuchsen, tauchte das noble Wohnviertel in ein diffuses Licht. Klaus Wiegand spazierte abends gerne mit seinem Hund auf den breiten Gehwegen, an den Villen entlang, ehe er in einem Zustand angenehmer Mattigkeit nach Haus zurückkehrte. Gelegentlich tat das auch seine Frau, doch die war aus beruflichen Gründen mal wieder in Berlin. Ihre neue Stelle mache Dienstreisen nötig, konfrontierte sie Klaus vor einem halben Jahr völlig unerwartet, da sie bisher nie den Wunsch geäußert hatte, in ihrer Firma aufzusteigen.

Als sein Hund Anstalten machte, eine Linde als Urinal zu missbrauchen, blieb Klaus stehen und schaute sich um. Auf der anderen Straßenseite, vielleicht zwanzig Meter entfernt, leuchteten Lichtkegel die mit Laub bedeckte Straße aus. Das Licht stammte von den ausgeklappten Scheinwerfern eines

alten Porsche, der vor einer imposanten Villa parkte. Aufgrund des hochaufragenden anthrazitfarbenen Stahltores konnte Klaus nur das Panoramafenster im ersten Stock erkennen, in der Finsternis dahinter flackerte hektisch ein Licht. Klaus zerrte kurz an der Leine, überquerte mit seinem Hund die nasse Straße und erreichte nach wenigen Schritten den Sportwagen. Er bückte sich tief runter und schaute in den Fond, niemand saß drin. Schließlich ging er um den Porsche herum, trat an das Metalltor und fand eine Klingel unterhalb eines Fischauges, in dem sich eine Kamera befand. Aus einem für Klaus unerfindlichen Grund fing sein Herz an, schneller zu schlagen. Nachdem er die Klingel gedrückt hatte, erklang ein zartes Glockenspiel. Klaus schaute nach oben und betrachtete den Vollmond, der durch Wolken zum Teil verdeckt war. Plötzlich ertönte eine warme und tiefe Stimme.

„Einen wunderschönen Guten Abend! Was kann ich für Sie tun?"

„Sind Sie der Besitzer des Porsche hier vor ihrem Haus?" Klaus näherte sich dem Fischauge, um dem Mann sein Gesicht zu zeigen. „Sie haben vergessen, die Scheinwerfer auszumachen." Ein leises Klicken ertönte, und das Metalltor öffnete sich lautlos. Klaus zögerte. Dann nahm er den aufgeregt mit dem Schwanz wedelnden Terrier auf seinen Arm und stieg

langsam eine steinerne Treppe hinauf. Diese führte zu einer Empore, wo der Hausherr bereits seine Unterarme auf dem Geländer abgestützt hatte, in einer Hand ein Long-Drink-Glas, in dem sich das Mondlicht spiegelte. Klaus erkannte nur die schwarze Silhouette des groß gewachsenen, schlanken Mannes, der einen roten Bademantel trug. Wenige Schritte von dem Mann entfernt blieb er stehen.
„Ein wirklich schöner Herbstabend, finden Sie nicht?“, fragte er seinen Besucher, während er über die Dächer der benachbarten Häuser blickte.
„Wüssten Sie nicht auch gerne, was sich hinter all den Rollläden so abspielt, all die kleinen Heimlichkeiten, all das Abgründige, das für fremde Augen verborgen bleibt?“
„Ich glaube, das meiste, was sie zu sehen bekämen, wäre dumpfer Alltag“, entgegnete Klaus, „wahrscheinlich nicht so viel anders wie meine oder Ihre Heimlichkeiten.“

Der Mann schaute Klaus mit einem gelassenen Gesichtsausdruck an und schien kurz nachzudenken. „Wahrscheinlich haben Sie recht. Halten Sie mal kurz?“ Der Mann reichte ihm das leere Glas und entnahm mit seiner rechten Hand, an der ein wuchtiger Siegelring prangte, der Tasche seines Mantels ein Päckchen Zigaretten. Mit dem Daumen klopfte er

sanft dagegen, und eine Zigarette kam zum Vorschein, die er mit seinem Mund aus der Schachtel zog und mit einem Feuerzeug aus der anderen Manteltasche anzündete.

„Möchten Sie?" Der Mann hielt ihm das Päckchen hin.

„Danke, ich rauche nicht." Klaus gab ihm das Glas zurück. Mit einem freundlichen Lächeln schob der Mann das Päckchen wieder zurück in die Tasche und schwenkte kreisend das Glas, so dass die Eiswürfel klackerten.

„Ich komme wegen der Scheinwerfer", versuchte es Klaus erneut und setzte seinen Hund behutsam auf die Steinfliesen.

„Ach ja", sagte der Mann. Durch eine plötzliche Körperdrehung wölbte sich der Bademantel ein wenig, wodurch kurz das Karomuster einer Boxer-Shorts zum Vorschein kam. Barfuß schritt er langsam zur Eingangstür. „Ich muss schauen, wo ich den Schlüssel abgelegt habe." Der Mann hielt kurz inne.

„Hätten Sie die Güte, mir beim Suchen zu helfen? Ihren Hund können Sie gerne mit reinbringen."

Klaus folgte dem Mann, der sich mit der Hand durch sein schwarzes Haar fuhr, und erblickte im Wohnzimmer einen imposanten Kamin, indem ein knisterndes Feuer brannte. Funken stoben auf, das

aufgeschichtete Brennholz knackte, und eine wohlige Wärme legte sich auf Klaus` Wange.

„Nehmen Sie doch Platz, Herr ... entschuldigen Sie bitte, ich kenne gar nicht Ihren Namen."

„*Ich* muss mich entschuldigen, meine Name ist Wiegand, Klaus Wiegand."

„Sehr erfreut, Klaus. Möchtest Du was trinken? Gin-Tonic? Rotwein? Ich habe einen wunderbaren Brunello geöffnet. Oder ein Bier?"

Klaus setzte sich auf eine riesige, dunkelbraune Ledercouch, auf einem flachen Glastisch davor standen zwei benutzte Weingläser, an einem klebte der Rest eines roten Lippenstifts. Er nehme ein Glas Brunello, sagte er, zufällig sei das der Lieblingswein von Regina, seiner Frau. Aus einer schwarzen Vitrine entnahm der Mann schweigend ein Weinglas, griff nach der Flasche, die auf einer Anrichte stand und schenkte ein. Dann ging er zur Couch und hielt Klaus das Glas entgegen.

„Ein herrlicher Jahrgang, ich habe mir von meinem Winzer in der Toskana ein paar Kartons schicken lassen." Klaus bedankte sich und führte das Glas unter seiner Nase entlang.

„Entschuldigen Sie, ich hatte heute Nachmittag Besuch", sagte der Mann, nahm die gebrauchten Gläser und verschwand. Klaus konnte hören, wie der Mann

nebenan die Gläser in der Spülmaschine verstaute, dann die Kühlschranktür öffnete, Brot schnitt, einen Deckel aufdrehte. Kurze Zeit später erschien der Mann wieder mit einer Platte Antipasti, Oliven, Pecorino, Schinken, Butter, dazu Weißbrot in einem kleinen Körbchen.

„Oh!" Klaus war überrascht. „Das wäre doch nicht nötig gewesen."

„Greifen Sie zu!" Der Mann deutete mit dem Messer auf die Platte. „Das ist Trüffelbutter. Ein Hochgenuss." Mit einer Gabel belegte er die Brotscheibe mit einer Scheibe Schinken, legte ein Stück vom Käse auf seinen Teller, daneben ein paar grüne Oliven und machte es sich auf der Couch gemütlich.

Klaus beugte sich über die Antipasti und nahm die vielen Gerüche schwelgend in sich auf. Dann dachte er an den Anlass, weshalb er geklingelt hatte, an den Scheinwerfer, aber irgendwie verging ihm die Lust, seinen Gastgeber erneut darauf anzusprechen.

Prompt wurde er aus seinen Gedanken gerissen. „Sag mal, Klaus, ich will Dir nicht zu nahetreten, aber mir ist aufgefallen, dass Du zwei verschieden farbige Pupillen hast. Dafür gibt es doch einen Fachbegriff, wie lautet der nochmal?"

„Iris-Heterochromie!" Dabei griff Klaus nach einem Messer und bestrich eine Scheibe Brot mit der Trüffelbutter. „Das ist eine Pigmentstörung." Mit einem

krachenden Geräusch biss er von dem Brot ab, und er spürte den Fettfilm auf seinen Lippen, den er mit der Zunge wegleckte.
Der Mann steckte sich ein Stück Käse in den Mund, ohne darauf einzugehen. Der Terrier hatte sich in der Zwischenzeit vor den Kamin gelegt und schaute den beiden Männern mit mäßigem Interesse zu. So kannte Klaus seinen Hund gar nicht. Üblicherweise erlebte er ihn in neuen Umgebungen viel aufgeregter.
Dann stellte der Mann seinen Teller auf den Tisch und ging zu einem Barschrank „Ich mache mir einen Gin-Tonic, willst Du auch einen?“ Klaus schaute auf seine Uhr und dachte daran, dass er mittlerweile schon längst zu Hause wäre.
„Ich bleibe erstmal beim Wein, danke.“
Der Mann entnahm einem Kübel mit einer zierlichen Metallzange mehrere Eiswürfel und ließ sie in sein Glas fallen. „Kann man das nicht operieren lassen, Klaus?“
„Die Pigmentstörung? Meines Wissens nicht“, sagte Klaus. „Es stört mich aber gar nicht, meine Sehfähigkeit ist davon nicht beeinträchtigt. Stört es Dich denn?“ Der Mann atmete hörbar tief ein.

„Wenn ich ehrlich bin, ja. Wo sind denn die Zitronen? Ich habe doch gestern welche gekauft.“

Klaus war überzeugt, sich überhört zu haben. „Was hast Du gesagt?“

„Ich vermisse meine Zitronen, in einen Gin-Tonic gehören Zitronen.“

„Nein, ich meine davor, was Du davor gesagt hast, ob es Dich stört, dass meine Pupillen unterschiedliche Farben haben.“ Klaus bemerkte erneut, wie sein Herz schneller schlug und ihm ein Kälteschauer den Rücken hinab lief.

„Wieso sollte es mich stören, es sind ja nicht meine Augen. Und es hat ja auch seine Vorzüge, ein unverwechselbares Merkmal zu haben. Oder nicht, Klaus?“ Der Mann näherte sich mit bedächtigen Schritten seinem Kamin, ergriff einen Schürhaken und stocherte lustlos in dem Feuer herum.

Aschepartikel flogen auf, und als ein Holzscheit zur Seite kippte, entfuhr der Glut ein lautes Knistern. Der Hund hob kurz den Kopf, legte ihn aber gleich wieder auf seine Vorderläufe. Der Mann trank einen Schluck, lehnte den Schürhaken an die Wand und griff nach einem neuen Holzscheit, der mit anderen aufgeschichtet in einer Wandnische lag.

„Ich hatte auch mal ein unverwechselbares Merkmal, als Kind. Ein Überbein in meiner rechten Kniekehle. Weißt Du was das ist, Klaus, ein Überbein?“ Ohne auf eine Antwort zu warten, fuhr der Mann fort: „Mein Vater fand dieses Überbein so entsetzlich,

dass er es mir im Suff mit einem scharfen Messer rausgeschnitten hatte. Ich muss geschrien haben wie am Spieß."

Klaus bemerkte plötzlich ein Rauschen in seinen Ohren. Er beugte sich vor und stellte das Weinglas vorsichtig auf den Glastisch. Der Mann nahm noch einen Schluck, ließ einen Eiswürfel in seinen Mund gleiten und an seinen Zähnen vorbeischrammen. Dann zerbiss er ihn mit einem knackenden Geräusch und schluckte die Bruchstücke hinunter.

„Du bist ja ganz blass, Klaus, bekommt Dir der Wein nicht?" Klaus wollte ihm entgegnen, dass alles in Ordnung sei, konnte aber nur ein paar undeutliche Wortfetzen von sich geben.

„Ich verstehe Dich nicht, Klaus." Der Mann hielt seine rechte Hand hinter sein Ohr. „Du musst lauter sprechen!" Der Terrier hob erneut seinen Kopf, und ein leises Grollen entfuhr seiner Kehle. Der Mann blickte zu ihm hinunter, stellte sein Glas auf den Kaminsims, ergriff erneut den Schürhaken und holte weit aus. Ein erstickter Schrei entfuhr Klaus` Kehle, und als er verstummte, sauste das Metall mit brachialer Gewalt nieder und traf den Kopf des Hundes, der unter der Wucht krachend aufbrach. Aus dem zertrümmerten Schädel quoll grauweißer Gehirnbrei heraus, und eine zähe Blutlache breitete sich langsam aus. Dann nahm der Mann den Hund am Hinterlauf

und schmiss den Kadaver, ohne ein Wort darüber zu verlieren, in das Kaminfeuer. Klaus blieb wie gelähmt auf der Couch sitzen und schaute dem Mann zu, wie er den vor Blut tropfenden Schürhaken vorsichtig wieder an die Wand lehnte.

„Wo war ich stehen geblieben, Klaus, hilf mir mal. Der Hund hat mich in meinen Ausführungen gestört. Vor ein paar Monaten, als Dein Hund zum ersten Mal hier war, war er noch so aufgeregt, die neue Umgebung, die ungewohnten Gerüche, wie er da immer schwanzwedelnd gestanden hat, eigentlich ganz niedlich, diese Kreatur." Der Mann ging zurück zur Bar und suchte nach der Gin-Flasche. „Der Brunello, Klaus, der hätte Dir doch verdächtig vorkommen müssen, der Lieblingswein von Regina, dann die völlige Entspanntheit Deines Hundes. Zugegeben: im Leben gibt es so viele Zufälle, dass einem schwindlig wird. Wie auch der Zufall, dass mein Nachbar vergessen hat, die Schweinwerfer seines Porsche auszumachen und diesen ausgerechnet vor meinem Haus abstellt." Klaus versuchte sich aufzurichten, doch es kostete ihn so viel Mühe, dass er sich sofort wieder zurückfallen ließ.

„Ich stand damals an meinem Briefkasten, im Frühjahr, als mir Regina mit dem Hund über den Weg lief. Ich verwickelte sie in ein Gespräch, weil sie mir auf Anhieb gefiel. Am Wochenende drauf stand ich auf

der Empore und wartete auf sie. Und sie erschien zur selben Zeit wie eine Woche zuvor an meinem Haus. Ich bot meinen ganzen Charme auf, gab vor, mich für ihr völlig belangloses Leben zu interessieren mit dem einzigen Ziel, mit ihr hemmungslos zu vögeln. Was mir auch gelang. So ging das über Monate. Für Dich dachten wir uns die berufliche Veränderung aus, die Wochenenden in Berlin, damit sie ungestört die Zeit bei mir verbringen konnte. Sie erzählte mir von sich, wie sie lebt, wie Ihr Euch kennen gelernt habt, diesen ganzen Mist, den andere Menschen auch erzählen, und ich gab den interessierten Zuhörer, der sie mit den Augen auszog, während sie erzählte, der in sie eindringen wollte, sie besitzen wollte, sie sich gefügig machen wollte. Und natürlich erzählte sie mir von Dir, wie hilfsbereit Du seist und wie leidenschaftslos." Der Mann trank den Rest seines Gin-Tonic. „Sie hat auch mal Deine verschieden farbigen Pupillen erwähnt. Jetzt dämmert es Dir, oder? Als Du bei mir geklingelt und in das Fischauge geblickt hast, war mir klar, wem ich die Tür öffne. Klaus? Hörst Du mich noch?" Klaus hatte Mühe, bei Bewusstsein zu bleiben, eine unsagbare Erschöpfung nahm von seinem Körper Besitz. „Der Trüffel in der Butter, Klaus. Neurotoxisch! Dasselbe habe ich Regina verabreicht. Jetzt liegt sie oben im Schlafzimmer, in meinem von unseren Körperflüssigkeiten besudelten

Bett und wartet auf ihre Entsorgung. Ich hatte eigentlich genug von ihr, von ihren ermüdenden Belanglosigkeiten, doch dann äußerte sie plötzlich Schuldgefühle Dir gegenüber, die monatelange Affäre mit mir setze ihr zu, am besten sei es, sie zu beenden, doch es stand ihr nicht zu, zu entscheiden, wann sie endet; zu entscheiden, wann etwas mit *mir* endet, steht einzig und alleine *mir* zu. Hätte Sie den Mund gehalten und ihren Wunsch verschwiegen, die Affäre zu beenden, ich selbst hätte sie mit dem Ende konfrontiert, lästig wie sie mir mittlerweile geworden war. Sie wäre eben nicht mehr über das Wochenende nach Berlin gefahren", der Mann deutete beim Wort „Berlin" mit Zeige- und Mittelfinger Anführungszeichen an, „und hätte Dir erzählt, dass die neue Stelle doch nichts für sie sei und so weiter und so fort. Schuldgefühle bringen nur Probleme, Klaus. Ja, und wie das Leben so spielt, musstest Du, Klaus, auch noch hier aufkreuzen, wie eine Motte hast Du Dich von dem Licht anlocken lassen und stürzt alles ins Chaos."

Klaus schloss die Augen und sank zur Seite.

„Ok! Jetzt, wo es mit Dir zu Ende geht, erzähle ich Dir die Wahrheit". Der Mann wischte sich mit dem Handrücken über den Mund. „Es ist mein Porsche, und die brillante Idee mit den Scheinwerfern stammte von Regina." Sein Blick fiel auf den Toten auf

seiner Couch, er griff nach einer Olive und steckte sie sich in den Mund. Während er langsam die Olive in seinem Mund zerkaute und den salzig-herben Saft auf seiner Zunge schmeckte, rief er laut „Regina! Ich glaube es ist vorbei."

Norbert Schäfer

Siebrecht

Gemessenen Schrittes begab er sich zum Komposthaufen und ließ einen Arm voll Efeuzweige und Blätter fallen, die sich gleichmäßig über die Schichten von feuchten Gras- und Moosresten, trockenen Blütenblättern und Zweigen verteilten. Das meiste blieb oben liegen, nur wenige Zweige rutschten seitlich hinab. Die Blütenstände waren ausgebildet, aber über die Beeren hatten sich schon die Drosseln und Amseln hergemacht. Efeu war so eine vitale Pflanze! Man kam mit dem Nachschneiden kaum hinterher. Und giftig obendrein. Nie bearbeitete er die Efeuhecke ohne seinen Mundschutz. Margarete kannte sich gut in diesen Dingen aus und hatte ihn von Anfang an auf die gesundheitlichen Gefahren hingewiesen.

Die Sonne meinte es gut – heute – sie wärmte ungewöhnlich stark für einen April-Nachmittag.

Siebrecht schwitzte ein wenig in seiner Gartenkluft. An seinem linken Hosenbein der kastanienbraunen Cordhose waren Spuren von Gartenerde zu erken-

nen. Er durfte nicht vergessen, sie abzubürsten, bevor er das Haus betrat.
In dem kleinen Garten des Endreihenhauses in Köln-Müngersdorf fühlte er sich wohl. Und geschützt. Er trug derbe Arbeitshandschuhe über den langen Ärmeln seines schon ausgeblichenen karierten Holzfällerhemds. Die Stoffkappe mit dem Aufdruck des Blumenladens ‚FloraFit' schützte seine Augen vor der Sonne. Nun, zumindest die Schutzmaske würde er jetzt ablegen können. Ruhig streifte er die Handschuhe ab, bevor er die Haltebänder der Maske hinter den Ohren löste. Er faltete den Stoff sauber und legte ihn auf die Bank.
Er vermisste sie.
Gegen die Sonne blinzelnd richtete Siebrecht einen letzten, kritischen Blick auf die Hecke. Einen etwa eine Handbreit herausragenden Zweig hatte er übersehen. Das hätte Margarete sicher nicht gefallen. Nein, das konnte er so nicht lassen. Bedächtig legte er den Mundschutz an, zog die Handschuhe über und machte dem widerspenstigen Spross den Garaus.
Unter dem Rhododendron hatte sich verrottendes Laub angesammelt. Den würde er nachher entfernen. Natürlich könnte er es auch sofort angehen. Das wäre kein Problem. Aber seine innere Uhr war im Laufe der Jahrzehnte präzise geworden.

Er hatte ein untrügliches Gespür dafür, dass es Kaffeezeit war. Jetzt sollte der Duft von frischem Kaffee aus der offenen Terrassentür strömen. Wie freute er sich dann immer auf den Kuchen. Natürlich behielt er die liebgewordenen Rituale bei. Den Bienenstich hatte er schon am Vormittag beim Bäcker gekauft, und den Kaffee würde er jetzt selbst aufsetzen. Eine komplette Kanne – Siebrecht brachte es nicht übers Herz, nur eine halbe zu kochen. Lieber schüttete er den Rest weg. Er schlüpfte in die grauen Filzpantoffeln. Sie waren ein Geburtstagsgeschenk von Margarete und schonten den Fußboden. Sie war so praktisch veranlagt.

Langsam an einem Stück Bienenstich kauend dachte er über das kommende Osterwochenende nach. Die sonntägliche Ostermesse im Kölner Dom war für Margarete immer das Erlebnis des Jahres gewesen. Das prachtvolle Bauwerk, die vielen Menschen, die klare und schon wärmende Frühlingsluft und vor allem die andächtige, festliche Stimmung …

Siebrecht hatte sich dazu immer in seinen besten Anzug geworfen. Er machte sich eigentlich nicht sehr viel aus Religion, aber Margarete hatte ihm stets verdeutlicht, wie wichtig christliche Traditionen waren.

Ein junges Paar blickte ihn von dem Hochzeitsfoto auf dem Sekretär an. Wie weich Margaretes Züge

darauf noch waren. Der Silberrahmen wies im Licht der durch die Terrassentür fallenden Sonnenstrahlen einen leichten Staubbelag auf. Staubwischen war immer seine Domäne gewesen – er würde sich heute Abend darum kümmern. Jetzt war erst einmal der Rhododendron dran. Siebrecht erhob sich ächzend und zog sich die Handschuhe über.

Der Boden unter dem Rhododendron war wieder schier. Mit beiden Armen griff Siebrecht sich einen Stoß Laub, den er auf dem Rasen zusammengeharkt hatte. Er mochte das Rascheln, wenn sich die trockenen Blätter über den Komposthaufen verteilten. Die Asseln und kleinen Spinnen, die hektisch das Weite suchten, störten ihn nicht. Er hatte ein Herz für Tiere, wenngleich sie sich aufgrund Margaretes Katzenhaarallergie nie eins angeschafft hatten.

Hunde – tollpatschige, schmutzige Biester! – kamen für sie ohnehin nicht infrage.

Mit dem rotkarierten Stoff-Taschentuch wischte er sich den brennenden Schweiß aus den Augen. Sein Blick fiel auf die Lücke zwischen dem Rhododendron und dem Flieder. Über den Zaun konnte er am Nachbarhaus vorbei einen Zipfel des Müngersdorfer Stadions erhaschen. Oder es mochte mittlerweile auch einen anderen Namen tragen. So ganz verstanden hatte er den Grund für diese Namensänderungen nie. Musste wohl Geld im Spiel sein.

Dort spielte am Wochenende häufig der EffZeh. Erste oder zweite Bundesliga – so genau wusste Siebrecht das nicht mehr. Die stiegen dauernd auf und ab. Früher, als Kind, hatte er oft und gerne gekickt. Er war nicht der schnellste, aber ein ganz passabler Verteidiger, wie er fand. Und Spaß hatte es gemacht, wenn ihn die anderen mitspielen ließen, was manchmal vorkam.

Insbesondere wenn sie nur wenige waren.

Hin und wieder hatte er mit der Idee geliebäugelt, sich ein Spiel des Clubs im Stadion anzuschauen. Aber Margarete hatte ihn glücklicherweise rechtzeitig davon abgehalten. Letztlich wäre es eine reine Geldverschwendung gewesen. Solche Veranstaltungen waren laut, kulturlos und es wurde viel getrunken und gegrölt. Und es gab Prügeleien. So ein Stadionbesuch hätte letztendlich nur Scherereien gebracht – da hatte sie völlig Recht.

„Tag, Häär Siebräächt. Schön Wedder hugg."

Zwischen dem Goldregen und dem Hibiskus zeigte sich die Gestalt der Nachbarin. Gisela Niewöhr – eine verwitwete Mittfünfzigerin. Mit gesenktem Blick inspizierte Siebrecht seine Fußspitzen. „Tag."

„Wie gonn et Ehr Frau? Isse verreist?"

Er hob ein wenig die Lider und blickte verstohlen zu ihr herüber. Ihr Lächeln – ein wenig künstlich, wie er

fand – wurde umrahmt von einem goldblonden, halblangen Pagenschnitt.

Die Haare waren natürlich gefärbt. Darauf hatte ihn Margarete schon vor Jahren hingewiesen. Nur Flittchen würden ihre Haare färben. Und dann auch noch als Witwe. Mit derlei Volk sollten und wollten sie keinerlei Umgang pflegen.

„Is auf Kur." Eigentlich sah sie ja ganz freundlich aus, stellte er nach einem weiteren, vorsichtigen Blick fest. Aber das traf vermutlich für einige Frauen ihres Schlages zu.

„Ach, Se ärme Höösch. Da sin Se jaanz allein! Kann ich Ehr e bessche zor Hand gonn beim Huushald? Maache ich gään."

Sie trug weder eine Arbeitskleidung noch eine Schürze, stattdessen ein gepunktetes blaues Kleid. Er fand, es stand ihr gut.

„Ich kütt zooräch."

Margarete hatte ihr Haar nie gefärbt. Früher schimmerte es in seidigem Brünett. Später wurde es von ersten grauen Strähnen durchzogen, die dann langsam die Oberhand gewannen. In den letzten Jahren krönte ein akribisch gepflegter Dutt die mittlerweile grau gewordene Mähne.

»Wie Se wolle. Se künn gään hingerdren op e Liköörsche vörbeikünn. Schön Tag noch!«

Gisela Niewöhr zog sich wieder in ihre Wohnung zurück. Siebrecht atmete tief aus. Es fiel ihm ohne Margarete schwer, den nötigen Abstand zu aufdringlichen Nachbarn zu wahren. Ganz besonders zu Gisela, wie er die Witwe in Gedanken nannte. Obwohl ... es könnte vielleicht ganz nett sein, sich bei einem Gläschen zu unterhalten. Wenn sie Limonade angeboten hätte ... Siebrecht trank keinen Alkohol.
Nachdenklich stützte er sich auf seine Harke. In zehn Minuten würde ein Konzert des Wiener Symphonie-Orchesters im Fernsehen übertragen werden.
Margarete liebte diese Sendungen. Und manche waren auch wirklich schön – das musste Siebrecht zugeben. Aber ohne sie wäre es nicht das Gleiche. Er beschloss, sich das Konzert nicht anzuhören.
Natürlich konnte er auch mal wieder die Eckkneipe „Zum Geißbock“ aufsuchen. Samstags wurden die Spiele live übertragen – man musste nicht ins Stadion gehen. Er war nur einmal da gewesen, als Margarete zu ihrer kranken Schwester gefahren war. Der Laden war gut besucht, aber nicht übervoll gewesen. Die Leute hatten schon etwas komisch geguckt, als er sich nur ein Wasser bestellt hatte. Aber außer ein paar gemurmelten, spöttischen Bemerkungen ließ man ihn unbehelligt. Margarete konnte ihm so einiges von Menschen erzählen, die sich buchstäblich um den Verstand, wenn nicht sogar um ihr Leben „gesoffen“

hatten, wie sie es nannte. Auch ihr verstorbener Onkel Herbert, den er persönlich nur dreimal gesehen hatte – bei der Hochzeit und zwei Geburtstagen, wenn er sich recht entsann – zählte dazu. Einzig und allein eine Flasche Kirschlikör, als Medizin zur Linderung ihrer überreizten Nerven, war erlaubt. Die Ärmste litt an manchen Tagen so sehr, dass ein Glas oft nicht ausreichte. Siebrecht wischte sich eine Träne aus dem Winkel seines rechten Auges. Glücklicherweise hatte er sich immer einer robusten Gesundheit erfreut.

Als er einen weiteren Schwung trockenen Laubs über den Komposthaufen leerte, bemerkte er es. Aus der untersten Schicht mit dem gemähten Gras ragte etwas hervor. Wie ein toter Ast. Mit fünf kurzen, dicklichen Zweigen.

Der Arm wirkte eingetrocknet, die Haut mittlerweile grau. Er versuchte, den goldenen Ring zu ignorieren, der noch an einem Finger steckte. Nie hätte er es gewagt, ihn abzuziehen. Nun ... er hatte es versucht – aber der Finger war zu fleischig, er wirkte wie im Laufe der Ehe um den Ring weitergewachsen.

Unauffällig blickte er um sich, aber von den Nachbarn war niemand zu sehen, und Gisela dürfte sich mit ihrem „Likörsche" trösten. Mit dem Außenrist seines rechten Schuhs versuchte er, die Extremität wieder unter die Grasklumpen zu drücken. Der Arm

war schon sehr steif und rutschte immer wieder zurück. Siebrecht drückte und trat immer heftiger. Mittlerweile bearbeitete er ihn mit der Schuhspitze wie einen Fußball.

Es nützte nichts – wie zum Gruß schnellte der Arm immer wieder zurück.

Siebrecht seufzte. Das würde bestimmt Scherereien geben.

Schweren Schrittes begab er sich zur Kellertreppe, um die Säge zu holen.

Amber Schnabl

Kannst du den Blicken trauen?

Am Sonntag gegen 8 Uhr früh, wurden Polizisten des Bezirkspolizeikommandos Neunkirchen wegen lauter Schreie in den Garten eines leerstehenden Einfamilienhauses gerufen. Im hohen Gras wartete auf die Beamten ein schlimmer Anblick: eine 21-jährige Frau, halbnackt mit mehreren Stichwunden. Die Frau starb noch vor Ort. Ob der mutmaßliche Täter sich als Serienmörder herausstellt und auch für den ähnlichen Mord vor nur wenigen Tagen verantwortlich ist, ist noch unklar.

Herr Steiner klappte die Zeitung zu und warf sie auf den Couchtisch, der nur wenige Meter vor ihm stand. „Eine Tragödie“, murmelte er, lehnte sich zurück und versank nun noch tiefer in dem blau gescheckten Armsessel. „Was denn?“ Frau Steiner schielte mit einer Rührschüssel in der Hand aus der Küche. Sie war beim Kochen gewesen, was der gute Duft, der sich nun im ganzen Haus breit machte, bestätigte. Herr Steiner verzog die Miene. Er wollte nicht, dass seine Frau sich Sorgen machte, vor allem wenn es nicht nötig war, wie er meinte. Trotzdem sagte er ihr, was für ihn eine Tragödie war. „Ein weiterer Mord,

diesmal in Neunkirchen." Frau Steiners Blick verhärtete sich. „Das ist ja unser Nachbarort!"
Neunkirchen war nur wenige Gehminuten entfernt und auch die Anlaufstelle für den nächsten Supermarkt. Herr Steiner nickte und griff nach der Fernbedienung. Während er zwischen den Fernsehersendern hin und her schaltete, sagte er: „Mach dir keine Sorgen. Wir sind sicher hier."
Zum Abendessen sagte keiner ein Wort. Frau und Herr Steiner schwiegen sich an und lauschten nur den Klängen des alten Radios. Als schließlich die Musik unterbrochen wurde und der Nachrichtensprecher über die Geschehnisse des vergangenen Sonntags berichtete, unterbrach Frau Steiner ihr Schweigen. „Mach das aus Peter. Bitte!" Der Mord, der mittlerweile kein Einzelfall mehr war, machte ihr zu schaffen. „Kaum auszudenken, was diese arme Frau durchmachen musste!", sie stand auf und brachte ihren Teller in die Küche. Das Essen war ihr vergangen.
Der Rest der Woche verlief wie sonst auch. Herr Steiner verlies pünktlich um 8 Uhr morgens das Haus, ging zur Arbeit und kehrte um 18:30 Uhr zurück. Frau Steiner begann ihr Homeoffice auch wie sonst um 9:30Uhr und beendete ihren letzten Anruf erst nach sieben. Und jeden Abend genau um 19:30 Uhr saßen sie beide vorm Fernseher, gespannt, ob

die Nachrichten Neues zu berichten hatten. Doch nichts. Dienstagabend kein Bericht über einen neuen Mord, Mittwochabend kein neuer Mord, Donnerstag und Freitag auch nicht. Frau Steiner war erleichtert, im Glauben, dass es sich bei den zwei Morden doch um Einzelfälle handeln würde.

Es war ein Freitagnachmittag, zwei Wochen später. Frau Steiner saß auf dem Sofa, genoss es, Feierabend zu haben und ließ sich vom Fernsehen berieseln, als die Kochsendung mit einem Mal unterbrochen wurde.

„Sehr geehrte Damen und Herren!

Dies ist eine Eilmeldung. Soeben hat sich ein weiterer Frauenmord an der Grenze Neunkirchen-Nest ereignet. Es wird vermutet, dass es sich um den gleichen Täter, wie bei den anderen beiden Tötungsdelikten handelt. Er ist noch auf freiem Fuß. Geben Sie Acht auf sich! Wir geben Entwarnung, sobald er gefasst wurde."

Frau Steiner war wie gelähmt. Ihr Blick, wie versteinert auf das „Mit freundlichen Grüßen", das sie gerade noch ans Ende des Emails für ihren Chef geschrieben hatte, fixiert. Jedes Wort, das der Nachrichtensprecher in der Sondermeldung gesagt hatte, hatte sie inhaliert. Ihr Kopf pochte und das soeben Gehörte, kreiste durch ihre Gedanken. Frau Steiner löste ihre Blickstarre wieder und schielte zur Haustür. Aus erstem Impuls hastete sie zur Tür und verriegelte

das Schloss dreimal. In diesem Moment pochte ihr Herz voller Panik, die durch ihren Körper drang. Sie rutschte dem Rücken entlang die Tür hinab, bis sie ihre Beine umschlingend am Boden saß. Ihr Körper zitterte. Sie hatte große Angst, dass ihr dasselbe widerfahren könnte, wie den Frauen aus den Nachrichten. Die Bilder der niedergestochenen Opfer, die sich Frau Steiner von dem Wissen, das sie über die Vorfälle hatte, selbst ihm Kopf zusammengestellt hatte, verfolgten sie.
In diesem Moment steckte jemand von außen einen Schlüssel ins Schloss und sperrte die Haustür auf. Es war Herr Steiner. Er drückte gegen die Tür, verwundert, dass sie sich nicht öffnen ließ, lugte er ins Haus. „Martina?" Immer noch gegen die Tür lehnend, hatte er seine Frau, die zusammengekauert davorsaß, nun bemerkt. „Was ist denn los? Steh bitte auf!" Leise schluchzend zog sie sich an der Türklinke in den Stand und fiel ihrem Mann um den Hals. Herr Steiner, unwissend und verwundert, was seiner Frau so zu schaffen gemacht hatte, nahm sie in den Arm, schob sie ins Haus und Schloss die Tür hinter sich. Ihr Schluchzen wurde nun zu einem panischen, angsterfüllten Weinen. Herr Steiner drückte ihren Kopf fester an seine Brust und küsste ihre Stirn. „Was ist denn los?"

Nest war ein ruhiger Ort und so vergingen auch die nächsten Tage ruhig wie sonst. Doch in Frau Steiners Kopf herrschte alles andere als Ruhe. Statt nur montags, dienstags und donnerstags, machte sie nun auch den Rest der Woche Homeoffice, vertröstete ihre Freundinnen mit den Bingo-Abenden auf unbestimmte Zeit und schickte nur noch ihren Mann einkaufen, um unter keinen Umständen das Haus verlassen zu müssen. Am liebsten hätte sie auch Herrn Steiner Homeoffice aufgezwungen, um überhaupt nicht mehr allein zu sein. Doch dieser erklärte sich keineswegs dazu bereit und verstand die, in seinen Augen, Panikmache seiner Frau ganz und gar nicht. Vor lauter Angst distanzierte sie sich immer mehr von der Realität und ging nicht mehr unter Leute. Nur einmal täglich öffnete Frau Steiner die Haustür für wenige Minuten, um die Post hineinzuholen. So auch an diesem Mittwochvormittag. Noch im Pyjama, das viele Homeoffice hatte, ihre sonst so strukturierte Routine über den Haufen geworfen, setze sie sich mit der Zeitung an den Esstisch und schlürfte die letzten Schlucke ihres zweiten Morgenkaffees. Eigentlich hatte ihr Herr Steiner verboten, die Zeitung zu lesen, aus Angst, sie würde auch ihn zuhause einsperren, wenn sie von weiteren unschönen Ereignissen lese, aber Frau Steiner konnte es nicht lassen.

Erneuter Frauenmord in Nest

Gestern Abend ereignete sich ein weiterer tragischer Vorfall im Ort Nest. Eine Frau wurde halbnackt, mit mehreren Stichwunden tot aufgefunden, derselbe Tathergang wie bei den vorherigen Opfern. Ein Augenzeuge gab an, dass er bevor er die Tote vorfand, eine Person am Tatort gesehen habe, die eine auffällige Maske trug. Bei der Einvernahme wurde anschließend ein Phantombild angefertigt. Experten gehen mittlerweile mit Sicherheit davon aus, dass es sich bei den gesuchten Mördern um ein und dieselbe Person handelt. Auch Femizid wird nicht ausgeschlossen.

Frau Steiner strich mit dem Zeigefinger über das Phantombild, das unmittelbar unter dem Artikel angefügt war. Ihr Atem zitterte, während sie die abgezeichnete Maske auf dem Zeitungspapier betrachtete. Sie hatte die letzten Tage in so großer Panik gelebt, dass sie glaubte, es könne gar nicht schlimmer werden. Doch im Gegenteil, es wurde schlimmer. Frau Steiner war zwar nicht sonderlich überrascht, sie hatte nur darauf gewartet, dass ihre größte Angst wahr wurde und eine weitere Frau in ihrer unmittelbaren Nähe brutal ermordet wurde, doch die Panik, die nun noch stärker in ihr hochstieg, überforderte sie. Es war sicher, der Mörder machte weiter und er kam näher. Was hatte dieser Mensch vor? Wann würde er aufhören? Tausend Gedanken stiegen durch Frau Steiners Kopf. Sie wollte verstehen,

nicht in Ungewissheit und Angst leben, doch das konnte sie nicht. Minuten später war ihr Blick immer noch auf das Phantombild der Maske fixiert. Eine rot bemalte Maskerade mit einer weißen Feder und schwarzen Flammenmuster. Solche Masken trug man normalerweise zu einem Ball oder einer Kostümparade, aber von heute an würde Frau Steiner diese mit Mord verbinden, mit grausamen, qualvollen Schmerzen und Leid.
Die Zeit musste für Frau Steiner wie im Flug vergangen sein. Stundenlang hatte sie auf ihrem Stuhl gesessen und auf den Zeitungsartikel gestarrt. Bis abends saß sie nur da, aß nicht, trank nicht und zum Arbeiten kam sie schon gar nicht, bis schließlich die Tür aufgesperrt wurde. Hektisch drehte sie sich um und fixierte sie die Tür. Herr Steiner trat ein und blickte direkt in ihre leeren Augen, die von dunklen Ringen umzogen waren. Er kam auf sie zu und bevor er die Zeitung sehen konnte, Frau Steiner hatte rechtzeitig daran gedacht, schob sie sie vom Tisch auf den Sessel. Er wusste, dass seine Frau erledigt war. Ihr momentanes Leben war eine Qual, sie lebte in Angst. Irgendwo vor ihrer Haustür, unmittelbar in ihrer Nähe lief ein Mörder auf freiem Fuß herum. Ein Mörder, der es sich aus welchem Grund auch immer zur Aufgabe gemacht hatte, Frauen grausam zu

ermorden. Ohne ein Wort zu sagen, nahm Herr Steiner seine Frau in den Arm.

„Ich war einkaufen“, sagte er schließlich, „ich koch uns jetzt etwas Gutes!“ Er küsste ihre Stirn und strich ihr durchs Haar, bevor er mit einer Einkaufstasche in der Küche verschwand. Frau Steiner nickte, als Zeichen der Wahrnehmung seiner Aussage, auch wenn er das nicht mehr sehen konnte. Sie brauchte noch einige Minuten, dann stand sie auf und ging die Stiegen ins Obergeschoss hinauf. Im Kleiderschrank suchte sie nach frischer Kleidung, die sie nach dem Duschen anziehen könne, als ihr Blick plötzlich auf die weiße Kommode unterm Fernseher fiel. Frau Steiner war ein sehr ordentlicher Mensch und hasste Unordnung. Eine Schublade war nicht richtig geschlossen, ein schwarzes dünnes Seidenband hing hinaus. Sie öffnete sie, um das Band wieder hineinzulegen und alles zu schließen, als sie innehielt. Dieses Band führte zu etwas, dieses Band gehörte zu einer Maske. Eine rot-bemalte Maskerade mit einer weißen Feder und schwarzem Flammenmuster. Frau Steiner hob sie mit zittrigen Fingern hoch und konnte ihren Augen nicht trauen. Die Maske auf dem Phantombild, sie wusste es sofort. Ihre Zähne klapperten und sie wimmerte leise. Vor lauter Erschütterung hatte sie nicht bemerkt, dass Herr Steiner die Stiegen hinaufgekommen war und nun im Türrah-

men stand, und sie ansah. Frau Steiner stieß einen Schrei aus und ließ vor lauter Schreck die Maske fallen, als sie ihn bemerkte. Er schaute ihr tief in die Augen, sein Blick war tot. Es sah beinahe so aus, als würde er ihr mit seinem Blick etwas vorwerfen wollen, vorwerfen, dass sie sein Geheimnis nun wusste. Es war still, keiner sagte ein Wort, nur Frau Steiners ängstlicher, schneller Atem war zu hören. Sie wollte ihn anschreien, ihre Verwirrung loswerden. Aber die Todesangst vor ihrem eigenen Mann, ließ sie keinen Ton rausbringen. Ihr Körper war im Überlebensmodus und in dieser Sekunde rannte sie los. Sie rannte durchs Badezimmer über den anderen Stiegenabgang hinunter. Ihr Herz raste, sie hörte, wie er ihr nachjagte, wie er unmittelbar hinter ihr war. Frau Steiner schrie, sprang die letzten Stufen runter und hetzte zur Tür. Es war, als wäre sie vor einem Fremden davongelaufen. Nein, sie lief vor einem Fremden davon. Das war nicht ihr Mann. Sie hatte keinen Mörder geheiratet. Frau Steiner riss die Tür auf, zu ihrem Glück hatte Herr Steiner nicht zugesperrt, als er gekommen war, und sprintete, so schnell sie konnte, ins Freie. Sie kreischte nach Hilfe und klammerte sich an den ersten Passanten, den sie sah. Sie krallte sich um seinen Arm und schrie: „Hilfe! Ich brauche Hilfe! Mein Mann...!“ Wild fuchtelte sie in der Gegend herum und fuhr um sich. Sie drehte

sich hektisch nach Herrn Steiner um, doch jener war nicht mehr hinter ihr. Er war in der Haustür stehen geblieben und hatte Frau Steiner nachgeschaut. Nun hatte er eingesehen, dass alles vorbei war. Er schaute in den Himmel und nickte. Die Abendsonne wärmte sein Gesicht. Schließlich wendete er sich ab, schloss die Haustür hinter sich und ging zurück ins Schlafzimmer. Seine Lage schien ihm aussichtslos, er wurde enttarnt. Herr Steiner hob die Maske vom Boden auf, die Frau Steiner fallen hatte lassen und strich mit der Handoberfläche über die Keramik. Schließlich setzte er sie auf und legte sich ins Bett. Aus dem Nachtkasten nahm er eine Pillenpackung mit der Aufschrift Morphin, ein Medikament, das bei Überdosis zum Tod führt. Er hatte sich bereits auf diesen Moment vorbereitet, darauf vorbereitet, was er tun würde, wenn alles schief geht. Ein letztes Mal atmete er tief durch und sog noch einmal in seinem Leben frische Luft auf. Schließlich schluckte er die ganze Packung Tabletten, kuschelte sich in die Decke und schloss die Augen.

Das Heulen der Banshee

Dieter Stiewi

Ein gespenstisches Heulen lag in der Luft, als Saliha Durmaz den Bungalow betrat.

„Die Ursache haben wir noch nicht gefunden, Frau Kommissarin“, meinte der uniformierte Kollege am Eingang mit einem entschuldigenden Schulterzucken. „Es scheint vom Dachboden zu kommen.“

Sie nickte. „Hört sich schaurig an.“

„Wie ein Geist.“

„Wie der Schrei einer Banshee.“

Der Beamte blickte die Kommissarin fragend an.

„Eine keltische Todesfee“, erwiderte Durmaz wie nebensächlich. „Sie wird ausgesandt, wenn jemand sterben soll.“

„Dann wäre sie allerdings zu spät dran.“

Durmaz nickte. „Dann wäre sie zu spät dran. Zumindest sagt die irische Mythologie das.“

„Sie sind irischer Abstammung?“, fragte der Beamte, obwohl das schwarze, zu einem Pferdeschwanz gebundene Haar und der dunkle Teint die türkische Abstammung der Kommissarin offensichtlich machten.

Durmaz schüttelte den Kopf.

Für einen Moment schwiegen beide und nur das Heulen der Banshee war zu hören. Dann meinte die Kommissarin: „Wo ist er?"
Der Beamte brauchte offensichtlich einen Augenblick, um in die Gegenwart zurückzufinden. „Ähm. Ja. Durch den Flur, die letzte Tür links. Es ist das Arbeitszimmer."

Die Tür stand offen. An einem Gestell, das wohl als Schreibtisch gedient hatte, stand jemand in einem weißen Schutzanzug und war offensichtlich mit einem Notebook, das darauf lag, beschäftigt. Ein anderer, der über einen auf dem Boden liegenden Körper gebeugt war, hob den Kopf, als Durmaz eintrat. „Ey, gude, Frolleinsche."
Die Kommissarin erkannte sofort die Stimme des Pathologen. „Guten Morgen, Herr Brandtner."
„Haben wir Sie aus dem Schlaf geholt?", erwiderte der Pathologe weiterhin in bestem Hessisch.
Durmaz sah demonstrativ auf ihre Armbanduhr. Die Zeiger wiesen 2 Uhr 32 aus. „Ich habe meine acht Stunden schon hinter mir", meinte sie lächelnd. „Wie sieht es bei Ihnen aus?"
„Ich dachte nur, weil wir bereits seit vier Stunden auf Sie warten", entgegnete der Pathologe.
Durmaz wusste, dass diese Aussage genauso knapp an der Wahrheit vorbeigeschrammt war wie ihre eige-

ne. Dennoch erwiderte sie lächelnd: „Dann können Sie mir sicherlich bereits sagen, woran Herr Spitzer gestorben ist.“

Brandtner hob den Blick zur Zimmerdecke, wo der Rest eines Seils friedlich an einem Haken baumelte. „Höhenluft, würde ich sagen. Aber leider ist die Todesursache nicht ganz so eindeutig, wie man vermuten würde – oder sollte …“, fügte er leiser hinzu.

Die Kriminalkommissarin betrachtete den Pathologen fragend.

Dieser wies mit dem Mittelfinger seiner rechten Hand auf die Kehle des Toten. „Hier sehen wir eindeutige Würgemale, dazu den Abdruck des Seils und das Zungenbein ist ebenfalls gebrochen.“

Durmaz nickte. „Typische Merkmale eines Erhängten.“

Brandtner nickte nun ebenfalls. „Tod durch Ersticken, würde man sagen – wenn der Knoten des Seils sich nicht hinter seinem rechten Ohr befunden hätte …“ Damit wies er auf die fachmännisch gebundene Schlinge, die noch immer um den Hals des Toten hing.

„Und?“

Brandtner lächelte und sah wieder zu ihr hoch. „Was nur wenige wissen: Nur, wenn der Knoten sich am Hinterkopf befindet, führt dies zum Erstickungstod. Ein Knoten hinter dem Ohr bricht dem Delin-

quenten das Genick. Kurz und weniger schmerzvoll. Falls Sie also irgendwann einmal das Bedürfnis verspüren sollten, sich zu erhängen …“ Er brach ab.
Durmaz sah ihn ungerührt an. „Wer hat den Toten gefunden?“
„Die Putzfrau. Der Kollege hat bereits die Personalien aufgenommen.“ Brandtner wies mit dem Kopf in Richtung Flur, wo die Kommissarin den uniformierten Beamten wusste. „Spitzer war wohl die letzte Woche zu irgendwelchen Terminen in Berlin und kam vorgestern Abend erst zurück, meinte sie.“
Durmaz nickte ungerührt, ehe sie fortfuhr: „Und sein Genick? Was ist damit?“
„Gebrochen“, bestätigte Brandtner. „Ich kann es Ihnen gerne einmal demonstrieren. Wenn man …“
Er hatte bereits beide Hände von oben auf die Wangen des Toten gelegt.
Doch eine laute Stimme hielt ihn zurück. „Nicht schon wieder, Brandtner.“

Überrascht sah Durmaz zu dem Mann am Schreibtisch hinüber. Dieser hatte das Notebook bereits aufgeklappt und sah nun zuerst den Pathologen, dann die Kommissarin an. „Seit einer halben Stunde dreht Brandtner den Kopf des Toten hin und her. Dieses Knirschen der Halswirbel fährt einem richtig unter die Haut, Frau Durmaz. Das ist scheußlich!

Und er scheint auch noch seine Freude daran zu haben."
„Lassen Sie es gut sein, Brandtner", meinte Durmaz. Und dann an den Kollegen von der Beweissicherung gewandt: „Becker?"
Der Forensiker lächelte. „Ja. Die Kollegen von der BeSi haben mich sofort gerufen, als sie das Notebook auf dem Schreibtisch sahen. Sie dachten, vielleicht findet man ja einen Abschiedsbrief oder so etwas darauf. Aber nichts. Also zumindest kein Abschiedsbrief oder so etwas. Aber jede Menge Dateien, Korrespondenz und E-mails."
Durmaz nickte. „Und war etwas Interessantes dabei?"
„Oh, da gibt es einige E-mails mit … wie soll ich sagen … fremdenfeindlichen Kommentaren."
„Gehörte der Tote der rechtsextremen Szene an?"
„Das kann ich noch nicht sagen", erwiderte Becker. „Dazu müsste ich mir die Verläufe und Chats genauer anschauen. Das wird allerdings etwas Zeit in Anspruch nehmen, Frau Kommissarin. Ich mach das von hier. Ich weiß noch nicht genau, wie das Notebook verlinkt ist. Vielleicht muss ich mich hier noch ein wenig umschauen."
Durmaz nickte. „Also. Was haben wir bis jetzt? Einen Mann, der erstickt ist und sich gleichzeitig das

Genick gebrochen hat, der fremdenfeindliche E-mails auf seinem Notebook hortet …"
„… und eine Banshee auf dem Dachboden", ergänzte der Uniformierte, der hinter Durmaz im Türrahmen erschienen war.
Becker betrachtete den Mann irritiert. „Eine was?"
„Eine Banshee", erklärte der Polizist. „Das ist eine keltische Todesfee. Die kommen immer dann, wenn jemand sterben wird. Irische Mythologie, Sie verstehen? Können Sie ihre Schreie nicht hören?"
Durmaz konnte sich ein Lächeln nicht verkneifen.
„Und ich dachte, das sei der Wind unter den Dachpfannen …", meinte Becker nachdenklich. „So kann man sich irren. Eine Banshee, also … Meinen Sie nicht, dass die ein wenig spät kommt? Spitzer ist bereits tot."
„Vielleicht heult sie ja deswegen – weil sie zu spät kam …"
Langsam drehte die Kommissarin sich zu dem Beamten um. „Dann wollen wir beide uns zuerst einmal um die Banshee kümmern." Sie konnte sehen, wie dem Beamten ein kalten Schauder den Rücken hinunterlief.

Die Falltüre, die vom Flur des Bungalows unter das Dach führte, war schnell gefunden. In der Nähe hatte der Hausbesitzer einen Holzstiel mit einem Vierkant

an der Wand befestigt. Durmaz löste ihn und öffnete damit die Falltür. Eine Leiter kam zum Vorschein, die sie auszogen, um hinaufzuklettern.

Das Heulen war lauter geworden, als sie die Falltür öffneten, und ein kalter Luftzug streifte sie. Durmaz warf dem Beamten einen schnellen Seitenblick zu. Sie sah, wie ihn fröstelte. Lächelnd, wenn auch ein wenig mitleidig, stieg sie die Leiter empor.

Sie hatte den Dachboden noch nicht vollständig erreicht, als sie meinte: „Da haben wir ja unsere Banshee." An einem Ende war die komplette Isolierung zwischen den freiliegenden Dachbalken zerrissen und hing herunter. Die Kommissarin konnte die Unterseite der Dachziegel sehen. Ab und zu schimmerte ein Stück blauen Himmels zwischen ihnen hindurch.

Durmaz ging hinüber und betrachtete das Leck, während sie im Augenwinkel wahrnahm, wie der Kopf des Uniformierten in der Luke erschien.

„Kommen Sie her", meinte sie auffordernd.

„Schauen Sie sich die Banshee einmal genauer an. Es sieht wohl so aus, als habe unser Herr Spitzer es mit der Instandhaltung seines Hauses nicht so ganz ernstgenommen."

„Das sieht nicht gut aus", meinte der Beamte und trat näher.

„Ganz und gar nicht. Es scheint sogar schon einmal durchgeregnet zu sein. Die Steinwolle ist an dieser Stelle noch immer ein wenig feucht. Wissen Sie, wann es das letzte Mal geregnet hat?"

„Hier?" Der Mann sah die Kommissarin nachdenklich an. Schließlich meinte er: „Vorgestern. Ich kann mich noch daran erinnern, weil meine Frau gewettert hatte, sie habe gerade erst die Fenster geputzt."

Die Kommissarin strich mit der Hand ein weiteres Mal über die Steinwolle, um festzustellen, wie tief die Feuchtigkeit bereits eingedrungen war. Sie stockte. „Was haben wir denn da?" Zwischen zwei Matten zog sie ein Kabel hervor. Und je mehr sie zog, umso mehr Kabel kam zum Vorschein, schlängelte sich zwischen den beiden Isolationsmatten hervor und wanderte dabei immer weiter an der Dachschräge nach unten, bis es die Fette erreichte, auf dem die Dachbalken auflagen. Sie lehnte sich ein Stück vor, um hinter den schweren Tragbalken schauen zu können, und erkannte das Kabel, das aus der Steinwolle auftauchte, um kurz darauf in der Deckenisolierung des Erdgeschosses zu verschwinden.

Nachdenklich betrachtete Durmaz das weiße Kabel, das nun über dem Balken lag, sich auf den Holzpaneelen des Dachbodens schlängelte, um dann bis

zum Firstbalken aufzusteigen und wieder im Spalt zwischen den Steinwollmatten zu verschwinden. Vielleicht …

Beherzt griff die Kommissarin in den Spalt, den die Isolierung auch an der gegenüberliegenden Schräge bildete, und zog ebenfalls ein weißes Kabel hervor, welches sich letztendlich als das gleiche Kabel herausstellte. Es endete zusammen mit einem zweiten Kabel in einem weißen, blinkenden Kästchen, das man auf die Rückseite dieser Fette montiert hatte.

„Herr Becker?"

Seine Antwort schien von unter ihr zu kommen.

„Ich habe hier etwas Seltsames gefunden. Könnten Sie vielleicht einmal vorbeikommen?"

Sie hörte seine Schritte im Erdgeschoss und wenig später erschien sein Kopf in der Öffnung der Bodenklappe. „Was haben wir denn?"

Durmaz zeigte ihm den kleinen Kasten, den er sich genauer anschaute. Dann ließ er den Blick schweifen, betrachtete den Verlauf des Kabels über den Firstbalken hinweg und auf der anderen Seite wieder hinunter und nahm das Gebälk des Dachbodens in Augenschein. Schließlich lächelte der Techniker. „Das ist nur ein Temperaturfühler für die Heizung. Kommen Sie mit. Ich erklär Ihnen mal, wie das funktioniert."

Dann kletterte Becker die Leiter wieder hinunter ins Erdgeschoss. Durmaz folgte ihm neugierig.
Doch zu ihrer Überraschung wandte er sich nicht in Richtung des Haustechnikraums, sondern ging zielstrebig durch die Eingangstür nach draußen. Auf dem Bürgersteig vor dem Haus wartete er auf sie, immer noch dem Haus den Rücken zugewandt.

Als die Kommissarin nahe genug war, meinte er plötzlich: „Natürlich gehört das Teil nicht zur Heizung."
„Und warum konnten Sie mir das nicht da drinnen erklären?"
Neben Becker stehend, sah sie, wie er lächelte. „Das ist ein WLAN-Transmitter. Der steht in Verbindung mit dem Router unmittelbar darunter. Die beiden Kabel, die an ihm angeschlossen sind, kommen wahrscheinlich von Kameras."
„Sie meinen, das Haus des Toten ist verwanzt?"
Becker nickte und begann, wild mit den Armen zu gestikulieren.
„Von jemand fremdem." Einen Augenblick lang dachte die Kommissarin nach. Dann fügte sie hinzu: „Und weswegen fuchteln Sie hier draußen wie wild mit den Armen herum?"

„Das Haus wird überwacht – vielleicht mit Mikrofonen, vielleicht mit Kameras, vielleicht mit beidem. Normale Wanzen reichen nicht bis hierher und wenn zufällig eine Kamera auf diese Stelle gerichtet sein sollte, sieht die Person am Monitor lediglich, wie ich ihnen die Welt erkläre. Von meinen Lippen kann niemand lesen, weil ich dem Grundstück ja den Rücken zukehre. Ich gehe jetzt noch einmal hinein und werde unserem Freund einen, wenn auch virtuellen, Besuch abstatten."
Durmaz wollte noch etwas erwidern, doch sie spürte, dass es mehr als die Berufsehre war, die den IT-Forensiker antrieb. Vielleicht eine Art Wettbewerb.

Schließlich hörte sie Becker rufen: „Kommen Sie mal rüber, Frau Durmaz. Ich habe mir einmal die E-Mails näher angeschaut. Die ganze Angelegenheit scheint etwas anders zu sein, als wir zuerst dachten."
Interessiert trat Durmaz näher. Becker hatte auf dem Monitor einige Dateien geöffnet. Die meisten davon waren E-Mails. Sie las die oberste, stockte allerdings schnell. „Ziemlich übler Ton."
„Ja. Und die anderen sind auch nicht besser. Es ist sogar einer von Spitzers Kollegen dabei, die im Ton zwar besser, im Inhalt allerdings genauso böse ist. Es geht dabei um einen Artikel, den Spitzer – er war wohl freier Journalist – in deren Zeitung unterge-

bracht bekam.“ Becker klickte auf eines der offenen Fenster, und der Inhalt einer Textdatei erschien im Vordergrund des Bildschirms.

Sofort begann Durmaz, den Artikel zu lesen, während Becker weitersprach: „Das Problem ist: Der Artikel ist ein Kommentar. Darin steht nichts Rassistisches. Es geht um Integration. Und es ist ein harte Abrechnung mit der Politik dieser und der vorhergehenden Regierungen. Ich meine … ich bin nicht in allen Punkten seiner Meinung. Und ich bin auch kein Jurist. Aber ich sehe in diesem Kommentar nichts Besonderes. Doch vielleicht sind Sie da anderer Meinung, Frau Durmaz, so quasi als Betroffene …“

Irritiert blickte die Kommissarin auf. „Wegen meiner Abstammung? Zuerst einmal habe ich die deutsche Staatsbürgerschaft. Allerdings kann ich aus meiner Erfahrung einiges bestätigen, was dort geschrieben steht. Ich denke, Spitzers Fehler war die Wahl seiner Worte. Schauen Sie sich die E-Mail mit den Hasskommentaren doch einfach einmal an: Es geht immer um spezifische Worte, die die Absender dieser Mails so erregen. Keinen von ihnen geht auf den Inhalt des Kommentars ein.“

Mit einer schnellen Bewegung holte Becker eine spezielle Datei in den Vordergrund. „Diese könnte besonders interessant sein.“

Durmaz überflog den Text, ehe sie erwiderte. „Ja, dieser Absender scheint den Wohnort des Journalisten zu kennen. Vielleicht haben wir hier bereits den Täter. Zumindest droht er, dass Spitzer sterben werde.“
Becker nickte nachdenklich. „Tja. Beide haben die falschen Worte benutzt.“
„Und dieser Fehler hat Spitzer das Leben gekostet“, stellte sie fest.
„Da denkt man, in Deutschland herrsche Meinungsfreiheit …“
Durmaz lächelte. „Meinungsfreiheit vielleicht. Aber heutzutage ist es weniger wichtig, was Sie sagen, als, wie Sie es sagen. Das Äußere zählt. Hier: Die Worte.“
Sie sah vorsichtig in den Raum. „Haben Sie eigentlich keine Sorge mehr wegen dem Mann, der das Haus verwanzt hat?“
„Ach, der.“ Becker sah auf die Uhr und lachte. „Der hat gerade Besuch vom SEK bekommen. Ich habe ihm einen Virus in eine seiner Videodateien geschmuggelt. Der hat mir umgehend die IP-Adresse seines Rechners geschickt und mit der konnten die Kollegen im Präsidium seine Adresse herausfinden und diese an das Einsatzkommando weitergeben. Da helfen ihm dann auch seine Thor-Server nichts.“
Er sah versonnen auf den Monitor. „Ein Glück, dass es in Deutschland keine Todesstrafe gibt. Sonst hätte

man glauben mögen, dass die Banshee für den E-Mail-Schreiber geheult habe."

„In Deutschland gibt es ja auch keine Banshees", erwiderte Durmaz. Sie hatte zwar keine Ahnung, was ein Thor-Server war, aber mit dem Notebook würde der Rest der Überführung ein Kinderspiel werden.

1